栗原家
高塚家
飯倉家
（グリーンゲーブルズ）

櫻木家
山之内家

あなたが誰かを殺した

東野圭吾

講談社

あなたが誰かを殺した

装幀
岡 孝治

写真
KONO KIYOSHI/アフロ
Svetlana_Smirnova／iStock／Getty Images Plus／ゲッティイメージズ提供

地図
芦刈 将

1

クラシカルなスーツに身を包んだ探偵が、ロビーラウンジに集まった十二人の宿泊客をゆっくりと見回した。

「どうやら全員がお揃《そろ》いですね」探偵は満足そうに目を細めた。「この旅では時間にルーズな方も少なくありませんでしたが、さすがに今夜ばかりは例外のようです」

「真犯人を明かすというから、ほかの予定をキャンセルしたんだ。そんな嫌味をいってないで、さっさと名探偵の推理とやらを披露したらどうかね」裕福な宿泊客の中でも最も威張り散らしている太った富豪が、いつも通りの傲慢な口調でいった。もちろん彼にも殺人事件の犯人となり得る動機は存在した。

「もったいをつける気はありません、伯爵」探偵は鼻の下にたくわえた髭《ひげ》を指先でいじった。

「そんなことをしなくても事件の真相は十分に驚きに満ちており、淡々と謎解きをするだけでも皆さんを退屈させない自信がございます。では前口上はこのへんにして、早速結論を申し上げましょう。今回の驚くべき事件の犯人は――」

あなたです、と探偵が人差し指を突き出したところで横から手が伸びてきた。タブレットの画面をタップし、動画を停止させる。隣にいる由美子《ゆみこ》の仕業だった。

「ママ、何すんの」朋香《ともか》は口を尖《とが》らせた。

「そのへんにしておきなさい。そろそろ着くから」

「これから探偵が謎解きを始めるってところだったんだけど」

娘の抗議を母親は鼻で笑った。

「あなたのことだから、どうせもう真相を見抜いてるんでしょ。いつもいうじゃない。思った通りだった、意外性はゼロだったって」

「それでいいの。答え合わせが楽しいんだから」

「その楽しみは後にとっておきなさい」

朋香は肩をすくめ、タブレットのカバーを閉じた。傍らに置いたバックパックに収める。

車窓の外に目をやると、父の正則《まさのり》が運転するメルセデス・ベンツは、いつの間にか細い道に入っていた。両側は木々が生い茂っていて、奥を見通せない。

見慣れた分かれ道の入り口が現れた。正則はハンドルを操作し、そちらのほうへクルマを進める。この先に栗原《くりはら》家所有の別荘があるのだ。前に来たのは春休み中だから五ヵ月ほど前だ。以前は毎月のように来ていたが、次第に足が遠のくようになった。その理由として両親は一人娘の成長を挙げる。中学生になってから親と一緒に行動したがらなくなった、というのだ。たしかにそれは否定できない。別荘に行きたいかと問われれば、昔は一も二もなく行きたいと答えた。しかしいつの頃からか、どちらでもいい、と答えるようになった。実際にそうなのだから仕方がない。親子三人で別荘に来たところで、東京にいる時と何も変わらない。朋香は自分の部屋で過ごすだけだ。空気の澄んだ林の中を歩くのは悪くないが、三十分もいれば十分だ。

しばらくすると右側に洋風の建物が見えてきた。櫻木《さくらぎ》という家の別荘だ。主人は医者で総合病院を経営しているらしい。

「理恵《りえ》さん、ようやくお相手が見つかったそうよ」由美子がいった。

「へえ、そうなのか。やっぱり医者なんだろうな」正則が訊《き》いた。

「詳しいことは知らないけど、たぶんそうなんじゃないの。今夜のパーティに連れてくるみたい」

「ふうん。あの我儘《わがまま》娘が結婚ねえ。どこの誰だか知らないが、物好きな男もいたもんだ」

「櫻木病院を継げるとなれば、少々のことは我慢できるんじゃないの」

「少々ねえ。いやあ、俺なら無理だなあの娘は」

「心配しなくても、向こうだって無理だというわよ」

由美子が鼻先で笑いながらいうと正則は肩を小さく揺すった。どんな顔をしているのか、朋香には見えない。

理恵というのは櫻木家の一人娘だ。たぶん二十五歳ぐらいだろう。去年会った時には頭が金髪で派手なネイルアートを見せびらかしていた。両親は何とかして彼女を医学部に入れようとしたが、どんなに偏差値の低い大学でも合格判定を出してくれず、ついに断念したという話だった。

もう少し進むと、また建物が現れた。和洋折衷《わようせっちゅう》というのだろうか。モダンなデザインだが、日本建築の古風さも備えている。

ここには山之内静枝《やまのうちしずえ》という女性が住んでいる。別荘ではなく、本宅なのだ。元々の住まいは東京だったが、夫の死を機会に移り住んできたということだった。

「山之内さん、今朝から準備で大変なんじゃないか」クルマの速度を緩め、建物のほうを眺めながら正則がいった。「いつも申し訳ないよなあ」

「でも今回も姪御《めいご》さんが来るそうよ。旦那さんと二人で。だから手伝ってもらえるんじゃないのかな」

「姪御さんか。ええと、何という名前だっけ」

「春那《はるな》さん。で、旦那さんが英輔《えいすけ》さん。一緒にバーベキューをしたのに名前を忘れてるなんて感じが悪いから、気をつけたほうがいいわよ」

「そういわれても一年ぶりだもんなあ。君はよく覚えてるな」

「商売柄、一度会った人の顔と名前は忘れないの」

「なるほど。さすがはプロだね」

「どうも」由美子は素っ気なく返事をした。彼女は青山で美容院を経営している。顧客名簿に有名人が並んでいるというのが自慢だ。

正則が再びクルマの速度を上げた。山之内家を通り過ぎて間もなく、右に細い分かれ道があり、その先に屋根が緑色の建物が見えた。その特徴からグリーンゲーブルズ、とこのあたりでは呼ばれている。『赤毛のアン』に登場する家の名だ。

「あの別荘、持ち主はどうする気なんだろう」正則が呟《つぶや》く。

「静枝さんによれば、もう自分たちが使う気はないそうよ。夫婦で高齢者施設に入ったんだって。売りに出すことになるみたい」

「そうなのか。おかしな人間に買われなきゃいいけどな」

長年使用されていないグリーンゲーブルズを管理しているのは山之内静枝らしい。亡き夫が持ち主と親しかったので、その縁で鍵を預かったという話だった。将来住まなくなるとわかっていながら、なぜ別荘なんかをほしがったのか。朋香は自分の両親と重ね合わせ、疑問を抱いた。

分かれ道を過ぎた先にあるのは、このあたりでは一番立派な建物だ。別荘というより、何かの施設に見える。

やがて幾何学《きかがく》的なデザインの建物が右手に現れた。栗原家が十二年前に購入した別荘だ。当時は真っ白でぴかぴかに光っていたそうだが、その面影はすでに消《き》え失《う》せている。

五ヵ月ぶりに入った別荘の屋内は、ほんの少し薬の臭いがした。たぶん防虫剤や消毒液だろう。由美子が窓やガラス戸を開放し始めた。八月だというのに、途端に涼しく乾いた空気が室内を通り抜けていくところは、さすがに避暑地だ。今朝、東京を出る時には気温は早くも三十度を超えていた。

朋香は二階にある自分の部屋で、家から持ってきた荷物を開いた。勉強道具も一応入れてきた。中高一貫の学校だから受験はない。そのかわりというべきか、夏休みの課題がやたらとたくさん出されている。別荘にいつまでいるかは不明だが、滞在中に少しはこなさねばならない。

開け放たれた窓からクラクションの音が聞こえてきた。朋香が窓に近づいて外を見下ろすと、一台のオープンカーが止まっていて、運転席のドアを開け、ひとりの老人が降りるところだった。

先程の立派な建物の持ち主、高塚《たかつか》だった。下の名前までは知らない。大きな会社をいくつも経営しているらしい。

朋香は部屋のドアを少し開け、耳をすませた。

「やあ、これはどうも。いつからこちらに?」正則が訊いている。一階のリビングルームが吹き抜けになっているので、会話は二階まで筒抜けだ。

「先週からです。今年は、いつもよりゆっくりしようと思いましてね。栗原さんとは一年ぶりになるのかな。ゴールデンウィークにはいらっしゃらなかったみたいですが」高塚は七十代半ばのはずだが、声には張りがあった。

「仕事の都合で私が休みを取れなかったんです。いつもよりゆっくりというと、やっぱりゴルフ三昧ですか」

ははは、と笑うのが聞こえた。

「とりあえず、リモートで少しは仕事もする気ではいますがね。じつは昨日から、私の下で働くことになった男が家族を連れて泊まりに来ておりまして」

「ああ、そうなんですか。会長のところは広いからなあ」

「いやいや、表向きは会社の保養所ということになっていますから、部屋数だけはあるというわけです。今夜のパーティには彼等も参加しますから、その時に紹介させてください。フットワークが軽くて使いやすい男です。皆さんのお役にも立てるのではないかと思います。バーベキューの時には夫婦で焼き係をしろといってあります。任せてくださいと張り切っておりました」

「それは是非。楽しみにしています」

こんにちは、という由美子の声が朋香の耳に届いた。

「ああ、奥さん、御無沙汰しています。相変わらず若くてお美しいですな」

「何をおっしゃるかと思えば。御冗談でしょうけど、ありがたく受け止めておきます」

「冗談ではありませんよ。うちのやつが前にいってました。栗原さんの奥さんはいつも肌が奇麗だけど、一体どんな魔法の美容液を使っておられるんだろうってね。もしそんなものがあるのなら、教えてやってください」

「わかりました。サンプルが手に入ったら差し上げます、とお伝えください」

「それはいい。いっておきましょう。おっと、もうこんな時間だ。では、後ほどよろしくお願いいたします」

玄関のドアが開閉する音が聞こえた。高塚が出ていったようだ。

「相変わらず若くてお美しい、か」正則が揶揄《やゆ》するようにいった。

「何よ、魔法の美容液って。あちらの奥さんって七十前のはずよ。一緒にしないでほしいんだけど」由美子が声を尖らせた。

「まあ、一応褒められたんだからいいじゃないか」

「爺《じい》さんや婆《ばあ》さんに褒められて嬉《うれ》しいと思う？　二十歳以上も違うんだから若くて当然でしょ。馬鹿にされてるとしか思えない」

由美子は、憤懣《ふんまん》やる方ないといったところのようだ。そんな妻の機嫌を取ることは諦めたのか、正則の声も聞こえなくなった。

朋香はドアを閉め、スマートフォンを手にしてベッドに横たわった。

大人というのは不思議な生き物だ。どうしてあれほどうまく表と裏の顔を使いわけられるのだろう。気に食わない相手とだって付き合い、時には楽しそうに振る舞ったりするのはなぜだろう。

夏のお盆休みを別荘で過ごす、というのは栗原家における長年の恒例行事だ。だがここ数年、さらにもう一つお約束が加わった。滞在期間中に開かれる、近隣の別荘族とのバーベキュー・パーティだ。集まるのは、朋香たちの栗原家、高塚家、場所を提供してくれる山之内家、そして櫻木家の四軒だ。参加するのは、それぞれの家族だけの場合もあるし、飛び入りが加わることも珍しくない。

そして今年は今夜、それが行われる。少々面倒臭いけれど仕方がない。大人しくて素直な一人娘を演じるのが自分の役割なのだ。

スマートフォンをいじっていたら、ドアがノックされた。はい、と答える。ドアが開いて由美子が顔を覗《のぞ》かせた。

「買い物に行くんだけど一緒にどう？」

朋香は少し間を置いてから首を横に振った。「やめておく」

「どうして？　せっかく空気の奇麗な避暑地に来たのに、部屋に閉じこもってたんじゃつまんないでしょ？」

「まだ時間はたっぷりあるから大丈夫。宿題を少しでも済ませておきたいし」

「あら、真面目ちゃんね。わかった。何か買ってきてほしいものはある？」

「ピスタッチオのジェラート」

了解、といって由美子はオーケーサインを作り、ぱたんとドアを閉めた。

朋香はバックパックからタブレットを取り出し、窓際の机に移動した。クライマックスに入っていたミステリ映画の続きを見るためだ。

外からエンジン音が聞こえてきた。朋香は首を伸ばした。メルセデス・ベンツが車庫から出ていく。運転席には由美子の姿があった。

視線を少し手前に移すと、テラスで正則が本を読んでいた。傍らのテーブルには缶ビールが載っている。どうやら栗原家の別荘ライフが本格的に始まったようだ。

2

　フィッティングルームのカーテンが開き、新しい衣装に着替えた理恵が姿を見せた。今回のお召し物はシルバーグレーのワンピースだ。

　どう、と尋ねるように理恵が的場《まとば》を見下ろしてきた。

「いいじゃないか。よく似合ってるよ」

　理恵は背後の鏡に自らの姿を映し、両手を腰に当てた。「少し太って見えない？」

「全然」

　そう思うならランチの締めくくりにデザートを二つも食べるのはやめたらどうだ、と的場は腹の中で呟いた。

　女性店員が笑顔で近づいてきて、「いかがでしょうか」と尋ねながら理恵に目をやり、ぱっと表情を輝かせた。「あら、素敵。大変よくお似合いですね。サイズもぴったりだし」

「そう？」途端に理恵が嬉しそうに歯を見せた。同性から褒められるのが大好きなのだ。

「日本人でこのブランドのワンピースを着こなせる方は、なかなかいらっしゃらないんですけどね」

　口のうまい店員だ、と的場は横で聞いていて感心する。典型的な日本人体形の理恵に対し、よくこんな台詞《せりふ》をいえたものだ。

　だが歯の浮くような言葉であろうと、自分を褒める内容であればお世辞と捉えないのが理恵という女だ。案の定、「決めた。じゃあ、これをいただく」と快活にいった。

ありがとうございます、と店員が頭を下げる。内心では、してやったり、というところだろう。

「それからこの服の二つ隣にあったコートだけど」理恵がワンピースの袖を摘まんだ。

「フードがオレンジ色の品ですね」

「そうそう。あれも持ってきてくれる？　この服に合わせたいから」

「かしこまりました」女性店員が足早に立ち去った。

的場はこっそりとため息をつき、理恵を見た。新しいワンピースを手に入れた彼女は、鏡に向かっていろいろなポーズを取っている。

マネキンが着ていた服を気に入り、店に入るといいだしたのは約三十分前だ。出かける時には、服なんていっぱいあるから見る気はないなどといっていたのだが、そんなことはすっかり忘れたふりをしている。お目当ての服だけを試着するのならいいが、その後も目移りして、あれもこれも手に取るものだから始末が悪い。いつものことだし、金を払うのは自分ではないから的場も文句をいうつもりはないが、これだからショッピングモールに来るのは気が進まなかったのだ。

ショップを後にすると、「今、何時かな？」と的場は理恵に訊いた。両手が紙袋で塞がっていて、腕時計を見られないからだ。

理恵はストラップで斜め掛けにしているスマートフォンを手に取った。

「えーと、四時五十二分」

「もうそんな時間か。じゃあ、そろそろ戻らないと。パーティは六時からなんだろ」

「大丈夫よ。まだ一時間以上あるじゃない」

「着替えたり、化粧を直したりとかしなきゃいけないだろ。僕は新顔なんだから、遅れていって印象を悪くしたくない。櫻木院長に恥をかかせることになる」

理恵が顔をしかめた。

「その院長っていうの、パーティの時には御法度だからね。ゴマすり男だと思われちゃう」

「じゃあ、何と呼べばいい？　お義父《とう》さんと呼ぶのは、まだ早いだろ」

「どうして？　婚約してるんだから問題ないでしょ」

「この前、何気ないふりをして一度だけ呼んでみたんだけど、あまり反応がよくなかった。結婚するまでは婿気取りはするなってことだと思う」

理恵は、ふんと鼻を鳴らした。「パパのことなんか気にしなきゃいいのに」

「そんなわけにはいかないよ」

駐車場に向かう途中にフードコートがあった。よく賑《にぎ》わっていて、空いているテーブルは少ない。

あっと声を漏らして理恵が足を止めた。「ユミコさんだ」

彼女の視線の先を追うと、ひとつのテーブルに若い女性がついていて、その脇に別の女性が立っていた。そちらは若いとはいえない。四十代半ばといったところか。

「どっち？」

「立っているほう。栗原さんの奥さん。話さなかったっけ。今日のパーティに来るよ」理恵が彼女たちに向かって歩きだした。

近づいていくと椅子に座っていた若い女性が気づいたらしく顔を向けてきて、あら、と驚いたような表情を浮かべた。それで立っていた中年女性も振り返った。

「ああ、理恵さん」中年女性が笑顔で手を振ってきた。

こんにちは、と理恵は挨拶した。すると座っていた若い女性も立ち上がり、「御無沙汰しています。私のこと、覚えてもらってるかな？」といった。

年齢は二十代後半か、もしかするともう少し上か。色白の美人だ。プロポーションも悪くない。

理恵は記憶を探る顔をした後、ようやく何かに思い当たったように手を叩《たた》いた。

「去年、パーティに来ておられましたよね。たしか新婚の旦那さんと」

はい、と女性は頷《うなず》いた。「ワシオです。ワシオハルナです」

そうそう、と理恵は身体《からだ》を揺すった。「ハルナさんだ。わあ、今回も参加なんですね」

「叔母に誘われたんです。去年、楽しかったので、じゃあ行こうよってことになって」

「よかった。じゃあ新婚の心得ってやつを教わんなきゃ」

「新婚？」ハルナと呼ばれた女性が首を傾《かし》げた。

「あっ、聞いたわよ。そうか、こちらが」中年女性が的場のほうを見た。「旦那さん？」

「まだその手前。紹介します。婚約者の的場雅也《まさや》さん。――雅也君、別荘仲間の栗原ユミコさんとハルナさん。ハルナさんの名字は、ええと……」

ワシオです、とワシオハルナがフォローした。

「的場です。よろしくお願いいたします」的場は二人に向かって頭を下げた。

「おめでとう。よかったわね」栗原ユミコが祝福の言葉を述べた。「結婚式はいつ？」

「それがまだ決まってないんです。時期は自分が決めると父がいい張っていて」

「へえ、そんなのは無視して、勝手に挙げちゃえばいいのに」

「そうしたいんだけど、父にへそを曲げられたらいろいろと面倒臭いので」

「的場さんはやっぱり櫻木病院の……」栗原ユミコが窺《うかが》うような目を向けてきた。

「内科医として勤務しています」的場は答えた。

そうか、と栗原ユミコが合点した表情を浮かべた。「それならあまり強引なことはできないわね。何しろ櫻木さん、病院の独裁者らしいから」

「周りからおだてられていい気になってるだけです」理恵が語気を強めた。「結婚したら、少しずつ病院の体質も変えていかなきゃって、雅也君と話しているんです」

ねえ、と同意を求められ、的場は少し戸惑う。こんなことをわざわざ他人に話さなくてもと思ったが、注意しても機嫌を損なうだけだ。まあね、と曖昧に頷いた。

「ところでお二人はここで何をしていたんですか」理恵が訊いた。

「買い物をしに来て、たまたま会ったのよ」栗原ユミコがいった。「ハルナさんも買い出しを頼まれたのよね」

「パーティに備えて、叔母はいろいろと準備していたみたいですけど、やっぱり補充すべきものがたくさんあって……」ワシオハルナが眉尻を下げた。「それにケーキを受け取らなきゃいけませんし」

「ケーキって？」

バースデーケーキ、と栗原ユミコが横からいった。

「いつものやつよ。高塚夫人の誕生日が近いでしょ？　いつだったかしらね、シズエさんが変に気を利かせてそんなものを用意したもんだから、本人が期待しちゃって、毎年やらざるをえなくなっちゃった。シズエさん、後悔してるんじゃないの？」

シズエ、という的場の知らない名前が新たに登場してきた。パーティの参加者らしい。

「いえ、叔母は楽しんでいるみたいです」ワシオハルナが笑顔で否定した。「ただ、注文したケーキの受け取りは午後五時以降となっていて、それまで時間を潰す必要があったんです。それでここにいたら、ユミコさんとばったり会ったんです。おかげで退屈せずに済みました」そういってから彼女は腕時計を見た。「五時になりました。私、ケーキを取りに行ってきます。皆さん、後ほどよろしくお願いいたします」

「こちらこそよろしく」栗原ユミコがいうのに続いて、「後でね」と理恵が声をかけた。的場は黙って会釈し、ワシオハルナの均整の取れた後ろ姿を見送った。

「お誕生日ケーキか」栗原ユミコが鼻先で笑った。「夫人自身も嬉しいだろうけど、高塚会長が何より喜ぶだろうね。とにかく威張りんぼう将軍だから」

高塚という名字は理恵から事前に聞いていた。近辺の別荘族の仕切り屋で、パーティの発起人だという。

「知っています。だってうちの父でさえ、あの人をおだてておけば平和が保たれるっていってます。知り合いのVIP患者さんを何人も紹介してもらってるし」

あはは、と栗原ユミコは笑い声をあげた。

「大切なお得意さんってわけだ。だけどその点はうちも同じ。夫婦揃っていろいろとお世話になってるからね。高塚会長、今回は家来一家を連れてきてるみたいよ。バーベキューの焼き係をさせるって息巻いてた。どんな一家か知らないけど、同情しちゃう」

天真爛漫《てんしんらんまん》に交わされる会話を横で聞き、的場は気持ちを落ち込ませていく。その威張りんぼう将軍とやらの御機嫌取りに、おそらく自分も付き合わされるのだろう。

じゃあ後でね、といって栗原ユミコは去って行った。その手にはブランド品の紙袋が提げられている。買い物好きは理恵だけではなさそうだ。

理恵が肩をすくめ、下唇を突き出した。

「相変わらず毒舌だなあ、ユミコさん。まあ、それがあの人のいいところなんだけど」

「何をしてる人なの？」

「旦那さんは公認会計士で、ユミコさんは青山で美容院を経営してる。一人娘は札幌《さっぽろ》の寄宿舎付きの学校に放り込んで、優雅な生活を送ってるってところかな」

「へええ……」

さすが別荘族だ、と的場は舌打ちしたいところだった。我慢したのは、今後は自分もその仲間に入らねばならないとわかっているからだ。

駐車場に戻るとクルマに乗り込んだ。ボルボのSUVタイプだ。二年前に購入したのだが、車高の低いスポーツカーに買い替えろと理恵はいう。結婚して子供が生まれたら、どうせファミリータイプにしか乗れなくなるだろうから、というのだった。そのクルマを運転するのは誰だ、と的場は訊きたくなる。理恵は運転免許証を持っていない。休日のたび、買い物のためにハンドルを握らされている自分の様子を想像すると憂鬱になった。

櫻木家の別荘へは約十分で到着した。ログハウスを模した外装だが、新建材や新工法を駆使した最新住宅だ。ぴっちりと戸締まりすれば虫の這《は》い出《で》る隙間もなくなるという。

玄関から入ると理恵はリビングルームのドアを開けた。「ただいま」

「ああ、お帰り」応じたのは櫻木病院の独裁者と呼ばれている洋一《よういち》だ。ソファに座り、ノートパソコンを開いている。娘たちのほうに目を向ける気配はない。

「二階だ。出かける用意をしているんだろう」

ふうんと答え、理恵は壁沿いに作られた階段を上がっていく。紙袋をカウンターキッチンの手前にあるスツールに置いた。

「また気まぐれな買い物に付き合わされたみたいだな」洋一がいった。金縁眼鏡をかけた目はパソコンに向けられたままだ。

「店頭のマネキンを見た瞬間、インスピレーションが働いたんだそうです」

買ったのは別の服ですが、と腹の中で続けた。

くっと押し殺したような苦笑が洋一の口から漏れた。

「どうせ病院には着ていけないような服だろう。仕方のないやつだな」

理恵は櫻木病院の事務局で働いている。広報室という職場だが、何をしているのかは的場も知らない。危機管理広報にだけは関わってくれるなよ、と本気で願っている。櫻木病院をつぶされたくない。

「何を御覧になっているんですか」黙っていると気詰まりなので的場は問いかけた。

「ちょっとした記事だ。大したものじゃない。今度の総理は本当に人を見る目がないな」

政治関連のネットニュースか。それならば気が楽だ。

「何かありましたか」

「どうということはない。任命したばかりの大臣の不正が発覚したという、聞き飽きたような話だ。一国一城の主《あるじ》がこれではいかん。身体検査をしなかったのかと問いたいね」

「身体検査……ですか」

「そう。人材を扱う際、最も大事なことだ」洋一は金縁眼鏡を外すと、ここで初めて的場に目を向けてきた。「そうは思わんかね」

的場は目をそらさず、顎を引いた。「思います。同感です」

洋一の冷徹そうな視線が斜め上に移動した。「支度は終わったようだな」

的場は後ろを振り返った。櫻木千鶴《ちづる》がゆっくりと階段を下りてくるところだった。派手なオープンシャツに白いパンツという出《い》で立《た》ちだ。ショートにした栗色《くりいろ》の髪が小さな顔によく似合っていて、還暦前にはとても見えない。

「雅也さん、また小難しい話に付き合わされているんじゃないの？」

「とんでもない。ただの世間話です」

「人を見る目の話だよ」洋一はノートパソコンを閉じた。「ところでプレゼントは用意しただろうな」

「エルメスのスカーフにしましたけど」

「それでいい。値段が高けりゃいいというものでもないからな。ほかの者に気づかれないように渡すんだぞ」

「わかっています」

二人のやりとりを聞き、どうやら高塚夫人への誕生日プレゼントのことらしいと的場は気づいた。病院の独裁者だろうが何だろうが、ＶＩＰ患者を紹介してくれる相手には頭が上がらないということだ。

この狡猾《こうかつ》な冷血漢と今後もうまく付き合っていかねばならない。それができなければ自分の未来が明るくなることはない。的場は改めて気を引き締めた。

3

すでに午後五時四十分を過ぎているというのに、高塚桂子《けいこ》は年代物のドレッサーの前から離れられずにいた。ウィッグの位置がどうにも決まらないのだ。ワンタッチで取り付けられるのは楽だが、付けるたびに場所が微妙に変わってしまうところがこの商品の欠点だ。次は前に使用していたものに戻したほうがいいかもしれない、と思った。

服装もまだ少し迷っている。紫色のブラウスは、夜のバーベキュー・パーティの場で果たして映えるだろうか。ほかの女性陣と色が被《かぶ》るのも避けたい。だから夫の俊策《しゅんさく》に、各家に挨拶に行くなら女性たちがどんな服を着ているか偵察してきてといったのだが、どうやらろくに見てこなかった模様だ。そういうところは、まるで役立たずだ。

おーい、とのんびりした声を発しながら俊策が入ってきた。「そろそろ出かけるぞ」

桂子は吐息をつき、ドレッサーの鏡を閉じた。「はい」

部屋を出てリビングルームに下りると、小坂《こさか》一家が並んで立っていた。小坂均《ひとし》はカットソーにパーカー、妻の七海《ななみ》は茶色のニット、息子の海斗《かいと》は半袖シャツにベストという服装だった。いずれもさほど高級品ではなさそうだ。

お待たせ、と桂子はいった。「山之内さんのところへは、どうやって行くの？」

徒歩でも五分とはかからないだろうが一応訊いてみた。

「小坂がクルマを出してくれるそうだ」俊策が椅子に座りながらいった。

小坂均が、はい、と頷いた。

「あら、そうなの？　全員乗れる？」

小坂家のクルマはセダンだから五人乗りだ。法規的には問題ないが、桂子がいいたいのはそういうことではない。

七海が小さく右手を挙げた。

「私と息子は歩いていきます。場所は教えていただいたので」

「それは申し訳ないわ。おたくのクルマなのに。それに小坂さん、向こうでお酒を飲めないじゃない」

「その点は御心配なく」小坂がいった。「元々、酒はそんなに好きではありませんから。飲まなくても平気です」

「そう？　たしかに歩かなくて済むのはありがたいけど」

「逆に妻たちは歩きたいそうです。せっかくこんないいところに来られたんだから、おいしい空気をいっぱい吸いたいとかで。——なあ？」

夫に促され、七海は愛想笑いを浮かべて頷いた。隣の息子は横を向いている。大人たちのやりとりなど聞いていないようだ。小学六年らしいが、昨日来て以来、桂子たちに笑い顔を見せたことがない。全くかわいげのない子供だ。

「じゃあ、私と海斗はそろそろ出たほうがいいわね」七海が夫にいった。

「ああ、そうしなさい。遅れたら迷惑だ。懐中電灯は持ったな」

「持ちました。では会長、奥様、私たち先に向かっています。海斗、行くわよ」

七海は桂子たちに一礼した後、息子を連れてリビングルームを出ていった。

ドアが閉まるのを見届けてから、「そういうことなら、お言葉に甘えさせていただこうかしら」と桂子はいった。

「それがいいと思います。近いとはいえ、夜道は危険ですから」

「そうと決まったからには、我々も出かけるとするか」俊策が立ち上がった。

小坂が運転するセダンに乗り込み、パーティが行われる山之内家を目指した。細い道を進んでいくと七海と海斗が並んで歩いているのが前方に見えた。二人も気づいたらしく立ち止まって道の端に寄り、クルマが通過するのを待った。七海が小さく会釈してきた。

間もなく山之内家の前に着いた。シャープなデザインの木造住宅だ。

駐車スペースにクルマを止めてから三人で建物の玄関に戻ると、ちょうど七海と海斗が着いたところだった。するとその様子を見ていたのか、タイミングよく玄関のドアが開いて山之内静枝が現れた。

「高塚会長、奥様、お待ちしておりました」そういいながら、ゆっくりと近づいてきた。

切れ長の目はどこか物憂げに見えるが、唇には笑みが浮かべられている。年齢は四十過ぎのはずだが、桂子が初めて会った時から殆《ほとん》ど加齢を感じさせない。同世代なら間違いなく嫉妬していただろう。

「やあどうも、今夜もお世話になります」相好を崩した俊策が声のトーンを上げた。

「こんばんは静枝さん。準備とか大変だったでしょ？　ごめんなさいね。全然お手伝いしなくて」桂子は一応詫《わ》びの言葉を述べた。

「とんでもない。送ってくださった食材を見て、びっくりしました。豪華で美味《おい》しそうなものばかり。いつも本当にありがとうございます」

「気にしないで。うちにできることといえば、それぐらいしかないから」

デパートの外商に命じて、高級食材を送らせたのだ。口に合わないものを食べさせられずに済むと思えば、少々の出費など痛《いた》くも痒《かゆ》くもない。

「どれもこれも新鮮で、バーベキューで食べるのなんてもったいないと思ってしまいます。焦がさないように気をつけないと」

「おっとその点は御心配なく」俊策が割り込んできた。「紹介します。私の下で働くことになった小坂君と御家族です。パーティのことを話したら、是非参加したいというものですから、連れて参りました。何でも手伝うといっておりますので、遠慮なくどんどんこき使ってやってください」

「そんなこき使うだなんて……。一緒に楽しみましょう」

「御指示をいただけましたら何でもいたします。よろしくお願いいたします」小坂は腰を折り、何度も頭を下げる。隣では七海が顔をひきつらせ、海斗は相変わらず無表情だった。

「さあ、どうぞ裏庭のほうへ。皆さん、お揃いですよ」

山之内静枝に案内されて裏庭に回ると、すでにテーブルや椅子が用意され、いつもの顔ぶれが待ち受けていた。お久しぶり、元気そうで何より――桂子たちはそれぞれと短い挨拶を交わしていった。見覚えのない顔もあるが、何者なのかは追々わかっていくだろう。夜は長い。

「さて、じゃあ皆さん、そろそろ始めませんか」俊策が声を上げた。

やりましょう、始めましょう、とほかの者もいい、バーベキューコンロに火が入った。さらにシャンパンが開けられ、グラスに注がれる。乾杯の発声は俊策がやるものと決まっている。皆さんの御多幸と素敵な別荘ライフとなることを祈念して乾杯――桂子の記憶が正しければ昨年と全く同じ口上だった。

小坂がコンロの前に立ち、食材を焼き始めていた。恐縮していた山之内静枝も、彼に任せることにしたようだ。七海も夫の横で手伝っているが、その表情から暗さは消えている。初対面の者たちに囲まれて飲食するぐらいなら、下働きに徹したほうが気が楽だと割り切ったのかもしれない。

人々は焼けた料理を手にすると、いくつかのテーブルに分かれた。その様子を桂子が眺めていると、山之内静枝の姪がトレイに皿を載せてやってきた。

「高塚さん、いかがですか？　適当に選んでみたんですけど」

皿には肉や野菜、海老《えび》などが盛りつけられていた。

「ありがとう。いただきます」桂子は箸を手にした。「たしかお名前は鷲尾《わしお》春那さん、だったわよね。そして旦那さんは英輔さん」

鷲尾春那が驚いたように目を見張った。

「そうです。覚えていてくださったなんて光栄です」

「去年、素敵なカップルだと思ったから印象に残ってるの。結婚生活はどう？　まだ新婚ムードが続いているのかしら？」

「さあ、それはどうでしょう」春那が視線をずらした。するとその先にいた男性が歩み寄ってきた。夫の鷲尾英輔だ。缶ビールを手にしている。

「もしかして僕の噂話？」

「新婚ムードは続いていますかって」

「そういう話題でしたか」鷲尾英輔は意表を突かれたようにのけぞってみせた。「そもそも新婚ムードなんてあったのかな。僕の場合、最初から尻に敷かれていたような気がする」

春那がふっと唇を緩めた。「そうだったかな。そんな覚えはないんだけれど」

「それでいいの。そういうのを新婚ムードというのよ」

桂子はシャンパングラスを手に、周囲を見回した。皆から少し離れたところで小坂海斗がぽつんと座っている。両親は肉を焼くのに夢中で、息子の世話どころではないのだろう。

さらに視線を巡らせた。栗原家の一人娘である朋香が、ジュースを飲みながらスマートフォンをいじっているのが目に留まった。

ちょっと失礼と春那たちにいって桂子は席を立ち、海斗に近づいていった。

「海斗君、何をしてるの？」

少年は無表情のまま、桂子のほうを見ることもなく首を小さく振った。「別に何も……」

無愛想な子供だ。親はどういう教育をしているのか。

「だったら一緒に来てちょうだい」そういって桂子は移動した。もしかすると無視されるかもと思ったが、さすがにそんなことはなく、少年は戸惑いの顔でついてくる。

朋香のそばに行くと、こんばんは、と声をかけた。

桂子の記憶に間違いがなければ中学三年生になった少女は顔を上げ、こんばんは、と応じてきた。白い肌は陶磁器のように美しい。

「一年ぶりね。元気だった？」

すると朋香は整った顔を少し傾けた。「う……ん、そうでもないかな」

「あら、どうして？」

「ルビーが死んじゃったから」

「ルビー？」少し考え、昨年、この少女がペットを抱いていたことを思い出した。「えっ、あの猫ちゃんが死んじゃったの？　いつ？」

「二ヵ月前です」

「病気で？」

「たぶんそうだと思います。ずっと具合が悪くて、ある日急に死んじゃったんです。原因はよくわからないっていわれました」

「そうなの」桂子は瞬きしながら少女にかけるべき言葉を探した。「それはきっと神様が朋香ちゃんに与えた試練ね。知ってる？　神様は、その人が乗り越えられないような試練は与えないのよ。きっと朋香ちゃんのこれからの人生にプラスになるよう与えてくださったの。そう思って乗り越えないとね」

　朋香はひと呼吸置いてから、はい、と頷いた。

「何ですか」

「そうそう、朋香ちゃんにお願いがあるんだけど、聞いてもらえるかしら？」

「こちら海斗君。御両親と一緒に、うちの別荘へ遊びに来ているの。ほかに子供がいないから、朋香ちゃん、話し相手になってやってくれないかな」

「いいですよ」

「ありがとう。よかったね、海斗君」

　じゃあよろしく、といって桂子はその場を離れた。

　テーブルについている櫻木洋一と目が合った。小さく手を振ってきたので近づいていった。彼は新しいワイングラスを前に置いた。「いかがですか」

　いただきます、といって桂子は腰を下ろした。

「さすがですね」櫻木洋一はグラスに赤ワインを注いだ。

「えっ、何が？」

「あの男の子がひとりぼっちになってるのを見て、すかさず栗原さんのお嬢さんのところへ連れていかれましたよね。素早い配慮と機転に感服いたしました」

「何だ、そんなこと」桂子は小さく手を振った。「どうってことありません。大人だけが楽しんで子供がつまらなそうにしていたら、気が引けちゃうでしょ」

「そうですが、あの少年は奥様に感謝していると思いますよ」

「それはどうかしら。楽しんでくれればそれでいいんだけど」

赤ワインを口に含みながら桂子は気を良くしていた。小坂の息子のことなど本当はどうでもよかったが、放っておけば周りがどう思うかわからないから栗原の娘に押しつけただけだ。しかし好印象を誘発したのなら幸いだ。

人間なんて所詮そんなものだと思う。表向きの行為と内側で考えていることとは全然違う。違っているのがふつうなのだ。

あの女だってそうだ、と目の端にひとりの姿を捉える。その正体を知っているのは自分だけだ。もちろん知っていることを本人に告げたりはしない。毒針は隠し持っていてこそ武器になる。

4

赤ワインの入ったグラスを口に運びかけていた手を止め、的場雅也は鷲尾夫妻を交互に見た。

「そうだったんですか。お二人も職場結婚とはねえ。しかも病院勤務とは、我々と全く同じじゃないですか」

鷲尾英輔が、いやいやと顔の前で手を振った。

「僕はただの薬剤師です。的場さんとは立場が全然違います」

「病院に雇われているという点では医師も薬剤師も大した違いはありません。おまけに奥様が看護師か。いいですね、プロフェッショナル同士の結婚だ」

「ごめんなさいね。ただの事務員で」隣で理恵がぶっきらぼうな口調でいった。日頃からコンプレックスを持っているので、こういう時の反応は速い。

「事務員はプロじゃないなんていってないだろ。鷲尾さんたちは医療現場のプロ同士なんですねといいたかっただけだ。それぐらいわかってくれよ」

「まあ、いいけど」理恵は仏頂面で空のグラスを差し出してきた。的場はボトルを摑《つか》み、ワインを注いだ。

「理恵さんは、しばらくお仕事を続けるんですか」鷲尾春那が尋ねた。

「子供ができるまでは続けようと思って。だって家にいたって、どうせ暇でしょ？　そういう春那さんはどうなの？　子供を作る予定とかないの？」昨今ではハラスメントだと訴えられそうな質問を理恵は平気で口にした。

「ないわけじゃないけど……」鷲尾春那は言葉を濁す。

隣で彼女の夫も、「こればっかりはねえ」と苦笑を浮かべた。

的場は春那をちらりと見て、この女を毎晩のように抱いているのか、と薬剤師の夫に軽い嫉妬を覚える。巡り合わせというのは理不尽だ。櫻木病院にこんな看護師がいたならば、自分が見逃すわけがない。とはいえ、それでは人生の青写真が狂ってしまっただろう。美人看護師と結ばれたところで将来の保証はない。櫻木病院のナースステーションに春那がいなかったのは、自分にとって幸運だったと受け止めるべきだ。

「若い人たち同士で何だか楽しそうな話をしているみたいね。おばさんたちも仲間に入れてもらえるかしら」そういいながら席についたのは栗原由美子だ。すぐ後ろに山之内静枝がいる。的場は立ち上がり、どうぞ、といって静枝に自分の椅子を勧めた。

「ああそんな……申し訳ないです。座っていてください」

「大丈夫です」

的場は別のテーブルから椅子を持ってくると、静枝の隣に置いて腰を下ろした。

「こちらは別荘ではなく、山之内さんの本宅だそうですね」

「元は別荘だったんです。自宅は東京の港区にありました。でも夫が亡くなった後、こちらに移り住んだんです」

「そうでしたか。でも、こんなところで寂しくはないですか」

「こちらにもお友達がいますから、そうでもありません。それに、元来ひとりで過ごすのが好きなんです。絵を描いたりして」

「それなら平気かもしれませんね」的場はワイングラスを傾けた。

しかしこんな女性が、こんなところで一人で暮らしていると知れば、落ち着かなくなる男もいるのではないか、と的場は気になった。若くはないが、成熟した女性特有の雰囲気がオーラのように身にまとわりついている。妖艶という表現を使ってもいい。

このパーティが毎年の恒例というのも悪くないかもしれない、少なくともひとつだけ楽しみができた、と思った。

午後十時にパーティはお開きとなった。後片付けは任せてくださいと山之内静枝たちがいうので、来た時と同様、桂子は俊策と共に小坂の運転するクルマで戻ることにした。七海と海斗は、すでに徒歩で帰路についている。

「素敵なパーティでしたね。毎年の恒例になっているのも頷けます」ハンドルを持ったまま小坂がいった。

「申し訳なかったわね、小坂さん。ずっと焼いていて、疲れたでしょう」桂子は後部座席から声をかけた。

「いいえ、楽しかったです。それより、やはり奥様は皆さんに慕われているんですね。何だか感動いたしました」

「やめてよ、ただでさえ照れ臭いんだから。去年、もうしなくていいと静枝さんにはいったんだけど」

「いいじゃないか。祝ってもらって文句をいうなんておかしいぞ」

「文句をいってるわけじゃないわよ。気を遣わせたくないだけ」

パーティの締めくくりに、静枝が桂子のためにといって誕生日ケーキを出してきたのだ。特別に注文したものらしく、祝いの言葉を記したチョコレートが添えられていた。

予想はしていたが、驚くふりをするのが大人の対応だ。みんなだってわかっている。記念撮影だって、本当は気が進まないに違いない。

その後、二人の人物からこっそりとプレゼントを手渡された。その場では開けられなかったが、櫻木千鶴がくれたのは、箱の形状から察しておそらくハンカチかスカーフだろう。ブランドはシャネルかエルメスではないか。

もう一人は栗原由美子だ。こちらも箱は大きくないが重さがある。たぶん香水だ。やはりシャネル、エルメスといったところか。

もちろん悪い気はしない。みんな、高塚家と付き合うには俊策よりも桂子が大事だとわかっているのだ。

別荘に到着した。クルマから降りたところで、まだ少し飲み足りないな、と俊策がいいだした。

「河岸をかえて飲み直しだ。小坂だって飲みたいだろう？」

「これからですか。私は構いませんが、どちらで？」

「駅の近くにいい店がある。たしか午前一時まで営業していたはずだ。桂子、タクシーを呼んでくれ」

「こんな時間に呼んでも、すぐには来てくれないと思いますけど」

「いいから一応呼んでみてくれ」

やれやれと思いながらスマートフォンを取り出すと、七海と海斗が戻ってきた。

「どうされました？」七海が尋ねてくる。

それがねえ、と説明しようとして桂子は名案が浮かんだ。

「そうだ。七海さんにクルマで店まで送ってもらったらどうかしら。駅の近くだったら、帰りのタクシーは何とかなるんじゃない？」

「ああ、それはいい考えですね」小坂が俊策よりも先に反応し、七海に事情を説明した。

「わかりました。私、お送りします」七海も合点したようだ。

「そうしてくれるなら、たしかに助かるな」俊策が満足げに頷いた。「よし、決まった。じゃあ七海さん、お願いします」

小坂が七海にクルマのキーを渡した。彼女は傍らで佇《たたず》んでいる息子の肩に手を置いた。

「話を聞いていたでしょ？　お父さんたちを送ってくるから、あなたは部屋で先に寝ててちょうだい」

海斗は、わかった、と小声で答えた。

七海がセダンの運転席に、俊策と小坂が後部座席に乗り込んだ。エンジンがかかり、クルマが発進する。敷地《しきち》を出ていくのを見送ってから桂子は海斗に、「行きましょう」と声をかけ、玄関に向かった。


朋香たちが山之内家を後にする頃には十時半近くになっていた。

前を歩く正則が、ふうっと大きく息を吐いた。「結構飲んだなあ」

「これで義理は果たせたよね」由美子が冷めた口調でいった。「別荘族の付き合いは大変」

「しかし、あの小坂って人に比べれば楽なもんだ。自分たちはろくに食べず、ただひたすら肉と野菜を焼き続けてたもんなあ」

「千鶴さんから聞いたんだけど、小坂さん、出戻りらしいよ。高塚会長の下で働いていたんだけど、ライバル会社に引き抜かれたんだって。ところがその会社が経営破綻して、一家で路頭に迷いかけていたところを、高塚会長が声を掛けて呼び戻したとか。そりゃ、頭が上がらないのも当然よね。バーベキューの焼き係をさせられるぐらいのことは仕方ないかな」

「その話は俺も聞いた。だけど問題は桂子夫人だな。会長が許したとしても、あの人がだめだといったら復帰は難しいんじゃないか」

「難しいどころか、絶望的よ。慈悲深い女神を気取ってるけど、じつは執念深い陰の女帝だから」

「まあ、人間なんてそんなものだけどな」

「そういうこと。裏の顔がない人間なんていない」

そういうものなのか、と両親の話を聞きながら朋香は高塚桂子の顔を思い浮かべた。ルビーが死んだことを話すと、悲しげに目をしょぼしょぼさせていた。そして優しげに微笑《ほほえ》みながらかけてくれた言葉が耳に蘇《よみがえ》る。神様は、その人が乗り越えられないような試練は与えないのよ――。

「ところでプレゼント、何を渡したんだ？」

「ペンハリガンの香水」

「何だ、それは？　エルメスとかじゃないのか」

「そんなのじゃ印象に残らないでしょ。ペンハリガンはイギリス王室の御用達《ごようたし》。これでまた客を紹介してもらえるかもしれない」

「そう簡単にいくようなら苦労しないんだけどな」

「そうだろうけど、種を蒔《ま》いておかないと芽が出る可能性はゼロでしょ」

「それはそうだ」

やがて自分たちの別荘に着いた。正則が玄関の鍵を開けようとして怪訝《けげん》そうに首を捻《ひね》った。

「あれ、おかしいな……」

「どうしたの？」由美子が訊いた。

「鍵がかかってないんだ」

「えっ、どうして？　出る時にかけ忘れたの？」

「そんなはずはないと思うんだけどなあ……」正則は硬い表情でドアを開けた。

両親に続き、朋香も玄関の入り口をくぐって家の中に入った。正則は慎重にリビングルームのドアを開けた。

「どう？」正則の後ろから由美子が訊いた。異状はないか、という意味だろう。

「見たところ、特に変わったことはなさそうだけど……」正則は中へ入っていき、室内を見回した。「一応警備会社に確認したほうがいいかもしれないな」

「いやあねえ、気味が悪い」

「念のため、二階を見てくるよ」正則は階段を上がっていった。


ロックグラスを置き、櫻木洋一はふうっと息を吐き出した。「もう一杯もらおうか」

はい、と返事をし、的場はグラスに手を伸ばした。アイスペールの氷を入れ、スコッチを注ぐ。マドラーで一度混ぜてから、洋一の前に置いた。

「理恵から聞いたんだが、君はＡＩの活用にかなり積極的らしいな。うちの病院は遅れているといったそうじゃないか」

「そうはいってません。遅れるとまずい、といっただけです」

「まずは内科から始めるべき、ともいったそうじゃないか。対話型のＡＩを導入すれば内科医の負担は三分の一に減らせる、とか」

「事実をいったつもりです」

「そうなのか。自分の専門分野から始めればＡＩ導入のイニシアティブを握れる、と考えたのかなと思ったんだが」

「もちろん、それもあります。僕にも野心はありますから」

的場の答えに洋一は、ふっふと意味ありげに笑った。

「時には本音を吐くのも必要というわけか。それはそれで結構だ。いずれにせよ、あの理恵が病院の将来について語るようになったのは大したものだと感心している。たとえ君の受け売り、いや誘導であろうともね」

これを皮肉と受け取らないほど的場は鈍感ではない。何と応じたものかわからず、薄笑いを浮かべて流した。

別荘のデッキテラスに置かれたテーブルで将来の義父と向き合っている。パーティから戻ってくると、もう少し飲もうか、と洋一から誘われたのだった。先程までは理恵も同席していたが、シャワーを浴びたいといって席を立った。するとそれを待っていたかのように、洋一がこんな話を始めたのだ。

「そういえば彼もＡＩの話をしていたな」

「彼？」

「山之内さんの姪御さんの旦那さんだ。英輔さんといったかな」

「彼が何と？」

「医師の処方に基づいて調剤することに関して、薬剤師はＡＩに到底かなわないといっていた。何しろ向こうは膨大なデータを持っているからね。しかし、だからといって人間の薬剤師が不要になることは永遠にありません、ともいっていた。どうしてかと訊くと、ＡＩにはお節介という機能がないからだというんだ。担当医師や患者本人が口に出さないことにまで気を配り、体調を心配したり、予防の提案をしたり、といったことだ。ＡＩから、最近の体調はどうですかと尋ねられても、どう答えていいかわからない。その点薬剤師は、雑談の中から異変を察知していく。そして時には薬を勧める。たしかにお節介といえばお節介だが、それが患者の寿命に大きく影響するかもしれない、というわけだ。なるほどなと感心したね。おそらく彼自身が、薬剤師とはそうあるべきと心得ているんだろう」

「そうですか。彼がそんなことを……」

おそらく洋一は、おまえの医師としての心得はどうなのか、と問いたいのだろう。だが的場は敢《あ》えて何もいわないでおいた。薬剤師と張り合う気などないし、比較されること自体が心外だった。

洋一がロックグラスを傾けた後、大欠伸《あくび》をし、指先で目頭を押さえた。

「少し酔いが回ってきたかな。千鶴にコーヒーを淹《い》れるようにいってきてくれないか」

「わかりました」

的場は席を立ち、ガラス戸を開けて屋内に入った。リビングルームでは千鶴がソファに腰掛け、タブレットを眺めていた。

「院長がコーヒーを淹れてほしいとおっしゃっています」

千鶴は少し顔をしかめ、タブレットを置いた。

「眠いのなら、さっさと寝ればいいのに」立ち上がり、カウンターキッチンに向かった。

的場はリビングを出て廊下を進んだ。ドアが二つ並んでいる。手前がトイレで奥がバスルームだ。

バスルームのドアを開けた。浴室の明かりがついている。しかし磨《す》りガラスの向こうに人影はなく、脱衣籠も空っぽだ。

ドアを開けてみたが、やはり中には誰もいなかった。床が濡《ぬ》れているから、理恵はシャワーを終えたらしい。今頃は部屋でスキンケアの真っ最中といったところか。

窓ガラスが少し開いていることに気づいた。隙間から月が見えた。

トイレで小用を済ませ、リビングルームに戻ろうと廊下を歩き始めた時だった。空気を切り裂くような悲鳴が聞こえてきた。


ベッドにもぐりこんでから、どれぐらい時間が経《た》っただろうか。朋香はスマートフォンを見ようとして腕を伸ばし、それが枕元ではなく机に置いたままであることに気づいた。起きるのが億《おっ》劫《くう》で諦めた。

先程からひっきりなしにサイレンの音が聞こえてくる。あれは救急車かパトカーか、どちらだろう。両者の違いについて考えたことがなかった。

玄関の鍵がかかっていなかった原因は、結局はっきりしなかった。屋内に他人が侵入した気配はなく、ほかの戸締まりにも異状はなかった。「俺がかけ忘れたのかな」と正則は首を捻ってい た。

ピンポーンとチャイムの音が鳴った。玄関のインターホンだ。

息を潜めていると、もう一度鳴った。こんな夜中にインターホンを鳴らすなんて、どんなことがあった場合だろう。

やがて窓の外から人の話し声が聞こえてきた。誰かが敷地内に入っている。

朋香は身体を起こした。パジャマの上からピンクのパーカーを羽織り、部屋を出た。そして両親の寝室に行き、ドアを開けた。

ベッドに二人の姿はなかった。

突然、外で誰かが大声で怒鳴っているのが聞こえてきた。男性の声だ。ひとりではなく、しかもずいぶんと近くにいるようだ。

朋香は玄関に行き、おそるおそるドアを開けた。

すると、やはりすぐそばに人がいた。数名の男性だ。警察官の姿もあった。

スーツを着た大柄の男性が朋香に気づき、駆け寄ってきた。

「こちらのお嬢さん?」男性が訊いてきた。その口調は鋭く、目は血走っていた。

そうですけど、と答えた。弱々しい声しか出せなかった。

「今までどこに?」

「部屋です。寝ていました」

「ほかに人は?」

「父と母がいるはずですけど、今みたらどこにもいなくて……」

男性は苦悶《くもん》するような表情を浮かべた後、「ちょっと一緒に来て」といった。

「どこですか?」

「すぐそこ……車庫だ」

男性が歩きだしたので、朋香もついていくことにした。周りにいる者たちは動こうとしない。彼女から目をそらしているように感じられた。

車庫の入り口にも人がいた。彼等は朋香たちを見て、道を空けた。

男性に促され、朋香は中に入った。床にある何かを覆い隠すように青いシートが敷かれている。

「我々がここに入った時、二人の人物が倒れていた。男性と女性だ。その二人の顔を確認してほしいんだけれど、できるかな？　もしかすると――」男性は唇を舐《な》めてから改めて口を開いた。「君の御両親かもしれない」

うおおーん、という耳鳴りが突然襲ってきた。頭に様々な思いが浮かび、次々に消えていく。やがて何も浮かばなくなった。

はい、と朋香は答えた。

男性が青いシートをめくった。

5

その男性客が『鶴屋《つるや》ホテル』のメイン・ダイニングルームを訪れたのは、夜の開店時刻を少し過ぎた頃だった。髪を短く切りそろえ、鈍色のスーツに身を包んでいる。七番テーブルの席に案内した給仕係は、客の年齢を二十代半ばと踏んだ。落ち着いた雰囲気を出そうとしているが、首の細さや肌つやに若さが滲《にじ》んでいる。スーツにしても、着なれていないように見えた。高級店で食事をするため、がんばって身なりを整えてきたのではないか。

ひとりでディナーを摂《と》る客は、最近では珍しくなくなってきた。彼等の目的はＳＮＳに書き込むネタの収集だ。だから料理を食べる前には必ず撮影をするし、食べながらメモを取ったりする。中にはボイスレコーダーにぶつぶつと呟く者もいる。後でテキストにするのだろう。

若い男性客はメニューを見て、『鶴屋スペシャル・ディナー』を注文した。このホテルが開業した頃に初代料理長が得意とした献立を再現したものだ。一人前の料金が二万五千円となっている。たかがＳＮＳのためにそんな散財をするのかと思いながら、かしこまりました、と給仕係は頭を下げた。

それから、と男性客がいった。「料理に合ったワインがほしいな」

「ではソムリエをお呼びいたしましょう」

「うん、そうしてくれ」男性客は鷹揚《おうよう》な態度でいった。

やけに突っ張った野郎だな、と給仕係は思った。相手はおそらく自分より五歳は年下だ。あまり面白くなかった。

ソムリエに声を掛けてから厨房《ちゅうぼう》に注文内容を伝えていると、支配人が憂鬱そうな顔で隣に来た。

「参ったよ。またキャンセルが入った。これで今夜は三組目だ。この調子だと、まだ入るかもしれんな」

「やっぱり事件の影響ですか」

「だろうな。あんなことがあったんじゃ、とっとと帰ろうって気になるのがふつうだ。こっちもそういう事情がわかっているから文句もいえない」

あんなこと、というのは深夜に起きた殺人事件だ。別荘地で立て続けに人が殺されたらしいのだ。被害者の数は四人か五人、あるいはそれ以上ともいわれている。犯人は捕まっておらず、まだこの地に潜んでいる可能性があるのだ。

「別荘地で人が次々に襲われるなんて、何だかホラー映画みたいですね」

「そんな呑気《のんき》なことをいってる場合じゃないぞ。犯人が捕まらなかったら、観光客から敬遠される。死活問題だ」禿げ頭《はあたま》の支配人は苦い顔をした。

七番テーブルの客に出す最初の料理が上がってきた。まずは海老のカクテルで、キャビアを添えてある。給仕係が男性客の前に料理を並べているとソムリエもやってきた。白ワインは『モンラッシェ』にしたようだ。

男性客がフォークを手にして躊躇《ためら》いなく食べ始めたので、給仕係は意外だった。てっきりスマートフォンを取り出して撮影するのだろうと思っていたからだ。するとSNSへのネタ探しのために来店したのではないのか。

給仕係がバックヤードで控えているとソムリエが戻ってきたので、『モンラッシェ』を勧めたのかと訊いてみた。

「僕が勧めたのは『サンセール』だ。でも向こうから『モンラッシェ』はあるかと訊いてきたんだ。あると答えたら、だったら出してくれって」

「値段、ずいぶん違いますよね」

「三倍以上する。いいんじゃないの、金があるなら好きなものを飲めば」ソムリエは肩をすくめた。

七番テーブルの次の料理は、エスカルゴときのこのフリカッセをパイ包み焼きにしたものだ。給仕係が運んでいくと、男性客は白ワインを水のようにごくごくと飲んでいた。そして料理が並べられると、やはり撮影することなく食べ始めた。

その後、料理が鶏のテリーヌ、コンソメスープ、さらにサーモンのポワレと続いたところで、男性客は再びソムリエを呼んでくれといった。

七番テーブル席から戻ってきたソムリエは驚きの表情を作った。

「参ったよ。『シャトー・マルゴー』はあるか、だってさ」

給仕係は目を剝《む》いた。値段は二十万円は下らないはずだ。

「で、何と答えたんですか」

「もちろん、ございます、と答えたよ。事実、置いてるからね。だったらそれをくれって。かしこまりましたと頭を下げてきたってわけだ」

「すごいな。どこかのボンボンかな」

「そうは見えないけどね」

七番テーブルのメインディッシュは黒毛和牛フィレ肉のグリエだった。男性客は肉を口に入れて咀嚼《そしゃく》すると、それを胃袋に流し込むように『シャトー・マルゴー』を飲んだ。酒に強いらしく、顔色には一向に変化がない。給仕係が皿を下げる頃には、赤ワインのボトルはほぼ空になっていた。

デザートはリンゴのクレープ包みバニラアイス添えだ。給仕係がコーヒーの用意をしていると男性客は食べる手を止め、「この店の責任者は誰？」と尋ねてきた。

嫌な予感がした。料理が美味しかったので礼を述べたい、という類いの話とは思えない。

「支配人がおりますが、何かお気に召さないことでもございましたか」

「そういうわけじゃない。ちょっと話したいことがあるんだ。呼んでもらえないか」

「承知しました」

バックヤードに戻り、支配人に事情を話した。

「何だよ、それ。クレームをつける気かな」支配人は眉をひそめた。

「そうではないとおっしゃってますけど」

「どうだろうな。とりあえず、話を聞いてみるか。君も一緒に来てくれ」

二人で七番テーブルに行くと、男性客はコーヒーを飲んでいた。デザートは食べ終えたらしく、皿の上には畳んだナプキンが置かれていた。

支配人は愛想笑いを浮かべ、自己紹介をした。さらに、「お食事はいかがだったでしょうか」と尋ねた。

「うん、とても美味しかった。さすがは『鶴屋ホテル』だ」

「ありがとうございます」

「最後の晩餐《ばんさん》にふさわしい料理だった。感謝するよ」

男性の言葉に支配人は当惑したように黙っている。最後の晩餐の意味がわからないからだろう。無論、給仕係にも不明だった。

ははは、と男性客が乾いた笑い声をあげた。

「こんな言い方をされても戸惑うだけだね。悪かった。じつは頼みがあるんだ。聞いてもらえるかな」

「何でしょうか。私共にできることでしたら、お手伝いさせていただきますが」

「簡単なことだ。今すぐ警察に連絡して、ここに駆けつけるよういってもらいたい」

支配人が緊張するのが後ろにいる給仕係にも伝わってきた。

「警察……ですか」

「そう、通報してもらいたいんだ。ああ、誤解しないでくれ。食事の料金はきちんと払う。最後の晩餐が無銭飲食だなんて惨めすぎるからね」

「ではなぜ警察を？」

「それは決まっている。俺が犯罪者だからだ。君たちも別荘地で起きた事件のことは聞いているだろ？　あの事件の犯人は俺なんだ」

あまりにもさらりと発せられたため、給仕係は咄嗟《とっさ》には内容を理解できなかった。だがどうやら支配人も同様らしく、少し間を置いた後、「御冗談でしょ？」と問うた。その声は震えていた。

「冗談なんかじゃないよ。その証拠がここにある」

男性は皿の上で畳まれたナプキンを開いた。

中から現れたのは、血のついたナイフだった。

6

東京、新橋――。

カシスオレンジの入ったタンブラーを口元に運んだ後、金森登紀子《かなもりときこ》が液晶モニターを見て、ふっと笑った。

「どうかしました？」春那は訊いた。

登紀子が鼻の上に皺《しわ》を寄せた。

「カラオケ店に入ったのなんていつ以来だろうと思って。若い頃は飲み会の後は必ず歌ってたんだけど、今じゃどんな歌が流行《はや》ってるのかさえもわかんない」

「私も、最近は全然やらなくなりました。だから登紀子さんからカラオケ店を予約してっていわれた時には、どこの店にしたらいいのかわからなくて、ちょっと戸惑いました」

「ごめんね。でも、周りの目や耳を気にしなくてすむ場所にしてほしいと先方からいわれて、適当な場所が咄嗟に思いつかなかったの。すると、たとえばカラオケ店はどうですかって。ああ、なるほどなって思ったわけだけど」

「正解だと思います。ここなら気兼ねなく話ができそう」そういってから春那は上目遣いに登紀子を見た。「あの……その方は、どの程度まで事件について御存じなんですか」

さあ、と登紀子は首を傾げた。

「私のほうからは、それほど詳しくは話してない。春那ちゃんについては、ある程度説明したけれどね。でも用意周到な人だから、自分なりに調べてくるかもしれない。とはいえ他県のことだから、いくら警察官といっても、どこまで情報を集められるかはわからないけれど」

ごめんなさい、と春那は頭を下げた。

「何だか、すごく面倒臭いことをお願いしちゃいましたよね。やめておけばよかったかなって、少し後悔しているんです」

「気にしないで。かわいい後輩のためだもの。いくらでも力になるよ」

「ありがとうございます」

「やめてよ、そんな他人行儀なこと」

ドアが開き、黒っぽいスーツを着た長身の男性が顔を覗かせた。

「あっ、お疲れ様です」登紀子が見上げながらいった。「道に迷いませんでした?」

男性は苦笑を浮かべながら入ってきた。「このあたりは庭みたいなものです。目をつぶっていてもわかります」そういうとすぐに真顔に戻り、立ったままで春那に向かって会釈をしてきた。

春那もあわてて立ち上がった。

「紹介します」ゆっくりと腰を上げた登紀子が右手で春那を示した。「彼女が鷲尾春那さん」さらに春那を見て、こちらが加賀《かが》さん、と続けた。

男性がスーツの内ポケットから名刺を出してきた。「加賀です。よろしくお願いします」

春那もバッグを開け、財布から名刺を出した。めったに使うことはないが、一応作ってある。こちらこそよろしくお願いします、といいながら交換した。

男性の名刺には加賀恭一郎という名前が印刷されていた。警視庁刑事部捜査第一課、という所属を見て、春那は少し緊張した。

「金森さんから話は聞いています。あの大変な事件に巻き込まれたとのことで、驚きました。悔やみの言葉など何の助けにもならないでしょうが、心よりお悔やみ申し上げます」加賀は沈痛な面持ちでいった。その表情から、彼が軽い気持ちでここへ来たわけではないことが伝わってきた。

「このたびはわざわざ申し訳ありません」春那はいった。「今も登紀子さんに謝っていたところなんです。まさか現職の刑事さんまで巻き込んでしまうとは思わなかったので」

「それは私が思いついたことで、春那ちゃんに責任はないよ」登紀子が唇を尖らせた。

「でも御迷惑だと思うから……」

鷲尾さん、と加賀が真摯な目を向けてきた。

「迷惑だと思ったなら、ここへは来ていません。金森さんから話を聞き、力になれればと思いました。こういう言い方は不謹慎に聞こえるかもしれませんが、警察官として個人的にも非常に興味があります。世間を騒がせた、大きな事件でもありますしね」

「そういっていただけると少し気が楽になります」

「とにかく座りましょうよ。立ったままじゃ落ち着かないし。加賀さんも座ってください」

登紀子にいわれて加賀が着席するのを見て、春那も腰を下ろした。

「加賀さん、何か飲み物を注文しましょうか」登紀子が訊いた。

「いや、それは話が一段落してからにします。時間が惜しい」加賀は内ポケットから手帳を出してきた。「挨拶も終わったことだし、本題に入りませんか?」

どう、と尋ねるように登紀子が大きな目を向けてきた。お願いします、と春那はいった。

加賀が手帳を開いた。

「事件のことは大々的に報道されましたし、ワイドショーなんかでも何度も取り上げられました。さらに関連記事が週刊誌に載ったりもしましたから、全くの部外者である私がネットで少し調べただけでも、ずいぶんといろいろな情報が入手できました。ただし御多分に漏れず、そうした情報には真偽不明なものも多く、すべてを信用できるとはかぎりません。そこでいかがでしょう。私のことを事件について何も知らない人間だと思って、一から話していただけないでしょうか。想像や推論は不要です。あなたが見たことや感じたことを、そのまま話してくだされば結構です」

「一から……ですか」

春那は少々戸惑った。そういわれても、どこから説明していいのかわからない。助けを求めて登紀子を見た。

「まず、旅行のきっかけから話せば?」登紀子がアドバイスをくれた。「英輔さんと行ったのは、去年に続いて二度目だったんだよね?」

「そうです。恒例のパーティをするからって叔母に誘われて……」

「叔母さんというのは山之内静枝さんですね？」加賀が手帳を見ながらいった。

「父の妹です」

静枝は直接の被害者ではないから、報道記事などに名前は出ていないはずだ。それでもネット上では事件関係者を特定し、拡散させる動きがあった。加賀が彼女の名前を把握しているのも、そうした情報を見つけたからだろう。

「その恒例のパーティというのには、昨年も参加されたんですか」

「しました」

「では、そのあたりから話していただけますか」

わかりました、といって春那は氷が溶けかけているアイスティーのグラスに手を伸ばした。話が長くなりそうだから、まず喉を潤わせる必要があった。


春那が鷲尾英輔と都内で結婚式を挙げたのは一昨年の秋だ。その時に参列していた静枝から、是非一度二人で家に遊びに来てほしいといわれた。

静枝の夫は不動産経営に成功した資産家だった。ところが胃癌《いがん》が見つかり、治療の甲斐《かい》もなく、六年前に他界した。静枝は四十歳を前にして、未亡人となった。彼女は夫の四十九日を済ませると、港区にあった自宅を処分し、別荘に移り住んだ。子供もいないし、都会で独り暮らしを続けるより、空気のいい場所で陶芸や絵画の趣味を楽しみながら残りの人生を送りたいと考えたようだ。

その家は春那にも馴染《なじ》みの深い場所だった。子供の頃、両親に連れられて何度か行ったことがあるからだ。静枝の夫は近くにある有名なゴルフ場の会員であり、やはりゴルフ好きだった春那の両親は、滞在中は毎日のようにそこでのプレーを楽しんだ。その間、春那はゴルフをしない静枝と留守番をした。つまらなくはなかった。静枝と二人でケーキを焼いたり、時には陶芸の真似《まね》事《ごと》をするのは楽しかった。

だが春那が成長するにつれ、次第に足が遠のいていった。そのうちに静枝の夫が病に倒れ、それどころではなくなってしまったのだった。

だから英輔を連れて久しぶりに訪れた時には、懐かしいと同時に少し緊張もした。子供の頃の思い出が美化されすぎていて、幻滅したらどうしようと不安だった。

しかし実際に来てみると、それは杞憂《きゆう》だったとわかった。美しい町並みも澄んだ空気も、記憶と大きく異なるものではなかった。むしろ山之内家の建物からは、昔は気づけなかった重厚さを感じ取れたりした。

昔と少し違っていたのは、静枝が新しい人間関係を築いていたことだ。彼女は定住しているので、近くにある別荘の持ち主たちとは顔馴染みのようだった。事実、クルマで出かける時などに顔を合わせると、どちらからともなく挨拶を交わしていた。静枝によれば、ここ数年は合同でバーベキュー・パーティをするのが恒例になっていて、皆、それを前提に滞在のスケジュールを組んでいるそうだ。

そのパーティに春那たちも参加した。よく知らない人々との食事には少し緊張を強いられたが、話しかけられれば極力愛想よく振る舞ったりして、場の雰囲気を壊さないように気をつけた。職業や住む世界は違うが、それなりに裕福という点では共通している。話題は概《おおむ》ね華やかな内容が多く、退屈はしなかった。

「すると今年の七月末、叔母から久しぶりに連絡があり、誘われたんです。八月八日に例のパーティをするから、また来ないかって。ほかに旅行の計画も立ててなかったし、夫と話し合って、一泊で遊びに行くことにしました」

「一泊ということは、あなた方が別荘地を訪れたのは八月八日当日ということですね」

「そうです。昼過ぎに到着しました。パーティが始まったのは午後六時で――」

ちょっと待ってください、と加賀が右手を出した。

「昼過ぎに山之内さんの家に着いてからパーティまでの間、あなたと旦那さんは、どこでどのように過ごしておられましたか？」

「どこでって……それはもちろん叔母の家で寛《くつろ》がせてもらってたんですけど」

「具体的にはどんなふうに？」

「具体的に……ですか」春那は戸惑っていた。「あの……そのことが事件にどう関係しているんでしょうか」

わかりません、と加賀は即答した。「おそらく何の関係もないでしょうが、一応伺っておきたいだけです」

「加賀さんは、こういう人なの」隣から登紀子がいった。「どんな些細《ささい》なことでも、とりあえず知っておきたいんですよね？」

加賀はばつが悪そうな顔で、すみません、と頭を下げた。「差し支えがあるということでしたら、お答えにならなくて結構です」

「そんなことはありません」春那は首を振った。「叔母の家に着いて、少し休憩させてもらってから、パーティの準備を手伝いました。パーティは叔母の家の裏庭で行われるので、テーブルや椅子を並べたり、バーベキューコンロをセットしたり、といったことです。それから私は叔母に頼まれて買い物に行きました。食材とか調味料の買い出しや注文しておいたケーキの受け取りとかです。戻ったのは午後五時半頃で、それからは準備をしながらほかの方々がいらっしゃるのを裏庭で待ちました」

加賀は手帳に何やら書き込んだ後、顔を上げた。

「パーティに参加した人たちの名前を教えていただけますか。こちらでもある程度は摑んでいますが、確認したいので」

「わかりました。ええと、まず叔母と私、それから夫です……」

春那は参加者たちの顔を思い浮かべながら、それぞれの名前を挙げていった。何人かについてはフルネームや漢字はわからなかったので、そのように説明した。

総勢十五名分を挙げた後、「私の記憶によれば、以上のはずです」といった。

加賀は納得した様子で首を縦に動かした。

「ありがとうございます。今のお話などから整理すると、このようになります。間違いありませんか？」そういって春那の前で手帳を開いた。

そこには次のようにあった。

『山之内家　山之内静枝　鷲尾春那　鷲尾英輔
栗原家　栗原正則　栗原由美子　栗原朋香
櫻木家　櫻木洋一　櫻木千鶴　櫻木理恵　的場雅也
高塚家　高塚俊策　高塚桂子　小坂均　小坂七海　小坂海斗』

丁寧な文字で書かれたリストを見て、春那は頷いた。

「間違いないと思います。小坂さんたちの下のお名前なんかも、お調べになったみたいですね」

それらは春那が知らないものだった。

「大した作業ではありません。さっきもいいましたが、少しネットを当たっただけです。逆にいえば、それだけ個人情報が溢《あふ》れているということでしょう」

そうなのかもしれない。怖い世の中だ、と春那は改めて思った。

「パーティは、どんなふうに行われたんですか」

加賀の問いかけに、またしても春那は当惑する。この人物は、こんなふうに漠然とした質問を投げかけるのが好きなのかもしれない。

「ふつうのバーベキューです。皆で料理を食べ、お酒を飲んだりしながら、おしゃべりをしました」

「それだけですか」

「それだけって……」

「たとえば、大音響でカラオケを楽しんだりはしませんでしたか。あるいは楽器を演奏したとか」

「そういうことをした人はいませんでした」

「何かイベントは用意されていなかったんですか。花火を上げたとか」

いいえ、と春那は否定した。

「ただ、サプライズで誕生日のお祝いをしました。高塚さんの奥様が八月生まれだったから、叔母がケーキを用意していたんです」

「先程の話に出た、買い出しの際に受け取りに行ったというケーキですね」

「そうです。パーティの締めくくりにケーキを出したんです」

「それは祝われるほうとしては嬉しいでしょうね」

「はい。とても喜んでおられました」

「パーティの間、何か変わったことはありませんでしたか。ちょっとしたアクシデントというか、ハプニングというか、とにかく予定外のことです」

「さあ……なかったと思いますけど」

「パーティは何時頃まで行われましたか」

「終わったのは午後十時頃だったと思います。でも皆さん、後片付けを手伝ってくださって、それぞれの別荘に引き揚げていかれる頃には、十一時近くになっていたように思います」

なるほど、といって加賀はボールペンを走らせた後、真剣な目を春那に向けてきた。

「ではパーティが終わってからのことを話していただけますか。きちんと整理する必要はありません。時系列が前後しても構いません。できるかぎり細かいことまで話していただけると助かります」

ここから先のことを思い出すのは辛《つら》いだろうと気遣っての言葉に違いなかった。大丈夫です、と春那はいった。

「もう何度も警察で話したことです。きちんと整理できているかどうかはわかりませんけど、途中で混乱するようなことはないと思います」そういってから、もう一度アイスティーのグラスを手にした。

パーティの片付けを終え、客たちを見送った後、春那も英輔と共に部屋に戻った。顔を洗って化粧を落とすとベッドで横になった。とはいえ、まだ眠る気はなかった。ほんの少しだけ休むつもりだった。

ところがどうやら微睡《まどろ》んでしまったようだ。気づくと遠くからサイレンの音が聞こえてきた。それで目を覚ましたのだと悟った。

傍らを見ると英輔は窓際に立ち、外の様子を見つめていた。

どうかした、と訊いた。

「起きちゃったのか」英輔は微笑んだ。「疲れているだろうから、このまま眠らせてやろうと思ってたんだけどな。でもこれじゃあ目が覚めちゃうよな」

「何かあったの？」

「わからない」英輔は首を左右に振った。「あのサイレンの音から察すると、パトカーだけじゃなく救急車も来ている感じだ」

「どこの家かな」

「わりと近いんじゃないかな。気になるから、ちょっと様子を見てくる」英輔は部屋を出ていった。

春那はベッドから起き上がり、窓の外を見た。真っ暗で、何が起きているのかさっぱりわからない。

部屋を出て、階段を下りていった。静枝が懐中電灯を英輔に渡していた。

「英輔さん、やめておいたほうがいいんじゃない？」春那はいった。「何があったかわからないし、危ないよ」

「わからないから、様子を見てくるんじゃないか」英輔は笑った。「パトカーを見つけたら、何かあったんですかって訊いてみる。それだけだ」

「本当に大丈夫？」

「大丈夫だ。でも一応、戸締まりには気をつけて」後の言葉は静枝に向けられたものだ。はい、と彼女は頷いた。

英輔を玄関で見送った後、春那はダイニングテーブルについた。静枝がハーブティーを淹れてくれたので、それを飲みながら英輔の帰りを待った。

「彼、どこまで行ったのかな」

「さあ……。私には、そのへんを一回りしてきますといっていたんだけど」

いつの間にかサイレンの音は聞こえなくなっていた。騒ぎは収まったということか。

春那は壁の時計に目をやった。英輔が出ていってから、十五分ほどが経っていた。

「遅いわね、英輔さん」静枝がいった。「何もなきゃいいんだけど」

春那はスマートフォンを手にし、英輔に電話をかけた。ところが一向に繋《つな》がらない。呼出音は鳴っている。電源が切られているわけでも、電波の届かないところにいるわけでもなさそうだ。

一気に不安感が膨らんだ。試しにメッセージを送ってみたが、どんなに睨《にら》んでいても既読にならなかった。

いてもいられず、春那は立ち上がった。「私、捜しに行く」

「待って、私が行く」静枝がいった。「春那ちゃんはここにいて。暗いし、道に迷ったりしたらまずいでしょ？」

歯痒《はがゆ》いが、静枝のいう通りではあった。

「叔母さん、どこへ行くつもり？」

「とりあえず、栗原さんのところを訪ねてみる。何か御存じかもしれないから」

薄手のカーディガンを羽織り、静枝は懐中電灯を持って出ていった。この土地では一家に何台も懐中電灯が必要なんだな、と春那はぼんやりと思った。

ひとりきりになると、ますます心細くなった。スマートフォンで何度も英輔に電話をかけるが、一向に繫がらない。今、どこにいるのだろう。なぜ電話に出ないのか。

心労からか、少し横になりたくなった。階段を上がり、自分たちの部屋に戻った。ベッドに横になる前にカーテンを閉めようとして窓際に立った。

その時、目の端で何かを捉えた。小さな光だ。

何だろうと凝視し、次の瞬間には心臓が跳ねていた。裏庭に誰かが倒れているのだ。

部屋を飛び出し、階段を駆け下りて裏口に向かった。ドアを開け、裏庭に出た。

倒れているのは英輔だった。ぴくりとも動かず、手には懐中電灯が握られている。さらに身体にはナイフが刺さり、血でシャツが染まっていた。

頭の中が真っ白になった。春那は夫の名を叫んだ。


「その後のことは、じつはあまりよく覚えてないんです。気が動転してしまって、どうしたらいいかわからず、とにかく叫んでいたような気がするだけで……。いつの間にか叔母がそばにいて、裏庭から外に駆けだしたかと思うと、大声で助けを呼び始めました。するとどこからか何人かの警察官の方が駆けつけてきて、英輔さんを見るなり、ここでもやられている、と騒ぎだしたんです」

「ここでもやられている……。つまり彼等は、すでにどこかで別の被害者を確認した後だったわけですね」加賀が訊いてきた。

そうです、と春那は答えた。

「すぐ近くの別荘でも事件が起きて、警察と消防に通報があったということでした。聞こえていたサイレンは、それでパトカーや救急車が走り回っていたからだったんです。でもその時は、それどころではありませんでした」

春那は吐息を漏らした。こうして振り返ってみても、あの日の出来事が現実だとはとても思えなかった。

間もなく救急車がやってきて、英輔を近くの病院に運んだ。もちろん春那も同乗した。心の中は絶望感でいっぱいだった。

病院に着いたが、英輔に治療が施されることはなかった。死亡が確認されたからだ。

悲しみと戸惑いが頭の中で渦巻いた。自分たちの身に起きたことが信じられず、ただ混乱するばかりだ。そんな状況にも拘《かか》わらず、どこからか現れた刑事たちから、いくつもの質問を受けた。彼等の態度に、突然夫を失った妻に対する配慮はなかった。まるで責め立てるように、春那から答えを掻《か》き出《だ》そうとしていた。

「気がつけば叔母の家で横になっていました。病院まで迎えに来てくれた叔母に連れられて帰ったようです。聞けば刑事さんと話している途中で貧血を起こしたとかで。昼前に東京から母が来てくれたんですけど、話す気力もなく、ベッドから出られませんでした」

加賀が春那のほうを向き、背筋を伸ばした。

「大変でしたね。よく話してくださいました。旦那さんのこと、本当にお気の毒だったと思います。改めて、御冥福をお祈りいたします」

春那は無言で頭を下げた。この二ヵ月で、悔やみの言葉への対応にはすっかり慣れた。

「旦那さんのほかに被害者がいたことは、いつどのように知ったんですか」

加賀の問いかけに春那は即答できない。頭をゆらゆらと揺らした。

「櫻木さんの御主人や的場さんが刺されたことは、警察の人から聞かされたように思います。でもほかの人たちについては、いつ誰から聞いたのか、正直、はっきりしないんです。あまりにもいろいろな話が錯綜《さくそう》していて……。ただ、とんでもない凶悪事件が起きたということだけはわかっていました。夫が、その被害者の一人だということも」

加賀は頷き、手帳に目を落とした。春那の話を聞きながら、しきりにメモを取っていた。彼がどの部分に引っ掛かり、何を重要だと判断したのか、春那にはわからない。

「犯人について質問しても構いませんか」加賀が慎重な口ぶりで訊いた。

いいですけど、と春那は目を伏せた。「お答えできることなんか何もないと思います」

「一応お尋ねしておきたいだけです。あの男――桧川大志《ひかわたいし》を知っていましたか」

春那は、ふうーっと大きく息を吐いてから首をゆっくりと横に動かした。その名前を聞くだけで息苦しくなる。

「警察で何度も訊かれましたし、顔写真も見せられました。でも全く知らない人です」

「名前を聞いたこともないと？」

「はい」

「桧川の出身校やアルバイト先なども警察で聞かされたと思うのですが、心当たりはないわけですね」

「ありません。だって、ほかの人もそういってるんでしょ？　見たこともない男だって。それなのに、どうしてみんな、何度も何度も同じことを訊くんですか？　しつこすぎますっ」つい声を荒らげていた。だがすぐに、目の前にいるのは事件を担当している刑事ではないことを思い出した。あわてて、ごめんなさい、と謝った。「相談に乗ってもらっているのに、失礼なことをいっちゃって……」

「あなたが苛立《いらだ》つのは大変よくわかります」加賀が穏やかな声を出した。「現地の警察の肩を持つわけではありませんが、彼等も必死だったんでしょう。犯人を見つけたというのに、事件の詳細がわからないんじゃ、送検もできませんからね」

「それはわかりますけど、だからといって私たちに無理難題を押しつけられても困ります」

「おっしゃる通りです。つまりそれぐらい警察が犯人に振り回されたということです。いや――」加賀は小さく首を捻った。「今も振り回されたまま、というべきかもしれないな」

「あの犯人は……桧川は、一体何を考えているんでしょうか」

「わかりません。本人がいう通り、何も覚えていないのかもしれない」

「でも、そんなことってあるでしょうか。あれだけのことをしておいて……」

「正気でなかったからこそ、あれだけのことをしたのだ、という見方もできます。そんなふうにコメントしている精神科の医師もいました」

加賀の言葉に春那は黙り込むしかない。アイスティーのグラスを引き寄せたが、すでに空になっていた。

別荘地で起きた凄惨な事件は、意外な形で犯人が判明した。老舗の『鶴屋ホテル』のレストランで食事をしていた男が、食後に支配人を呼び、自分が殺人事件の犯人だから警察に通報しろ、といったのだ。支配人が信じられずに困惑していると、男はデザート皿に置いてあったナプキンを開いた。中から現れたのは血のついたナイフだった。

通報を受けて駆けつけた警察は、即座に男を銃刀法違反で現行犯逮捕、連行した。男は桧川大志という氏名で、東京都在住、無職、二十八歳だった。

桧川は別荘地で起きた殺人事件の犯人は自分だと供述した。さらに犯行に至った動機も語った。それは、生きている意味を感じないので死刑になりたいという願望と、自分を蔑《ないがし》ろにした家族への復讐《ふくしゅう》という、極めて自分勝手なものだった。

ナイフを分析した結果、付着していたのは栗原正則と由美子の血だと判明した。物証と動機、さらに犯人の自供が揃ったわけだから、これで事件は解決するはずだった。ところがここから警察の思惑が外れる。犯人の桧川は、犯行の詳細については何ひとつ話そうとはしないのだった。取調官が何を尋ねても、御想像にお任せしますの一点張りで、死刑になるのが目的だから殺す相手は誰でもよかった、とにかく目についた人間を刺そうと思っていて実際そうしただけで、どのタイミングでどんな相手を刺したかなんて今さら説明はできない——当人の言い分を要約すると、こんなふうになるらしい。

加賀さん、と登紀子が口を開いた。

「こういうケースって珍しいんですか。犯人が犯行を認めているのに、その詳しい内容をしゃべらないってことは」

「いえ、さほど珍しくはありません。さっきもいいましたが、人殺しをする時の精神状態は通常とは違っています。無我夢中だったからよく覚えていない、という被疑者は多いです。しかしそういう連中でも、何とか思い出そうとします。記憶違いがあって辻褄《つじつま》の合わないことが出てきたりもするわけですが、質問を繰り返しているうちに妥当性のあるストーリーに辿《たど》り着《つ》く、というのが大方です。自白をした被疑者は概ね協力的なんです。ところが桧川大志は、どうやらそうではないようです。死刑になるのが目的だから、裁判で心証が悪くなっても構わないと思っているのかもしれない。そういう点では珍しいケースといえます。ただ、被疑者が何もしゃべらないからといって犯行内容が不明だとはかぎりません。被疑者が犯行を否認していたり、黙秘している場合は、物証や状況証拠から、犯行がどのように行われたのかを突き止めていきます。それが警察の仕事です。おそらく今回の事件でも、警察は現場検証をかなり綿密に行っているはずです」

「そのことは叔母から聞きました」春那がいった。「道を通行止めにしたりして、かなり大がかりなものだったようです。現地で生活している者としては不便なことも多かったけれど、これで真相が明らかになるならと我慢したって叔母はいってました」

加賀が手帳を開いた。

「事件発生から一週間後に桧川は殺人罪で送検されていますね。しかし犯行の全容を解明できたかどうかについて、警察は明言を避けています」

「結局、最後まで不明だったみたいです」春那はいった。「今、桧川は鑑定留置されているそうです。検察での取り調べでも、やっぱり何も話さなかったらしく、とりあえず精神鑑定が行われることになったとか。聞くところによると、検察の時間稼ぎという狙いがあるみたいです。最終的には起訴するにしても、もう少し事実関係を明確にしてからと検察は考えているんだろうと」

「不思議ね。どうしてそうなっちゃうんだろう」登紀子が首を傾げた。「大々的に現場検証をしたんでしょう？　それなのに、まだ犯行の全容がわからないなんて……」

「正直、フラストレーションが溜《た》まります」春那はいった。「遺族としては犯人が誰かなんてことはどうでもよくて、どういう経緯で殺されたかを知りたいですから」

「それで遺族の方々だけで検証会を実施することになったわけですね」

加賀を見て、はい、と春那は答えた。

「一週間前、叔母から連絡がありました」

静枝によれば、それを提案したのは高塚俊策らしい。わざわざ家を訪ねてきて、あの日に起きたことを関係者同士で話し合いたい、といったという。高塚は知り合いの弁護士に頼み、検察の動向を調べ、どうやら未《いま》だに事件の詳細を明らかにできていないことを察知したのだ。このままま公判が開かれ、そこでも桧川が供述を拒んだ場合、仮に死刑判決が降りたところで真相は不明のままとなってしまう。そんな事態だけは何としても防ぎたい、というのが高塚の主張だった。

「それで春那ちゃんにも是非参加してほしいということなんだけど、どうする？　辛いことを思い出したくないなら、無理はしなくていいのよ」

静枝は気遣ってくれたが、「参加します」と春那は即答した。

あの夜の出来事は衝撃的だったし、警察で何度も同じ話をさせられたから、自分の身に何が起きたのかについては忘れたくても忘れられないほど脳裏に焼き付いている。しかしほかの人間については、まるで知らないままだった。事情聴取をする刑事たちはしつこいほどに細かいことまで質問してきたが、こちらからの問いかけに対しては、捜査上の秘密なので、といって一切答えてくれなかったからだ。

間もなく静枝から連絡がきた。ほかの遺族たちの同意を得られた、とのことだった。その際、静枝は検証会という名称を口にした。高塚の発案らしい。

その後、何度かやりとりし、検証会の日時が決まった。また、野次馬の参加は困るが、客観的な意見を聞くことも必要なので、それぞれの家から二名までは同行者が認められることになった。特に専門知識のある者なら大歓迎らしい。

春那は迷うことなく金森登紀子に声をかけた。同じ病院で勤務している先輩看護師だ。沈着冷静で、どんなに切迫した局面でも理性的な判断を下す彼女を、春那は心から尊敬していた。

登紀子は快諾してくれたが、ひとつだけ提案があるといった。連れていきたい人物がいるというのだった。警視庁の捜査一課に籍を置く現役の警察官で、かなりの慧眼《けいがん》の持ち主だから相談してみる価値はある、とのことだった。しかも現在、長期休暇を取っている最中だという。

「上からの指示で、ある一定の勤務年数を超えた者は、一ヵ月間の休暇を取らなきゃいけなくなったそうなの。暇ですることがないってメッセージに書いてあったし、頼めば一緒に行ってくれるんじゃないかな」

その警察官のことならば、春那は登紀子から何度か話を聞かされていた。彼女が看取《みと》った患者の息子で、その縁で個人的な相談に乗ったこともあるようだ。少々の愚痴などを交えながらそんなことを話すのを聞き、おそらく登紀子はその男性に好意を抱いているのだろうと見当を付けていたのだが、今回、連れていきたいといいだしたのはさすがに予想外だった。とはいえ、拒絶する理由もなく、彼女の提案を受け入れたのだった。

その男性というのが加賀だった。春那は今日のこれまでのやりとりで、なぜ登紀子が彼を連れていきたがったのかを理解した。頭脳が明晰《めいせき》なだけでなく、人を思いやる優しさを持っている。おそらく人の内面を探る能力にも長《た》けているに違いない。

「事情はよくわかりました」加賀が手帳を閉じた。「その検証会に同行したいと思います」

「ありがとうございます。大変心強いです」

「よかったね、春那ちゃん。加賀さんが乗り出してくれたら百人力、理不尽な犯行がどんなふうに為《な》されたのか、きっと明らかになると思う。——そうですよね、加賀さん」

だが問われた加賀の反応はない。腕組みをすると、鋭い視線を斜め上に向けた。

「犯行の詳しい内容を明かすことは重要です。しかし、単に桧川がどんな手順で被害者たちを襲っていったのかを突き止めたところで、この事件の全貌を知ったことにはならないのかもしれません」

気になる言い方だった。

「どういうことでしょうか」春那は訊いた。

「お盆の期間だったため、あの時期、別荘地には多くの人がいました。バーベキューをしていたグループも、ほかにもいたはずです。それなのに、なぜ桧川大志は、よりによってあなた方を狙ったのか？」

この疑問に春那は不意を打たれたような気がした。今まで考えたことがなかった。

「だからそこには特に理由はなかったんじゃないですか」登紀子がいった。「こんな言い方は春那ちゃんたちにはかわいそうなんですけど、不幸な偶然だったとしかいえないと思います。殺す相手は誰でもよかったと桧川はいっているわけですし」

春那も同感だった。それ以外にどんなことが考えられるというのか。

「誰でもよかった——本当にそうだったんでしょうか」加賀は顎先に手を当てた。「仮にそうだったとしても、最終的に桧川があなた方を選んだのには、何か理由があったはずなんです。もしかするとそれは金森さんがいうように不幸な偶然、ほんの些細なことだったのかもしれませんが、それがすべての出発点なのだとしたら、まずそこを明らかにする必要があるのではないでしょうか。自分はそう思います」

7

東京駅八重洲《やえす》中央口に行ってみると、長身の加賀はすぐに見つけられた。前回のスーツ姿と違い、マウンテンパーカーを羽織ったラフな服装だった。春那が駆け寄ると、加賀は足を揃えて頭を下げてきた。

「ごめんなさい。お待ちになりました？」息を整えながら訊いた。

「いえ、俺もついさっき来たところです」

春那はジャケットのポケットから新幹線の切符を出した。「はい、これ」

恐縮です、といって加賀は受け取った。「金森さんから連絡はありましたか」

「昨日の夜、電話がかかってきました。お父さんの具合がよくなくて、急遽《きゅうきょ》実家に帰らなくちゃいけなくなったとか。ドタキャンして申し訳ないって、何度も謝られました」

「こちらにかかってきた電話でも同様です。それで、今日のことはどうしようかと思ったのですが、金森さんから、予定通り鷲尾さんと一緒に行ってくれ、彼女には自分から説明しておくといわれたものですから……」

春那は真っ直《まっす》ぐに加賀を見上げた。

「私のことでしたらお気遣いは無用です。登紀子さんが行けなくなったのは残念ですけど、加賀さんに御一緒していただけるなら心強いです。私と二人きりというのが気詰まりでなければ、ですけど」

「その心配は無用です。被疑者と二人きりで新幹線に乗ったこともありますから。むしろ、あなたのほうに何か気になることがあれば、遠慮なくおっしゃってください。この切符は指定席のようですが、もし隣同士は落ち着かないということでしたら、俺は自由席に移動します」

「そんなことはありません。今もいいましたけど、どうかお気遣いなく」

時刻を確認すると発車時刻が迫っている。行きましょうと加賀を促し、春那は改札口に向かった。

ホームに行くとすでに列車は入っていて、車内清掃が行われていた。春那たちは売店で飲み物を買い、列に並んだ。土曜日だけに乗客は多い。指定席は三人並びで予約してあったが、一人分はキャンセルした。その空いた席も即座に売れたかもしれない。

金森登紀子が急遽行けなくなったというのは口実かもしれないな、と春那は考えていた。といっても律儀な彼女のことだから、面倒になったとかではないだろう。先日の加賀と春那のやりとりを見ていて、十分にコミュニケーションが取れているようだから、自分はいないほうがいいと判断したのではないか。そういう冷静さを、あの先輩看護師は持ち合わせている。

隣に立っている加賀を視界の端に捉えながら、たぶん登紀子の判断は正しい、と春那は思った。遊びに行くわけではないのだ。現地で自分たちがやろうとしていることを考えれば、経験豊富な刑事と二人きりで臨んだほうがいいに決まっている。仲良しの先輩が一緒だと、どうしても甘えが出るに違いないからだ。

車両のドアが開いた。前の乗客に続き、春那たちも乗り込んだ。加賀が窓際を勧めてくれたので、その言葉に甘えることにした。

間もなく車両が動きだした。春那は車窓の外をぼんやりと眺めた。この夏、英輔と乗った時のことを思い出した。当たり前のことだが、二ヵ月後にこんな形で同じ景色を眺めるとは、あの時には想像すらしなかった。

鷲尾英輔は、春那たちが勤務する病院の薬剤師だった。仕事での接点はあまりなかったが、ある日英輔のほうから声をかけてきた。前から気になっていたので一度話をしたかったと正直に告白され、少々驚いた。

ストレートな行動に、積極的なタイプなのかと思ったが、これまで女性とはあまり付き合ったことがないと聞き、また驚いた。背が高くて、目鼻立ちのバランスもいい。間違いなく女性にモテるだろうと思えたからだ。

不器用なんです、と英輔は照れながらいった。だから春那と親しくなるきっかけが思いつかず、小細工は避けることにしたのだという。

第一印象がよく、決して話し上手ではないが一緒にいると楽しかった。春那に特定の相手がいなかったこともあり、すぐに交際へと発展した。

付き合ってみると英輔の長所が次々に見つかった。注意力があり、春那のちょっとした変化にもすぐ気付いてくれた。さらに相手の気持ちに寄り添った対応や気遣いが自然にできる思いやりを持ち合わせていた。

もちろん短所だってあった。たとえば、あまりに人に気を遣いすぎる点だ。すべての人々の要求や期待に応えようとして、結局誰にも満足してもらえない、という落とし穴にはまることが仕事でも多いようだった。

もう少し適当にやればいいのに――何度いったことか。

「それができれば苦労しないよ」英輔の答えはいつも同じだ。

「不器用だからね」

「そういうこと」

だがそんな不器用な英輔を、春那は心から愛するようになっていった。この人の子供を産みたいと思った。

両親に紹介すると、どちらも喜んでくれた。「あんなに素敵な人が、よく春那なんかを選んでくれたね」と母はいい、父は、「でかした」と褒めてくれた。

英輔の両親とも会った。温厚そうな二人は春那を優しく受け入れてくれた。「ウェディングドレスを選ぶ時には妥協しちゃだめよ」と英輔の母親からいわれた時には、胸の奥が温かくなった。

結婚に至るまでの道のりの中で、停滞する局面は一度もなかった。結婚してからの生活も順調だった。幸せだったし、すべてが充実していた。

誤算があったとすれば、子供が出来なかったことだ。もし自分たちに子供がいたならば、この夏は別の過ごし方を模索したのではないだろうか。いくら有名な避暑地だとしても叔母の家に行ったりはせず、親子三人だけで過ごそうとしたように思う。そうすれば、あのような悲惨な目に遭うこともなかった。

そこまで考えたところで春那はため息をつき、頭を振った。無駄な想像に過ぎないと思った。現実には自分たちに子供は授からず、静枝に誘われるまま彼女の家を訪れた。

そして悲劇に直面することになった。心から愛した人を永遠に失った。

バッグを開け、中から腕時計を取りだした。文字盤は黒で、針は金色だ。今年の春、英輔の誕生日に春那がプレゼントしたものだ。彼の職場ではアクセサリー類を腕に付けることは基本的に禁止されていて、ふだんはあまり腕時計を使わない。それでも旅行の時ぐらいはといって付けてくれた。山之内家の裏庭で倒れていた時も、彼の左手首に巻かれていた。彼の心臓が止まった後も、この時計の針は動き続けている。

涸れ果てたと思っていた涙が頰を伝っていく。ハンカチを出し、目頭を押さえた。

「大丈夫ですか」加賀が小声で尋ねてきた。春那のしぐさが気になったようだ。

「ごめんなさい。ちょっと夫のことを思い出してしまって……」春那は腕時計をバッグに戻した。

「その時計は……」

「夫の形見です。といっても、私がプレゼントしたものですけど」

「そうでしたか……。しばらくおひとりになられますか」加賀は腰を浮かした。席を外す気らしい。

「もう大丈夫です。お気遣いなく」春那は口元を緩めた。「ところで、加賀さんにお尋ねしたいことがあるんですけど」

「何でしょう？」

「先日加賀さんは、犯人が私たちを狙ったのには何か理由があるはずだとおっしゃいましたよね。それは、たとえばどんなことだと思いますか」

すると加賀は少し考え込む顔をしてから徐《おもむろ》に唇を開いた。

「殺す相手は誰でもよかった、と桧川はいっているようです。その言葉が嘘《うそ》でないとすれば、何らかのきっかけで神経を刺激され、あなた方を狙うことにした、ということが考えられます」

「神経を刺激……ですか」

「犯行の動機から察するに、どうやら桧川は恵まれた人生を送ってきたわけではなさそうです。そんな人間が死刑になるために人を殺そうと思いついたのだとしたら、どんな相手を選ぶか。やはり派手に幸せを謳歌《おうか》している人々を狙おうとするのではないでしょうか。だから先日、お尋ねしたのです。バーベキュー・パーティの最中、大音響で歌ったり、花火を打ち上げたりはしませんでしたかと。もしそんなことをしていたのなら、桧川の心に妬みと怒りの火がついたとしても不思議ではありません」

「あの質問にはそういう意味があったんですね」

尋ねられた時には、質問の意図がわからずに戸惑った。

「しかしあなたから聞いたかぎりでは、特に周囲から目立つようなことはしておられなかったようです。それならば何が桧川大志の神経を刺激したのか、その点がどうしても気に掛かります」

加賀の話を聞き、やはり本職の刑事というのは発想が違うのだなと春那は感心した。殺す相手は誰でもよかったと犯人がいっているとしても、それだけでは納得できないのだ。

「加賀さんに検証会への同席をお願いしてよかったです。私たちだけでは手に負えないことを解き明かしてくださるような気がします」

さあそれは、といって加賀は苦笑した。

「何ともいえません。あまり期待しないでください」

「いえ、期待しています。よろしくお願いいたします」

加賀は吐息を漏らし、がんばります、といった。その声には多少の自信が含まれているように春那には聞こえた。

やがて列車が駅に到着した。自動改札機を通り抜けた途端、ほんの少し背筋に寒気を感じた。

東京と気温が違うせいもあるだろうが、たぶんそれだけではない。やはり自分は怯《おび》えているのだと春那は思った。あの場所に近づきたくないと本能が反応している。

「どうかしましたか」加賀が訊いてきた。

「いえ、何でもありません」春那は笑みを浮かべようとしたが頰が強張《こわば》るのがわかった。

加賀は、かすかに眉をひそめた。

「緊張して当然です。今、あなたが急に気が変わって、やっぱり検証会への参加は取りやめるとおっしゃっても、俺は文句をいいません」

「いいえ、もう大丈夫です。心配させてしまったのなら謝ります。行きましょう」春那は足を踏み出した。

駅前からタクシーに乗った。秋の行楽シーズンに入ったからか、街中は観光客で賑わっていた。カップルや家族連れが楽しそうに行き交い、名産品や工芸品の個性溢れる店舗を覗いたりしている。ほんの二ヵ月前、あれほど恐ろしい事件が起きたというのに、車内から眺めるかぎり、華やかさは少しも色褪《いろあ》せていなかった。

検証会は『鶴屋ホテル』で行われることになっていた。参加者たちの多くが今回の宿泊先として選んでいたからだ。おそらく自分たちの別荘で寝泊まりすることに抵抗を覚えたのだろう。春那も同様だった。あの裏庭を見下ろせる部屋で安らかに眠れるとは、とても思えなかった。

とはいえ、『鶴屋ホテル』にしても事件とは無縁ではない。桧川大志が犯行を告白した場所でもあるからだ。いわば因縁の宿だが、だからこそ自分の目で見ておきたいという気持ちが春那にはある。おそらくほかの遺族も同様ではないか。

やがて道路の右側に白い建物が見えてきた。教会のような佇まいを感じさせる古風で上品なデザインが特徴だ。

『鶴屋ホテル』の前身は、明治時代から存在していた旅館だったらしい。外国の賓客をもてなすには西洋の文化を取り入れたほうがいいと考えた何代目かの主が、思い切ってホテルに改装したという話だった。春那にとっては子供の頃から見慣れた建物だが、中に入ったことは一度もなかった。いつか泊まってみたいと思っていたが、こういう形で訪れるとは想像さえしなかった。

木材をふんだんに使用したロビーに足を踏み入れると、そのままフロントに向かった。濃紺の制服を着た女性フロントクラークに名を告げ、チェックインの手続きをした。予約してあるのはツインが二部屋だ。このホテルにシングルルームはない。

手渡されたのは大きな真鍮《しんちゅう》製の鍵で、いかにもクラシックホテルといった雰囲気を醸し出していた。加賀に差し出すと、いいですね、と満足そうな顔で受け取った。

春那ちゃん、と名前を呼ばれた。振り向くと山之内静枝が近づいてくるところだった。このロビーで落ち合うことは電話で決めてあった。

静枝はモスグリーンのワンピースの上から白い厚手のカーディガンを羽織っていた。

春那は頭を下げた。「いろいろとお世話になっています」

静枝は当惑したように眉尻を下げた。

「やめてよ。私なんて何もしていない。それより、どう？　体調を崩したりしてない？」

「まあ、何とか。御飯は食べているから心配しないで」

「それならよかったけど」静枝の視線が春那の背後に向けられた。

「紹介しておく。こちらが加賀さん。電話で説明したけど、先輩のお友達。それで――」周りを窺ってから声を落とし、警視庁の刑事さん、と付け加えた。

静枝は目を見開いて頷き、「山之内です。姪がお世話になります」と加賀に挨拶した。

「加賀です。よろしくお願いします」

差し出された名刺を見て、静枝の睫《まつげ》がぴくりと動いた。捜査第一課という文字に反応したに違いない。ドラマや映画の影響で、殺人事件を扱う部署だということは大抵の人が知っている。

春那は時計を見た。午後三時半を少し過ぎたところだ。

「たしか午後四時に集合だったよね」静枝に確認した。

「そう。場所は三階の会議室」

「じゃあ、私たちは一旦部屋へ行って、荷物を置いてから向かいましょうか」そういって加賀に同意を求めたが、「いえ俺は」と彼は小さく首を振った。「少し館内を見て回ってから直接会議室に向かいます。大した荷物ではないので」

たしかに加賀の荷物は小さなデイパックだけだ。わざわざ部屋に置いてくるほどのことはないかもしれない。

「わかりました。では後ほど」

静枝と加賀を残し、春那はひとりでエレベータホールに向かった。

『鶴屋ホテル』は地上六階建てだ。春那の部屋は五階にあった。絨毯《じゅうたん》が敷かれた廊下を部屋の前まで進み、真鍮製の鍵をドアの鍵穴に差し込んで回した。ほんの少し引っ掛かりがあったが、かちゃりと開く手応えがあった。

ドアを開き、室内に入った。ここでも床や柱に木材が使われている。コンパクトな机の前には鏡が取り付けられていた。

春那は旅行バッグを置き、鏡の前に立った。化粧の具合を確かめようとして、ふと思いつき、机の抽斗《ひきだし》を開けた。

思った通りだ。レターセットが見つかった。ホテル名の入った封筒と便箋が収められている。春那はハンドバッグを開けた。その中から封筒を取り出した。同じものだった。違うのは宛先が印字されている点だ。二日前、春那のもとに届いた。差出人は不明だ。

封筒から便箋を取り出した。これまたホテルのものだ。そしてそこには次の短い一行が印字されていた。

『あなたが誰かを殺した』——。

8

春那が三階の会議室に行くと、入り口の近くで静枝が二人の男女と立ち話をしているところだった。相手は櫻木千鶴と的場雅也だ。櫻木千鶴は濃いグレーのパンツスーツ姿で、的場はデニムに茶色のジャケットという出で立ちだった。櫻木理恵の姿は見当たらない。

近づいていき、こんにちは、と二人に挨拶した。

どうも、と櫻木千鶴が硬い笑みを向けてきた。的場も神妙な面持ちで黙礼してくる。

「理恵さんは？」

春那が訊くと、「あの子は無理」と櫻木千鶴が答えた。「まだ立ち直れなくて」

「怖くて家から出られないそうなの」静枝がいった。

「そうなんですか……」

「いろいろと薬を試して、少し落ち着いてきてはいるんです」横から的場がいった。「眠れるようにもなりましたし。ただ、さすがに今回の検証会には連れてこられませんでした。事件のことを思い出すだけで未だにパニックになるんです。無理矢理参加させたところで、皆さんに迷惑をかけるだけで役には立たないだろうと判断しました」

「そういうことなら仕方ないですね」春那は声を落とした。

「ごめんなさいね」櫻木千鶴が詫びの言葉を発した。「春那さんにしてみれば、ずいぶんと甘えたことをいっているように感じるでしょうね。たかが父親を亡くした程度のことで何だって」

「とんでもない」春那は手を横に強く振った。「父親を殺されるなんて大事件です。ショックが尾を引いても当然だと思います」

「ありがとう。お互い、何とか乗り越えないとね」

櫻木千鶴の言葉に、春那はぐっと胸が詰まった。この苦しみを乗り越えられる日など来るのだろうか。

ほかの者たちの視線が春那の背後に向けられた。振り向くと加賀が歩み寄ってくるところだった。

「紹介しておきます」春那は櫻木千鶴と的場にいった。「今回、私の付き添いとして参加してくださる加賀さんです」

さらに加賀に櫻木千鶴と的場を紹介した。彼が現職の警察官だと知り、二人は驚いた様子だ。

「警視庁を通じて、今回の事件に関する情報を県警から入手されたりしたんですか」的場が訊いた。

いいえ、と加賀は小さく首を振った。

「そんなことはしていません。これはあくまでも休暇中の個人的な行動ですから。それより、お怪我《けが》のほうはもう大丈夫なのですか。命に別状はなかったけれど的場雅也さんも被害者のお一人だと聞いていますが」

「今も少し痛むことがあります。でも問題ありません」的場は左の脇腹を押さえた。

彼が刺されたことは春那も知っている。だが詳しい状況は聞いていなかった。櫻木家で命を落としたのは櫻木洋一だけだ。

「皆さん、とりあえず部屋に入りませんか」静枝がいった。「ホテルにお願いして、飲み物の用意などをしていただいていますし」

「ありがとう。静枝さんはいつも気が利くわね。死んだ主人も感心していたわ」そういいながら櫻木千鶴が会議室に入っていく。春那たちも彼女に続いた。

室内には大きなテーブルが置かれ、囲むようにソファが並べられていた。サイドテーブルにポットと急須、湯飲《ゆの》み茶碗《ぢゃわん》などが用意されている。コーヒーも飲めるようだ。

春那が加賀と並んでソファに腰掛けた直後、ドアが開き、二人の女性が入ってきた。どちらも若いが、一方は中学生の栗原朋香だった。殺された栗原夫妻の一人娘だ。もう一人の女性に、春那は見覚えはなかった。年齢は二十代前半か。ショートヘアで化粧気はなく、ジェンダーレスな印象がある。

こんにちは、といって朋香が頭を下げてきた。力強いとは到底いえない声だった。元々色白だが、今日はさらに青ざめて見えた。

朋香ちゃん、と静枝が駆け寄った。「遠いところ、よく来たわね」

「参加しなきゃいけないと思ったから。事件のことは忘れたかったけど……」

「きっとそうよね」静枝は少女の肩に両手を載せた。「いろいろと大変だったでしょ？　ごめんなさいね、何もしてあげられなくて。お葬式とか、できたの？」

「そういうのは親戚の人たちがやってくれました」

「それならよかった。朋香ちゃんのこと、ずっと心配だった。ひとりになって、どうしてるんだろうって」

するとと少女はかすかに首を傾げた。

「正直いって、あまり何も考えてないです。寄宿舎にいたら、まだ父も母もふつうに生きているような気がしたりして……」

抑揚の少ない声で語られた言葉に、春那は胸が苦しくなった。十代半ばで突然両親を失った悲しみや衝撃など、とても想像できない。

静枝が朋香の後ろにいる女性に目を向けた。「あなたは……」

女性は一歩前に出た。

「はじめまして。クノウといいます。栗原朋香さんが生活している寄宿舎で指導員をしています。今回、ひとりでは心細いと朋香さんに相談され、同席することにしました。よろしくお願いいたします」皆に向かって頭を下げてきたので、春那も無言で応じた。

朋香と連れの女性は、テーブルの端の席に並んで座った。すると加賀が立ち上がり、彼女たちに近づいていった。何やら言葉を交わした後、戻ってきた。

「何を話しておられたんですか」

「単なる自己紹介です。あの女性のフルネームも確認しておきたかったですし」加賀は手帳を開いた。久納真穂、とボールペンで記してあった。

単なる付き添いであろうと氏名を把握しておかねば気が済まないらしい。刑事の習性なのかもしれない。

入り口からノックする音が聞こえてきた。皆が注視する中、ドアがゆっくりと開いた。顔を覗かせたのは小坂均だった。

どうぞ、と櫻木千鶴がいった。「お入りになって」

小坂は会釈し、入ってきた。彼の後ろから妻の七海と息子の海斗も続いた。彼等は春那たちの向かい側の席に腰を下ろした。

小坂一家の登場は、春那には少し意外だった。漠然と、彼等は来ないものと決めつけていた。遺族ではないからだ。しかしあの夜あの場所で何が起きたかを検証するとなれば、彼等の証言も不可欠ではあった。

がちゃりと音がして、ドアが開いた。いかめしい顔つきで入ってきたのは高塚俊策だった。彼は夏に会った時より、身体が幾分小さくなったように見えた。心労の影響もあるだろうが、これまで彼を大きく見せていたのは、妻の支えによるものだったのではないか、と春那は思った。

「どうやらお揃いのようですな」全員を見回してから高塚がいった。「じつは特別ゲストを連れてきております。招き入れても構いませんか」

何人かが顔を見合わせたが、だめだという者などいない。皆の気持ちを代弁するように千鶴が、「高塚会長がいいと思われるのなら」といった。

「わかりました」高塚はドアを開け、外にいる何者かに頷いた。

間もなく現れたのは、スーツを着た肩幅の広い男性だった。短髪で四角い顔は日焼けしており、プロゴルファーを連想させる人物だった。

紹介します、と高塚がいった。「地元の警察で刑事課長をしておられるサカキさんです」

このひと言で室内の空気が一変した。

サカキです、といって男性が手帳の身分証を提示した。榊という文字が確認できた。

「警察の方ですか……」櫻木千鶴が頰を強張らせた。「高塚会長、伺っていたお話と違いますね。この検証会に警察は関与しないと聞いておりましたけど」

「余計な口出しはいたしません」答えたのは榊だった。「あくまでもオブザーバーとして同席させてほしいと警察から高塚会長にお願いしたのです」

櫻木千鶴が高塚に険しい目を向けた。

「会長は検証会のことを警察にお話しになったのですか」

「いけませんでしたか？」高塚は、しれっといった。「ちょっとした縁があり、こちらの署長とは面識があったんです。そこで捜査資料を閲覧させてほしいと頼んだところ、理由を尋ねられたので、遺族同士で話し合って真相を突き止めることにしたのだと正直にいいました。やましいことは何もありませんからね。すると資料は見せられないが、捜査責任者を同席させてくれるなら、必要に応じて情報を提供してもいいとの回答を得られたというわけです。いわば交換条件だ。とはいえ、もし皆さんがだめだとおっしゃるのなら、榊刑事課長にはこのまま帰っていただきましょう。しかしその場合、警察からの情報は一切ない状態で検証会を行うことになります」

櫻木千鶴が眉をひそめ、意見を求めるようにほかの者たちを見た。だが誰も発言しない。あまりに重大すぎて判断に責任が持てないからだろう。

すると櫻木千鶴の目が春那たちのほうに向いた。

「加賀さん、とおっしゃいましたよね。どう思われますか。警察官としての意見を聞かせてくださるとありがたいんですけど」

「警察官？」榊の眉が動いた。

「加賀さんは私の知り合いで、今回同席していただくことになりました」春那は榊に説明した。

「警視庁にお勤めなんです」

「ほう、そうでしたか」榊は値踏みするような目を加賀に向けている。

「加賀さん、是非アドバイスを」櫻木千鶴が改めていった。

春那は申し訳ない気持ちで加賀の様子を横目で窺った。いきなり面倒なことになった、と思っているに違いない。

では、と加賀が発した。「榊刑事課長に質問があるんですが」

「何でしょう？」

「検証会の中で、これまで明かされなかった捜査上の秘密に言及する可能性があります。その場合、榊刑事課長に訊けば教えていただけるんでしょうか」

「それは内容によります」榊の反応は速い。「まだ起訴さえされていないのですから、何もかもというわけにはいきません。しかし皆さんの態度次第では、極力お答えしたいと思います」

「態度次第とは？」

「私から聞いたことは一切口外しないと約束していただけるなら、という意味です。記録に残すことも御遠慮いただきたい。録音や録画も禁止です」

なるほど、と加賀は小さく首を縦に揺らした。

「どう思われます？」春那は訊いた。

「俺が皆さんの立場なら、榊刑事課長に同席していただきます。警察に見張られているようで窮屈かもしれませんが、真相を明らかにするには捜査資料が必要です。それらに触れるチャンスは、これを逃せばおそらく二度と来ないでしょう」

春那は息を整えてから小さく手を挙げた。「私は加賀さんの意見に従います」

私も、と静枝も小声でいった。

「ほかの方は？」櫻木千鶴が視線を巡らせた。

「僕も同感です」的場がいった。「警察の情報は必要でしょう」

「朋香ちゃんは？」

名指しされるとは思わなかったのか、色白の女子中学生は、ぴくんと身体を反応させた。

「わたしは……どっちでもいいです。難しいことはよくわからないし」

「小坂さんたちは？」

「あ……お任せします」小坂は首をすくめた。「我々は部外者ですから」

「部外者？」櫻木千鶴の片方の眉が上がった。

小坂、と高塚が低い声を響かせた。

「聞き捨てならんな。自分たちは関係ないとでもいうつもりか？　家族が殺されてないからどうでもいいとでも」

「いえ、あの、決してそういうわけでは……」

「あの夜に何が起きたのかを明らかにしようと思い、こうして集まることになったんだ。あの夜あの場所にいた者は全員が関係者だ。その自覚がないのなら、とっとと消え失せろ。そうして二度と私の前に姿を見せるな」

「申し訳ございませんっ」小坂があわてて腰を浮かせ、頭を下げた。即座に隣の七海も倣っている。その横の息子は呆気《あっけ》にとられた様子で両親を見上げた。

「どうなんだ？　残るのか？　出ていくのか？」高塚が詰問する。

「残ります。残らせてください。お願いいたします」

「それなら自分の意見をはっきりといえ。榊刑事課長に同席してもらうことに賛成なのか。それとも反対なのか」

「あ……さ、賛成です。賛成させていただきます」

ふん、と高塚は鼻を鳴らし、櫻木千鶴のほうを向いた。「残るはあなただけだ」

「わかりました。私も榊さんの同席に異存はありません。榊さん、よろしくお願いいたします」

櫻木千鶴からいわれ、榊は満足そうに頷いた。

全員が着席したところで、さて、と高塚が両手をテーブルに置いた。

「どのように進めますかな。どなたかに司会進行役を引き受けていただけるとありがたいんですが」

「僕がやってもいいですよ」的場が手を挙げた。

「そうかね。じゃあ、頼もうか」

いえ、と口を挟んだのは櫻木千鶴だ。

「雅也さんは直接の被害者だから客観的な判断ができないおそれがあります。進行役は、被害に遭ってない人がするべきだと思います」

「うん、それはそうかもしれない」高塚は一同を見回した後、顔の動きを止めた。「だったら小坂、おまえに頼もうか」

「あっ、はい。私でよければ」小坂が立ち上がった。

「ちょっと待ってください」またしても櫻木千鶴が発言した。「失礼を承知で申し上げますが、小坂さんは中立とはいえません。特定の人に気を遣っていては、公正な議論は無理です」

特定の人、というのが誰を指しているかは明白だった。高塚が口元を歪《ゆが》め、櫻木千鶴を睨んだ。

「だったら誰がいい？　千鶴さん、あなたが引き受けてくれるのか？」

「私なら客観的な判断を下せます、といったところで納得できる方はいないのでは？　そこで提案ですけど、どうせならあの場所にいなかった人にお願いしたほうがいいんじゃないでしょうか。そのほうがより公正です」櫻木千鶴は再び視線を春那の隣にいる人物に向けてきた。「加賀さん、お願いできませんか？」

加賀が驚いたように背筋を伸ばした。「俺ですか」

「捜査会議というものをドラマなどでよく見ます。実際はどういうものかは知りませんけど、事件が起きた時には何らかの会議は行われるわけでしょう？　そうした経験もお持ちなのでは？」

「それはまあ……」

「だったら引き受けていただけませんか。——皆さん、いかがでしょう？」

賛成、と最初に手を挙げたのは的場だ。続いて静枝が、「それがいいと思います」と遠慮がちにいった。

「私も賛成です」春那も同調し、加賀を見た。「是非、お願いします」

「決まりだな」高塚が呟いた。

小坂と朋香が頷いて同意を示すのを確認し、「お願いできますね？」と櫻木千鶴は加賀にいった。

加賀は吐息をついた。

「わかりました。皆さんがそこまでおっしゃるのなら、やらせていただきます。ただしひとつだけ条件があります」人差し指を立て、皆の顔を見回した。「質問には正直に答える、嘘をつかない、ということです。答えたくない場合は、そのようにいってください。少しでも嘘が交じれば真相は遠のきます。そのことを決して忘れないようお願いします」

9

会議室に持ち込まれたホワイトボードの前に立ち、加賀はペンを手にした。

「まず皆さんにお尋ねします。あの夜、最初に異変に気づいたのはどなたですか。常識的に考えた場合、その方が警察に通報したと思われるのですが」

「それなら私です」櫻木千鶴が手を挙げた。「正確にいえば、事態に気づいたのは娘ですけど、私が通報しました」

「その時の状況を説明していただけますか。できるだけ詳しく」

わかりました、といって櫻木千鶴は呼吸を整えるように胸を上下させた。

「パーティが終わった後、自分たちの別荘に戻りましたが、主人が飲み足りないといって、理恵と雅也さんを誘い、庭に面したテラスでウイスキーを飲み始めたんです。私はリビングにいました。しばらくして理恵はシャワーを浴びるといって戻ってきました。それから間もなく雅也さんが入ってきて、夫がコーヒーを飲みたがっているといいました。それでキッチンに行ってコーヒーを淹れていたら、外から悲鳴が聞こえてきたんです。何だろうと思って庭に出てみると夫がうつ伏せに倒れていて、そばで娘がしゃがみこんでいました。夫の背中が真っ赤に染まっているのを見て、目眩《めまい》を起こしそうになりました。何があったのと理恵に訊いたんですけど、わからないと繰り返すばかりです。外に出てみたら、こんなことになっていたって。それでとにかく救急車を呼ばなければと思い、部屋に戻ってスマホで119番にかけました。電話が繋がったので、相手の方に状況を話すと、刺されたのかと訊かれました。わからないけれどそうかもしれないといったら、警察にも通報するようにいわれました。それでその電話を終えた後、110番にもかけたんです」

ちょっと失礼、と的場がいった。

「補足させてください。今の話だと、僕はその場にいなかったことになってしまいます」

「ああ、そうね。ええと、雅也さんも一緒にいたわね」

「トイレから出た時、理恵の悲鳴が聞こえたんです。それでリビングに行くと外から千鶴さんが血相を変えて入ってきて、電話をかけ始めました。その内容を聞き、驚いて庭に出て、何が起きたのかを知ったというわけです」

「時刻を覚えていますか」加賀が訊いた。

櫻木千鶴は的場を見た。「十二時頃だったわよね」

「そう思います」

すると加賀は榊のほうを向いた。

「通信指令課の記録をお持ちなら教えていただきたいのですが」

「あるはずです」榊は徐にスマートフォンを取り出し、操作を始めた。「あった。午前零時五分に110番通報を受けたようです。指令課は悪戯《いたずら》の類いではないと判断し、現場確認の指令を出すと同時に緊急配備を発令しました」

「ありがとうございます」加賀は櫻木千鶴に顔を戻した。「電話をかけた後は？」

「庭に戻り、娘と一緒に主人の身体を揺すったり、呼びかけたりしました。もう手遅れだとは思いたくなかったですから」

「的場さんも一緒におられたんですか」

「いえ、僕は櫻木院長を刺した犯人がまだ近くにいるんじゃないかと思い、庭から外に出ました」

加賀は目を見開いた。「犯人を捕まえるつもりだったんですか？」

まさか、と的場は苦笑した。

「そんな度胸はないし、命知らずでもありません。怪しい人間がいたら撮影し、警察に提供しようと考えたんです。でも、やはり軽率な行動だったと思い知らされました」

「逆に襲われたわけですね」

はい、と的場は真顔になった。

「栗原さんの別荘の近くまで行ったところで、突然、どんっと斜め後ろから突き飛ばされました。強く体当たりされたような衝撃です。何が起きたのか、その瞬間はわかりませんでした。間もなく強烈な痛みが襲ってきて、全身から力が抜けていく感じがしたんです。やがて立っていられなくなって、とうとうその場でしゃがみこんでしまいました。脇腹を触ってみて、出血していることを知りました。それでようやく刺されたのだとわかったんです。助けを呼ぼうとしましたが、激痛のあまり、大きな声を出せません。そこで理恵に電話をかけ、事情を伝えました」

加賀は櫻木千鶴に視線を移した。「その時のことを覚えておられますか」

「もちろんです。理恵は驚き、ますます混乱した様子でした。横で聞いていてまるで要領を得ないので、私が電話を替わったんです。ちょうどその時に救急車やパトカーが到着したので、救急隊員の方に主人の搬送をお願いしつつ、警察の方に事情を話しました」

「ちょっと待ってください」

加賀がホワイトボードに櫻木千鶴が話した状況を書き込み始めた。それを見るだけで、ほんの短い時間に大変なことが起きたということがよくわかった。

続けてください、と加賀が櫻木千鶴にいった。

「主人の搬送には理恵を同行させました。あの子を行かせたところで何の役にも立たないだろうとは思いましたけど、私がその場を離れるわけにはいかないと判断したからです。実際、その後、私はずっと警察の人のお相手をすることになりました」櫻木千鶴は榊を見て続けた。「そういうことは、すべて警察の記録に残っているはずです」

加賀がゆっくりと榊に近づいた。

「救急隊員や警察官が現着した時刻はわかりますか」

榊はスマートフォンに目を落とした。

「救急車が櫻木家別荘に到着したのは午前零時十一分で、約二分後の午前零時十三分に地域課のパトカーが到着。櫻木千鶴さんからの情報を元に警官が付近を捜索、午前零時二十二分に的場雅也さんを発見、保護した後に消防に連絡、救急病院への搬送を依頼した――以上です」

「たぶんそれで間違いありません」的場がいった。「急所から外れていたので死ぬとは思いませんでしたが、処置が遅れると治癒に時間がかかったり後遺症が残るおそれがあるので不安でした。警察官に見つけてもらった時には心の底からほっとしました」

「待っている間、あなたは何をしていたのですか」

加賀の問いかけに的場は不満そうに眉根を寄せた。

「何もしていません。さっきもいったでしょ？　動けなかったんです」

「では刺される前、あるいは刺された直後に何か見ませんでしたか」

「何かって……」

「不審な人物とか」

ああ、と的場は口を半開きにして頷いた。

「何しろ夜中だったので、周囲は真っ暗で、懐中電灯がないと足元も見えないほどでした。だから後ろから人が近寄ってきても気づけなかったんです」

「足音にも気づかなかったわけですね」

「そういうことになります。情けない話ですけど」

「刺された後も何も見なかったと？」

「繰り返しますけど、何が起きたかわからなかったんです。想像してみてください。急に刺されたんですよ。周りの状況なんて気にする余裕があると思いますか？」

「確認しただけです。何も見なかったのなら、それで結構です」加賀は身体の向きを変え、櫻木千鶴を見下ろした。「御主人を搬送する救急車を見送った後の行動を教えていただけますか」

「行動って……さっきもいいましたけど、警察の人のお相手です。ああ、その前に理恵から連絡がありました。病院で主人の死亡が確認されたって……。覚悟はしていましたけど、やっぱりショックでした。でも警察の人って本当に無神経で、そんな私に次々と質問をぶつけてくるんです。何があったんですか、どうしてこんなことになったんですかって。こっちは頭の中が真っ白になっているというのに……。ひどすぎます」

「それはね奥さん、無神経なわけじゃなくて、連中だって混乱しておったのです」榊が取り繕うようにいった。「こんな田舎の警察ですから、殺人事件なんてめったに起きたりしません。ところがいきなり刺傷事件が起きて、さらに一人が刺されたんです。冷静になれというほうが無理です。とはいえ配慮がなかったのはよくありません。担当者に代わり、お詫びいたします」

「謝ってほしいわけではないんですけど……」

「その聴取の後はどこにいらっしゃいましたか」加賀が櫻木千鶴に訊いた。

「そのまま別荘にいました。主人が搬送された病院に行こうと思っていたら理恵が戻ってきたからです。聞けば主人の遺体は警察がどこかへ持っていったというんです」

「検分と解剖のためです」榊が横からいった。「他殺体ですから、当然の対応です」

「そうかもしれませんけど、少しは遺族の気持ちを考えてくれてもいいんじゃないですか。死に顔ぐらい、ゆっくり見ておきたかったのに」

櫻木千鶴の剣幕に、刑事課長は渋い顔で頭を掻いた。

「結構です。ありがとうございました」加賀は櫻木千鶴から榊に視線を移した。「警察が次に確認した被害者はどなたですか」

「記録によれば、鷲尾英輔さんのはずです」榊がスマートフォンを見ながらいった。「付近を見回っていた警官が、女性が助けを求める声を聞き、山之内さん宅に駆けつけたとなっています」

それは私です、と静枝が小さく手を挙げた。「私が呼びました」

加賀は静枝を見下ろした後、春那のほうを向いた。

「何があったのか、皆さんに説明していただけますか」

はい、と春那は答え、改めてあの夜のことを思い出しながら口を開いた。

パーティの片付けを終えた後、二階の寝室にいたらサイレンの音が聞こえてきたこと、様子を見てくるといって英輔が出ていったこと、なかなか戻ってこないので心配していたら裏庭に誰かが倒れているのを見つけたこと、そしてそれが英輔だったことを、感情が声に出ないよう気をつけて話した。

「そこから先は私に任せて」静枝が春那の肩に手を置いた。「今の春那さんの話にあったように、英輔さんがなかなか戻ってこないので、私は何があったのかを訊こうと思い、栗原さんの別荘を訪ねていました。でも応答はありませんでした。それで外から戻ってきたら、裏口から春那さんの泣き叫ぶ声が聞こえてきたんです。驚いて裏庭に出て、何が起きたのかを知りました。とにかく警察の人を呼ばなきゃと思い、無我夢中で大声を出しました。どんなふうに叫んだのかはよく覚えてないんですけど、誰か来てくださいとか、助けてください、とかだったと思います。するとどこからか制服を着た警察官の方が駆けつけてこられたんです。三人ぐらいいらっしゃったと思います」

「それが――」加賀が榊を見た。

「午前零時四十三分」訊かれる前に榊がいった。「消防に連絡、救急車で搬送されたのが零時五十五分となっています。刺傷されたのは二ヵ所で左脇腹と胸部。凶器のナイフは胸に刺さったままだったようです」

「あなたは救急車に同乗し、病院で御主人の死亡を確認されたわけですね」加賀が春那に訊いてきた。

「そうです」

「その後は？」

「櫻木さんと同じです。病院で警察の人から事情聴取されました。何を訊かれたのか、よく覚えていません」

加賀はホワイトボードのほうを向き、今の話の要点を書き込んだ。その後、また榊に顔を向けた。「その次に確認された被害者は？」

「うちの家内じゃないかな」榊が答える前に高塚俊策がいった。

「その通りです」榊がスマートフォンを見ていった。「午前一時五分、通報しておられますね。その場付近にいた警官が即座に駆けつけ、高塚桂子さんの遺体を確認しています。その場にいたのは夫の高塚俊策さん、俊策さんの部下である小坂均さんと奥さんの七海さんの三名です」

「遺体を見つけた時の状況を説明していただけますか」加賀が高塚にいった。

「我々は外出していました。私が昔から利用している老舗のバーがあり、パーティの後、小坂と行ったんです。七海さんにクルマで店まで送ってもらってね。飲み始めてから一時間ぐらい経った頃だったかな、店の人間が騒ぎだしたんです。別荘地で何かあったらしく、パトカーと救急車が走り回っているってね。さらに聞けば我々の別荘がある地区のようだ。それで気になって、急いで帰ることにしたんです。小坂がタクシーより七海さんを呼んだほうが早いといって電話をかけ、迎えに来てもらいました。すぐに七海さんが来てくれたので、別荘地で何かあったのかと訊いたところ、わかりませんという。聞けば彼女は我々をバーに送った後、別荘には戻らず、店の近くで待機していたらしい。それで何もわからないまま別荘に戻ったところ――」高塚は渋面を作り、首を左右に何度か振った。「居間で家内が血を出して倒れていた、というわけです。胸を何度か刺されている模様でした。見つけた時点で、もう手遅れだとわかりましたから、救急車は呼ばず、警察にだけ通報しました」

「玄関の鍵はかかっていましたか？」

いいえ、と高塚は首を振った。

「かかってなかったので、おかしいとは思いました。しかし単にかけ忘れたんだろうと思っただけでした」

「室内に争ったような形跡は？」

「ありませんでした」

加賀が無言で頷いた時、あのう、と小坂が遠慮がちに声を発した。

「息子の話を聞いてやってもらえませんか。犯人を見たらしいんです」

「犯人だなんていってないよ」少年が口を尖らせた。

加賀は小坂たちのところへ行くと、腰を屈《かが》め、両親の隣で小さくなっている小坂海斗の顔を覗き込んだ。

「あの夜、君は部屋にいたんだね？」

うん、と少年は首をかすかに動かした。

「御両親たちが出かけていた間、何をしてた？」

「寝てた」

「寝てました、でしょ」七海が眉間に皺を寄せた。

まあまあ、と加賀がなだめる。

「でもずっと寝ていたわけではないんだね？　途中で目を覚ました？」

はい、と少年は答えた。

「サイレンの音で起きたんだよな？」小坂が横からいう。「それで犯人を見た」

「だから犯人かどうかはわからないといってるじゃん」海斗が眉間に皺を寄せた。

「でも人影は見たんだよな。怪しい人影を」

「ちょっとすみません。息子さんに話をさせてあげてください」

加賀にたしなめられ、小坂は肩をすくめた。

「目を覚ましたのは何時頃？」

「十二時頃だったと思うけど、十二時何分だったかまでは覚えてない」

「それで？」

「まだお父さんもお母さんも帰ってきてないし、クルマがあるかどうかを確かめようと思って、窓から外を見ました。そうしたら、誰かが駐車場を横切って外に出ていったんです。さっと逃げるみたいに」

少年の言葉は端的で、それだけに臨場感があった。室内の空気がぴんと張り詰めたのを春那は感じた。

「顔は見た？」加賀が訊いた。

「見てないです。ていうか、暗くてよく見えなかった。黒い影がさっと走っていっただけだから」

「服の色なんかは？」

「黒っぽかった。でも暗かったから、そう見えただけかも」

「人影が消えた方向は？」

「窓から見下ろして左のほう」

「というと、方角としてはどうなのかな」

「東だな」高塚俊策がいった。「うちの別荘は南向きで、駐車場もそっちにあります。駐車場を見下ろして左に出ていったのなら東です」

「お宅の別荘より東にあるのは、どちらの別荘ですか」

「山之内さんのお宅とグリーンゲーブルズがあります。それよりさらに道沿いに進めば櫻木さんの別荘がありますが」

「グリーン？」

「ああ、失礼。グリーンゲーブルズというのは、ええと……」高塚は静枝を見た。

「イイクラさんという方が所有しておられます」静枝がいった。「でも御高齢で、ここ数年は使っておられません。亡くなった主人が親しくしていた縁で、私が鍵を預かっております」

飯倉という字だと静枝は補足した。

「そうでしたか。ありがとうございます」加賀は高塚と静枝に頭を下げてから再び海斗のほうを向いた。「その後、君はどうした？」

「また寝ました。お父さんたちはまだ帰ってなかったし……。でも誰かの大きな声が聞こえて、すぐに目が覚めました。何だろうと思っていたら、お母さんがやってきて、僕の顔を見て、ああよかったたっていいました。何が何だかわからないでいると、高塚さんの奥さんが刺されたって、お母さんがいったんです。それでびっくりして、庭から誰かが出ていったことをいいました」

「そうか。――榊刑事課長」加賀が榊に呼びかけた。「今の話は警察でも把握しているんですね」

「もちろん。極めて貴重な証言ですからね」

加賀は何度か首を縦に揺らした後、ふと思いついたように高塚のほうを見た。

「その老舗のバーには、いつもは一人で行っておられるんですか」

「いや、ふだんは家内が一緒でした」

「でもあの夜、桂子夫人は行かなかったわけですね。なぜですか？」

「なぜって、大した理由はありません。いつもは私に付き合わされていましたが、あの夜は小坂たちがいるので自分が行く必要はないと思ったんでしょう。それが何か？」

「いえ、ちょっと気になったものですから」加賀は小坂たちに視線を戻した。「クルマでバーまで送ってもらった後、奥さんを別荘に帰さず、待機させていたのはなぜですか」

「それは、あの、そのほうがいいと思ったからです。タクシーを呼んでも、すぐに来るかどうかわからないし……」

「しかし真夜中に女性を車中で待たせるというのは、防犯上の観点から適切な判断だとは到底思えませんね」

「私が大丈夫だといったんです」七海が横から答えた。「後部座席にいれば外からは見えませんから。それより真夜中にタクシーが捕まらないほうがまずいと思ったんです」

「待機していた場所というのは、どこですか」

「路肩です。バーから百メートルも離れていなかったと思います」

「止めていた間、何か変わったことはありませんでしたか。路上駐車を注意されたとか」

「何もありませんでした」

そうですか、と加賀は呟いた。

やりとりを聞きながら、春那は内心首を捻っていた。高塚桂子がバーに行かなかった理由や、小坂が七海を待機させていたことなど、事件とは関係がないように思えるからだ。なぜこんな質問をするのか、その意図がわからなかった。

加賀は考え込む顔をして、ゆっくりと移動を始め、栗原朋香のそばで足を止めた。

「残る被害者は君の御両親だ。二人の遺体を見つけた時のことを話してもらえるかな」

朋香は首を振った。「見つけたのは私じゃないです」

「というと？」

「真夜中にインターホンのチャイムが鳴ったんです。その前にも二度ぐらいチャイムが鳴ったと思うんだけど、ベッドの中にいたので、そのまま眠りました。でも三度目の時にはちょっと不安になって、目が覚めてしまったんです。こんな時間に何だろうと思っていたら、外で誰かが大きな声を出しているのが聞こえてきました。それで両親の寝室に行ってみたんですけど、どちらもいませんでした。ほかのところも捜したけれどやっぱりいないので、外の様子を見ようと思って玄関のドアを開けてみたんです。そうしたら警察の人がいて、見てほしいものがあるといって車庫へ連れていかれたんです。そうして……あの、二人を……刺されて死んでいる両親を見せられました」

細い声で懸命に事実を語ろうとする朋香の姿は痛々しかった。まだ中学生の彼女がどれほどの絶望感を強いられているかを想像すると、夫を失った春那でさえ、同情心が湧き上がってくるのを禁じ得なかった。

榊刑事課長、と加賀が呼びかけた。

「今の話を聞くと、警察官は無断で別荘の敷地内に入ったようですね。そうして車庫の遺体を見つけている。それらの事情を把握しておられますか」

「当然です。しかしその点については説明の必要があるでしょうね」榊が落ち着いた口調でいった。「じつはそれより少し前の午前一時を少し過ぎた頃、警官の一人が栗原さんの別荘を訪ね、インターホンを鳴らしています。異状がないかどうかを確認するためです。ところが応答がなかったらしい。それでその警官は一旦立ち去ったのですが、周辺から被害者が次々に見つかったため、改めて栗原さんの別荘も確認することにしたそうです。午前一時四十五分、警官が再びインターホンを鳴らしたが、やはり応答はなかった。そこで警官たちは独自の判断で敷地内に入り、異状がないかどうかを確かめたわけです。その結果、車庫で二人の遺体が見つかり、警官たちが対処を相談していたところ、玄関のドアが開いて栗原朋香さんが姿を見せたということです。非常事態であり、警官たちが敷地内に入った判断に間違いはなかったと考えています」話し終えた後、何か文句でもあるか、とでもいうような顔で榊は周りを見た。

「結構です。ありがとうございます」加賀は改めて朋香を見下ろした。「御両親が車庫にいた理由について心当たりはあるかな?」

少女は首を横に振った。「ありません……」

「夜のドライブに出かける習慣があったとか」

「そんなのはないです。それにどちらもお酒を飲んでいたし」

「そうだね。ありがとう、よくわかった」

加賀はホワイトボードの前に戻った。ペンを手に取ると、手早く書き込んでいく。それは以下のようなものだった。

[時刻]	[場所]	[被害者]	[発見者]
00:05	櫻木家別荘の庭	櫻木洋一	櫻木千鶴・理恵　的場雅也
00:22	栗原家別荘の近く	的場雅也	警察官

00:43　山之内家裏庭　鷲尾英輔　鷲尾春那
01:05　高塚家別荘居間　高塚桂子　高塚俊策　小坂均・七海
01:45　栗原家別荘車庫　栗原正則・由美子　警察官

加賀が皆のほうを向いた。

「注意していただきたいのは、ここに書いた時刻は、あくまでも通報時刻や発見時刻にすぎず、犯行時刻ではないということです。それについては、この後ゆっくりと検討していきたいと思います。――榊刑事課長、この時系列について何か異論はありますか」

加賀の問いかけに榊は軽く首を振った。

「いや、ありませんね。こちらで把握している内容と一致している。大したものだ」

「もし何か補足したほうがいい情報をお持ちなら、教えていただきたいのですが」

すると榊は口元を曲げて笑った。

「申し訳ないが、その要望にはお応えしかねる。もちろん、そこに書かれた以上のことを我々は摑んでいる。しかしそれをすべて教えるわけにいかないのは、同じ警察官であるあなたならわかるはずだ。だからといって、どの情報を明かせばいいのか、判断する材料がない。訊かれたことには極力答えたいと思うが、具体性のない質問には応じられない」

いつの間にか榊の口調は、加賀に対する時だけくだけたものになっている。親近感からか、あるいは立場の違いを強調するためなのか、春那にはわからなかった。

「では具体性のある質問をさせていただきます」加賀のほうは相変わらず榊に対して敬語を使っている。「警察は桧川の身柄を送検するにあたり、犯行方法や手順について、何らかの推論を組み立てたはずです。それを話していただけますか」

榊の顔が険しくなった。「それもお断りするしかありませんな」

「なぜですか」

「推論の根拠まで話すことになる。情報量が多すぎる」

「多すぎる？　その逆じゃないんですか」

「逆、とは？」

「質問を変えます。榊刑事課長は、その推論に自信がありますか。イエスかノーでお答えください」

榊の目が大きく見開かれた。意表をついた質問だったのだろう。刑事課長はどう答えるつもりなのか。春那は息を殺し、彼の唇が開かれるのを待った。

すると、ふっとその唇が緩んだ。

「参りましたね。そうきたか。ここは正直に答えるしかなさそうだな」榊は口元を引き締めて続けた。「ノーです。残念ながら自信はない。理由をいわなきゃいけないかな」

「被疑者の桧川大志が供述を拒んでいるせいで情報が圧倒的に少なく、推論を組み立てられない。送検のために一応組み立てたが、現場検証の結果や物証、証言を照らし合わせた場合、いくつかの矛盾が生じる――そんなところでしょうか」

榊は口元を歪め、小刻みに身体を揺すった。

「その通りです。だからそんなものをここで披露したところで、お互いにメリットは何もない。むしろそんなものは白紙にして、検証し直すべきだ。そう判断したから、この会に同席することにした。どうでしょう？　これで納得してもらえたかな」

「わかりました。正直にお答えくださり感謝します」加賀は一同を見渡した。「今の榊刑事課長の発言に対し、何か御意見のある方は？　――ありませんね。では、ここからは議論に移りたいと思います」

ちょっと、といって手を挙げた者がいた。高塚俊策だ。

「休憩しませんか。一度にいろいろな話を聞いたので、少々疲れてしまった」

「私もお化粧室へ……」櫻木千鶴も同調した。

ああ、と加賀が表情を和ませた。

「気が利かず、申し訳ありませんでした。そうですね。少し休みましょう。せっかく飲み物も用意してもらっていることだし」

その言葉によって重圧から解放されたように、ほぼ全員が腰を上げた。ところが、「私からひとつだけ」という威圧感のある声が響き、皆が動きを止めた。声の主は榊だった。

何でしょうか、と加賀が訊いた。

「最初にお約束したことは守っていただきたい。聞いておられますか、そこのあなた」そういって榊はテーブルの端にいる女性を指した。栗原朋香の付き添いとして出席している久納真穂だ。

「あたしが何か？」彼女は首を傾げた。

「何かじゃない。さっきから見ていれば、しきりにメモを取っているじゃないか」

「いけませんか？」

「さっき私がいったことを聞いてなかったのか。記録しないでくれといったはずだ」

「記録を残さないでほしいとおっしゃったのは聞きました。これは単なるメモです。どこかに出すつもりはありません。ホワイトボードに書くのはいいんでしょ？　同じことだと思うんですけど」

「ホワイトボードは持ち出せないし、使用後はすべて消せる」

失礼、と加賀が割って入り、「何のためにメモを?」と久納真穂に訊いた。

「頭の中を整理するためです。初めて聞くお名前ばかりだし……」

加賀は少し考える顔をした後、改めて久納真穂を見た。

「では、こうしませんか。あなたがこの部屋を去る時には、そのメモを榊刑事課長に見せ、持ち帰っていいかどうか判断してもらうんです。だめだとなればあなたの手で破棄するか、榊刑事課長に渡す。いかがでしょうか」

久納真穂は不承不承といった顔で頷いた。「わかりました」

「私もそれなら納得だ」榊も満足そうにいった。

「話がつきました。皆さん休憩しましょう」そういって加賀は腕時計を見た。「十分後、この部屋で集合です。それまでに頭をリフレッシュさせてきてください」

10

化粧室の鏡に映った顔は、まだ少々強張っているようだ。春那は両手で頬を包み、何度か深呼吸をした。

予想したよりも緊張を強いられている。誰が被害に遭ったのかはわかっていたが、どういう状況だったのかは今日初めて知ったも同然だ。あの夜、そんなに恐ろしいことが起きていたのかと思うと、改めて戦慄を覚える。

検証会は、今後どのように進められていくのだろうか。警察さえ解き明かせないものを自分たちでどうにかできるものなのか。

もう一つ気になっていることがある。例の謎の書簡だ。あなたが誰かを殺した――あれは一体何なのか。

皆に話すべきかどうか、春那は迷っている。単なる悪戯にしては悪質すぎる。誰が書いたものなのか。差出人は、今日ここへ来ている者の中にいるはずだ。何か狙いがあるのなら、その者が自分から切りだすのではないか。それまでは黙っていたほうがいいように思われる。

奥のトイレから誰かが出てきた。櫻木千鶴だった。彼女は春那に目礼した後、隣に並んで手を洗い始めた。

「あなたがあの方を連れてきてくださってよかった」鏡に映った櫻木千鶴が春那のほうに顔を向けてきた。「加賀さんのことよ。とても上手に進めてくださっている。さすがは警視庁の刑事さんね」

「私もそう思います」

「あの方なら、もしかすると真相を突き止められるかもしれないわね。もっとも――」鏡に映った櫻木千鶴の目が、きらりと光ったように見えた。「それがみんなのためになるかどうかはわからないけれど」

えっ、と春那は瞬きした。「それはどういう意味でしょうか」

ふふっ、と櫻木千鶴は意味ありげに唇を綻ばせた。

「変なことをいっちゃったわね。ごめんなさい、忘れてちょうだい」そういうとくるりと踵《きびす》を返《かえ》し、出ていった。

春那が会議室に戻ると、静枝と小坂七海が皆に飲み物を振る舞っているところだった。春那は恐縮しながら湯飲み茶碗を受け取り、自分の席につこうとして、ホワイトボードの前に立っている女性に気づいた。久納真穂だ。彼女はコーヒーカップを手に、じっとボードに書かれたものを眺めている。

春那は近づいていき、「何か気になることでも？」と声をかけた。

久納真穂は、はっとした様子で振り向き、首を横に振った。「いえ、何でもありません」そういって自分の席に向かった。

春那が席について日本茶を啜《すす》っていると、間もなく加賀が入ってきた。手に大きな封筒を持っている。彼は立ったままで室内を見回すと、「全員、お揃いのようですね。再開しても構いませんか」と尋ねた。

始めましょう、と高塚がいった。

加賀は頷き、封筒を脇に置いてホワイトボードの前に立った。

「ここに記した通り、それぞれの被害者が発見された時刻は概ね明らかになりました。では犯行はどういう順番でなされたのか？　次はそれを明らかにしていきたいと思います。そこでまず榊刑事課長にお尋ねしたいのですが、それぞれの死亡推定時刻は明らかになっているんでしょうか」

榊は腕組みをした。

「大体のところはね。特異なケースだから、被害者の遺体はすべて司法解剖に回された。しかし被害に遭ったタイミングが極めて近く、いずれの遺体も死亡推定時刻は似通っている。犯行の順番を特定するには分単位の解析が必要だが、そこまでの割り出しは難しい、というのが解剖医の見解だった」

「やはりそうでしたか。となれば、次に参考にすべきは目撃証言、あるいは防犯カメラの映像ということになります。それらの情報を提供していただくことは可能ですか？」

「現時点で有力な目撃情報はない。今後、新たに出てくる見込みもないだろう。問題は防犯カメラだが、捜査の参考になる情報はある。ただしそれらのカメラは、ここにいる方々の別荘や家に設置されているものだ。それぞれから許可を得て、映像データを提出してもらった。要するに――」榊は腕組みをほどき、全員の顔を見回した。「皆さんの同意を得られるのなら、この場で情報を明かすことはやぶさかでない、ということです」

なるほど、と加賀が合点した顔になった。

「防犯カメラの映像は、それぞれの家のプライバシーに関わっている可能性があるので、同意が必要というわけですね。いかがですか、皆さん。防犯カメラの映像に関する情報をここで明かしてもらっても構いませんか？」

加賀の問いかけに対し、異を唱える者はいなかった。大丈夫のようです、と加賀は榊にいった。

では、と榊がもったいをつけるような動作でスマートフォンを構えた。

「まず重要なことをお話ししておきます。各建物にはすべて防犯カメラが設置されていましたが、事件発生時に機能していなかったものが二つあります。ひとつは高塚家別荘のもので、カメラのコードが切断されていました。経年劣化などによるものではなく、明らかに器具を使っての工作です。最後に撮影された映像のタイムスタンプは八月八日午後八時三十三分となっていますから、皆さんがパーティをしている間の犯行だと思われます。そこには黒いパーカーを羽織った犯人の姿がはっきりと映っていました。顔は不鮮明でしたが、体格や歩容認証などを解析した結果、桧川に間違いないことが確認されています。高塚さんに確かめたところ、警察から尋ねられるまで防犯カメラの異状には気づかなかったそうです」

「その通りです」高塚が首肯していった。

「もう一つは栗原家別荘の防犯カメラで、機器に異状はありませんでしたが、記録装置に記録媒体であるＳＤカードが入っておりませんでした。記録装置は屋内にあり、当然外部から触れることは不可能です。元から入っていなかったのか、何者かが取り出したのかは不明です。栗原朋香さんに尋ねましたが、わからないとのことでした。ただし一つ、看過できない事実があります。朋香さんによれば、パーティから戻ってきた時、別荘の玄関の鍵があいていたそうなのです。戸締まりをしたのは栗原正則さんでしたが、施錠し忘れたのかどうかは不明のままだったということです」

全員の視線が栗原朋香に集まった。まるで皆から責められているように感じたのか、朋香は身体を縮め、俯《うつむ》いた。

「栗原さん――朋香さん」加賀が呼びかけた。「パーティから帰った時、室内が荒らされたような形跡はありませんでしたか？」

朋香は顔を上げ、首を横に振った。「なかったです」

「御両親が防犯カメラのことで何か話していたとか、そういうこともなかったのですか」

「わかりません。私は聞いてません」

加賀は頷き、榊のほうを向いた。「それについて警察ではどのように判断を？」

「犯人が侵入し、ＳＤカードを抜き取った可能性が高いとみています。推測だけれど、窓かガラス戸か、とにかく玄関以外のどこかに施錠し忘れたところがあったんじゃないだろうか。そこから忍び込み、ＳＤカードを抜いた後、玄関から出ていったというわけです。それならば玄関の鍵があいていたことにも説明がつく。記録装置を調べたところ、布製の手袋で触った形跡があった。指紋が付くのを防いだと考えられます」

「指紋をね……」加賀は釈然としない表情をしつつ、「機能していなかった二つの防犯カメラについてはわかりました。話を続けてください」と榊を促した。

「では、残っていた映像について御説明します。犯人らしき人影を捉えたカメラは三台。まず山之内家の門柱に設置されていたカメラで、八月八日の午後八時十二分頃、中の様子を窺っている桧川大志の姿がはっきりと映っています。このカメラには九日の午前零時十五分頃にも映っていて、桧川は家の前を西に向かって徒歩で通り過ぎています。それより少し前の午後十一時五十分頃、櫻木家別荘の防犯カメラが、前の通りを横断する桧川の姿を捉えています。最後のカメラは、飯倉家別荘――皆さんがグリーンゲーブルズと呼んでいる家に設置されていたもので、午前零時三十分頃に、桧川は前を通過していきました。おそらくそのまま逃走したと思われます」榊はスマートフォンから顔を上げ、「以上が防犯カメラの情報です」と締めくくった。

加賀はホワイトボードの前に立ち、『防犯カメラの情報』と書いた。さらに次のようにペンを走らせていった。

『20:12　山之内家の様子を窺う
20:33　高塚家別荘の防犯カメラのコードを切断
※栗原家別荘に侵入し、防犯カメラ記録ＳＤカードを抜き取った？

「位置かもしれないわね」櫻木千鶴がいった。

「位置？」加賀が訊く。

「うちのカメラは、かなり高い場所に設置してあるんです。脚立などを使わなければ触ることもできないでしょう。そもそも外から見ただけでは、どこにカメラがあるのかもわからないかもしれません。だから犯人としては放置するしかなかったんだと思います」

「なるほど。結果的に犯人は、その放置したカメラに姿を捉えられることになったわけですね。それが午後十一時五十分頃のことです」

「その直後、櫻木院長を襲ったんでしょうね」的場がいった。「外から様子を窺い、僕が屋内に入って院長がひとりになるのを見て、背後から襲ったんじゃないかな。だからもしあの時に僕が席を立たなければ、院長が殺されることはなかったかもしれません。犯人が庭に入ってくれば、僕からは丸見えだったと思いますから」

「それはいっても仕方のないことよ」櫻木千鶴が乾いた口調でいった。「まさか殺人鬼が潜んでいて、命を狙ってるだなんて、ふつう誰も想像しないわよ。あなたを責める気なんてないから心配しないで」

「だけどやっぱり悔やまれます。席を立つ前に、もう少し周りの様子に気を配るべきでした」的場は拳で、こんとテーブルを叩いた。

その的場の前に加賀は立った。

「櫻木洋一さんが刺されているのを見て、あなたは犯人を捜しに行き、逆に襲われました。一方、午前零時十五分に再び山之内家の防犯カメラが犯人の姿を捉えています。時間的に、どちらが先だと思いますか？」

23:50　櫻木家別荘前で道路を横断
00:15　山之内家防犯カメラ前を西に向かって通過
00:30　グリーンゲーブルズの前を通過』

加賀はホワイトボードを指差し、全員のほうを振り返った。

「先程整理した遺体発見の経緯と、この防犯カメラの情報を踏まえて、犯人の行動を推測してみましょう。どなたか、御意見はありませんか？」

「それを見るかぎり、ある程度は明らかだと思うんですけど」的場が発言した。「八時過ぎに山之内家の様子を窺っていたということは、その時点で我々をターゲットにすると決めていたわけですよね。その後、高塚家と栗原家の防犯カメラを無効化し、犯行のチャンスを窺った、と考えていいんじゃないでしょうか」

「妥当な推理ですね」加賀がいった。「反論はありますか？」

声を発する者はいない。春那も異論はなかった。

加賀は的場の顔を見た。

「なぜ犯人は櫻木家別荘と山之内家、そしてグリーンゲーブルズの防犯カメラには手を出さなかったのでしょう？　どうせならすべて無効化すればよかったのでは？」

「それは僕に訊かれてもわからない。犯人の都合でしょう。たとえば、山之内家には人が集まっていたので、おかしなことをしていて見つかるのをおそれたのかもしれない。グリーンゲーブルズは留守だから、防犯カメラは働いていないと思っていた可能性があります。櫻木家別荘のカメラを放置した理由は思いつきませんけど……」

していたら、午前零時十五分に山之内家の防犯カメラに映るのは不可能です。だからといって、夫妻を殺すために栗原家の別荘に戻ったとは思えません。考えられるのは、それよりももっと以前に夫妻は殺されていたということだと思います」

「要するに犯人は、栗原さんたちを殺した後、うちの別荘に来たというわけね」櫻木千鶴がやや声のトーンを上げた。

「それしか考えられません」的場は断定口調だ。「すでに人殺しを実行していたからこそ犯人の気持ちはより昂《たか》ぶっていて——」

「ちょっと待ってください」加賀は的場を制し、視線を遠くに向けた。「大丈夫ですか？」

春那が見ると、奥の席で栗原朋香がテーブルに突っ伏していた。その背中は小刻みに震えているようだ。久納真穂が隣から少女に何やら小声で尋ねている。

春那は事態を察した。栗原夫妻の殺害というワードが頻繁に飛び交うのを聞き、気持ちが参ってしまったのだろう。

「少し休ませてあげたほうがいいんじゃないでしょうか」静枝が加賀を見上げ、遠慮がちにいった。「かわいそうです。こんな話を聞かせ続けるなんて」

「たしかに刺激が強すぎたかもしれんな」高塚が呟く。

すると朋香は身体を起こした。「大丈夫です。続けてください」

「無理しなくていいのよ、朋香ちゃん」静枝がいった。「部屋に戻って、ゆっくりと休んでなさい」

だが朋香は首を左右に振った。「いいの、大丈夫です」

「でも——」

「僕が襲われたのは、午前零時十五分よりも前だと思います。おそらく犯人は、どこかで僕の行動を見ていたんでしょう。こっそりと後をつけてきて、襲ってきたというわけです。その後、山之内家の前まで戻ったんだと思います」

「わかりました」加賀は思案する顔つきでホワイトボードの前に戻り、ペンを手に取って皆を見回した。「では、ほかの被害者たちが襲われた順番を考えてみましょう。まず鷲尾英輔さんですが、サイレンの音を聞いて出ていったところを狙われたわけですから、櫻木さんたちが刺されたよりずっと後であることは明白です。次に、小坂海斗さんが目撃した不審者が犯人だとすれば、高塚桂子さんを殺害した後だった可能性が高い。海斗さんもサイレンの音を聞いているので、犯行は櫻木さんたちが襲われた後ということになります。ただし鷲尾英輔さんが刺されるよりも前だったか後だったかは不明です。では栗原夫妻はどうでしょう？　ここで思い出していただきたいのは、山之内さんや警察官がインターホンを鳴らしたにもかかわらず、誰も応対に出なかったという点です。朋香さんは聞こえていたけれど、ベッドから出なかったといっておられます。しかし栗原御夫妻のどちらも眠っていて目を覚まさなかった、というのは考えにくいのではないでしょうか」

つまり、と櫻木千鶴がいった。「その時点ですでに夫妻は殺害されていた、ということですね？」

「そう考えるのが妥当だと思います」加賀の目が鋭い光を放った。「鷲尾英輔さんが殺害されるより前です。では、それはいつだったのか」

はい、と的場が手を挙げた。

「僕は栗原家別荘の近くで襲われました。もしそれから犯人が別荘に忍び込んで栗原夫妻を殺害

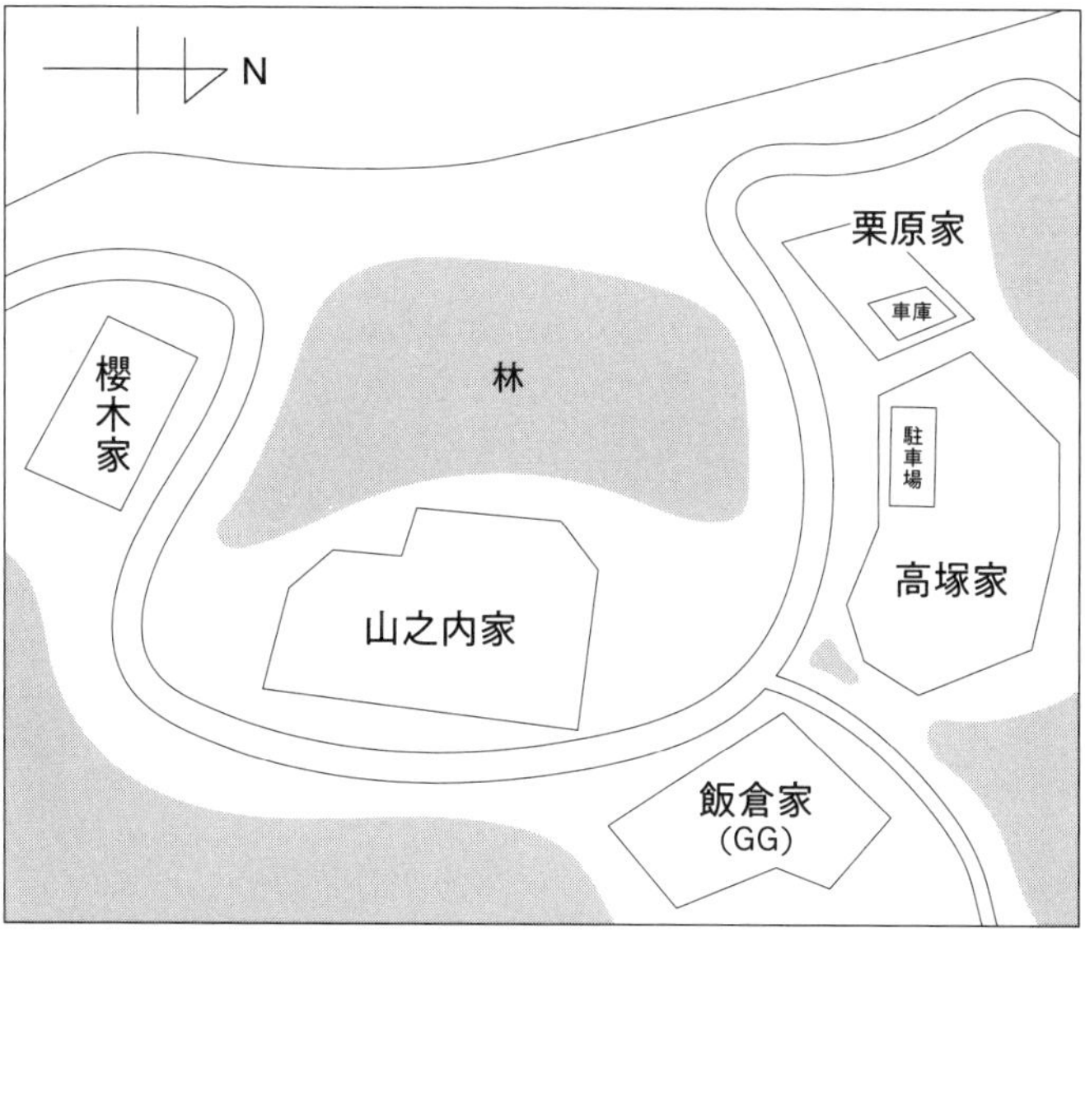
N
栗原家
車庫
櫻木家
林
駐車場
高塚家
山之内家
飯倉家
(GG)

いいのっ、と朋香は鋭い口調でいった。その甲高い声に、本人が驚いたような顔をした。

「あ……ごめんなさい。でも、本当にもう平気です。続けてください。大事な話だから、私、聞いていたいんです。聞かなきゃいけないと思うし」

懸命に立て直そうとする少女の態度に、全員が黙り込んだ。

加賀が近づいていき、「本当に大丈夫なんだね？」と訊いた。はい、と朋香は答えた。

「わかった。では続けましょう。――どなたか、朋香さんにお茶をいれてあげてください。湯飲みが空っぽだ」

小坂七海が立ち上がり、急須に湯を注ぎ始めた。

加賀は安心した表情でホワイトボードの前に戻った。ペンを手に取ると被害者の名前を書き並べ、矢印で繫いでいった。


『栗原正則・由美子→櫻木洋一→的場雅也→高塚桂子or鷲尾英輔』


「皆さんの話を整理すると、被害に遭った順番はこのようになります。では次に、別荘の位置から検討してみましょう」

加賀は脇に置いてあった封筒を手に取り、中から折り畳まれた白い紙を出した。それを広げ、マグネットを使ってホワイトボードに固定した。

そこに描かれているものが何なのかは、春那にもすぐにわかった。五軒の別荘の配置を示したものだ。櫻木家、栗原家、高塚家の別荘と山之内家、そしてグリーンゲーブルズだ。

「いつの間にそんなものを？」櫻木千鶴が春那と同様の疑問を口にした。

「さっきの休憩時間に、ホテルの人に手伝ってもらって作りました」この程度のことは何でもない、とばかりに加賀はいった。

「早業だな」高塚が感心したように呟いた。

春那も同感だった。さすがに本職の刑事は違うと思った。

加賀が図面を指した。

「別荘の利用者である皆さんならおわかりだと思いますが、道に沿って移動した場合、栗原家別荘と櫻木家別荘は最も離れていますが、間にある林を通り抜けるならば、その距離を大幅にショートカットできます。したがって犯人が栗原夫妻を殺害した後、櫻木さんたちを襲い、その後高塚家別荘で桂子夫人を刺し、さらに山之内家の付近にいた鷲尾英輔さんを殺したというのは、行動として合理的だと思えます。ただし桂子夫人と鷲尾英輔さんの順番は逆かもしれませんが」

あのう、と遠慮がちに声を発したのは小坂七海だった。「ちょっといいでしょうか」

どうぞ、と加賀が促すように掌《てのひら》を出した。

「息子が目撃した不審者が犯人だったとしても、奥様を殺害した直後だったとはかぎらないのではないでしょうか」

「というと?」

「奥様はもっと前に殺されていた可能性もあると思うんですけど。たとえば櫻木さんや栗原さんたちが殺されるより前ということも……」

加賀は図面を見つめた後、なるほど、と呟いた。

「桂子夫人を殺害した後、栗原夫妻を殺し、続いて櫻木さんと的場さんを襲ってから、鷲尾英輔さんを殺した、というわけですね。海斗君が目撃したのは、犯行をすべて終えた犯人が逃走する

ところだったのかもしれない」

「そうだとしたら、なぜまたうちの別荘に現れたんだ？」高塚が疑問をあげた。

「さらに獲物がいないか、探してたんじゃないですか」的場がいった。「犯人は死刑になりたかったから、できるだけ多くの人間を殺そうとしたというわけです」

「理屈なんかはどうでもいいんじゃないかしら」櫻木千鶴が冷めた声を発した。「殺人鬼の考えることだから、私たち常人には理解できなくて当然なのよ」

「わかりました。すると考えられるのはこういうことですね」

加賀がホワイトボードに書き足していった。


『1．栗原正則・由美子→櫻木洋一→的場雅也→高塚桂子→鷲尾英輔』

『2．栗原正則・由美子→櫻木洋一→的場雅也→鷲尾英輔→高塚桂子』

『3．高塚桂子→栗原正則・由美子→櫻木洋一→的場雅也→鷲尾英輔』

『4．栗原正則・由美子→高塚桂子→櫻木洋一→的場雅也→鷲尾英輔』


「この四つのパターンということになります。これを見て、何か意見はありますか」

全員がホワイトボードを凝視した。

「特におかしな点はないと思いますが」高塚がいった。「防犯カメラの時刻と矛盾はないし、地図を見たかぎり、いずれも行動として不可能じゃない」

「皆さんも同意見でしょうか」

加賀がほかの者たちに訊いた。何人かが頷き、異論を唱える者はいなかった。

「たしかに矛盾はありませんね。不自然な点も、これだけを見るかぎりではないように思われます。おそらく捜査当局も、同じ答えに至ったのではないかと想像します」加賀は榊のほうを見ながらいった。榊は否定しない。

しかし、と加賀は続けた。

「先程、榊刑事課長が、警察が組み立てた推論に自信を持てないとおっしゃったのは理解できます。仮に私が送検を担当した場合でも、きっと書類の作成に悩んだでしょう」

「どうしてですか」春那が訊いた。「何も問題はないように思うんですけど」

するとと加賀は笑みを浮かべた。

「それは実際に書いてみればわかります。通常、犯行内容は犯人の視点で書く必要があります。では、1のパターンを例に考えてみましょう。犯人が最初に襲ったのは栗原夫妻ですが、場所は車庫でした。しかしなぜ犯人は、二人が車庫にいるとわかったのでしょうか。可能性として考えられるのは、別荘の様子を外から窺っていたら二人が出てきて車庫に入るのを見た、ということです。だから書類には、そのように書きます。たまたま車庫に移動するところを目撃したので、そこで殺すことにした、と。次に櫻木家別荘での犯行です。ここでも栗原家別荘の時と同様、様子を窺っていたら、テラスで酒を飲んでいた二人のうちの一人がたまたまいなくなったので、残っていた一人を後ろから刺した、となります。さらにしばらくすると、もう一人の男性が別荘からたまたま出てきたので、後を追い、襲った。その後、高塚家別荘に侵入したところ老婦人がたまたま一人だったので刺し殺した。別荘から外に出て、逃走しようと思っていたら、たまたま男性と鉢合わせし、殺すことにした。さて、ここまで聞いたところで何か気づいたことはありますか」加賀が春那を見ながら尋ねてきた。

「たまたま、というのが多いですね」

「その通り」加賀は頷いた。「いずれの犯行も極めて偶然性が高いといわざるをえません。ひと言でいえば、行き当たりばったりです。典型が高塚家での犯行で、もし桂子夫人が一人きりでなかったらどうする気だったのか。屈強な男性が何人か一緒にいて、取り押さえられるおそれがあるとは思わなかったんでしょうか」

「何も考えてなかったんじゃないですか」的場がいった。「犯人の桧川自身がいってるんでしょ？　死刑になるために殺すんだから、その相手は誰でもよかった、目についた人間を片っ端から刺していっただけだって。はじめから逮捕されるつもりなんだから、何もおそれる必要はない。単にそういうことだと思うけどなあ」

「だったら、なぜ彼は一部の防犯カメラを無効化しておいたのでしょうか。逮捕される覚悟があるなら、映ったところで関係ないはずです」

この疑問に、春那は息を呑《の》んだ。迂闊《うかつ》だが、今まで考えていなかったことだ。しかしいわれてみればその通りだ。

ほかの者たちも同様の思いなのか、不安げな表情で加賀を見上げ、彼が発する次の言葉を待っている。

「殺す相手は誰でもよかった、というのは本当かもしれません」加賀が口を開いた。「しかし防犯カメラの無効化に着手した時点では、明らかにターゲットを絞っています。つまり、そこからはある意味計画殺人なのです。どのように殺していくか、彼は考えたはずです。さほど緻密ではなかったかもしれませんが、それなりに手順を模索したと思うのです。そのわりに実際になされた犯行は、あまりに偶然によりかかっている。私が犯行手順の明文化に悩んだだろうといったの

は、そこが引っ掛かるからです。――榊刑事課長、これに関して何か補足することはありますか？」

榊は指先で両方の目頭を揉《も》んだ後、小さくかぶりを振った。

「いや、ないね。大きな声ではいえないことだが、我々が辿り着いた結論も、ここに書かれた四つのパターンだ。だが君が指摘したように、犯人の行動として一貫性がない。偶然が重なり過ぎていて説得力にも乏しい。そこで送検するにあたり、元々は計画的だったが、どうせ逮捕されるのならばと途中で気が変わり、成り行き任せの犯行に切り替えたと考えられる、という見解を示したが、正直なところ苦しい」

「犯人がこの人たちをターゲットに選んだ理由については、どのように説明を？」

「派手にバーベキュー・パーティをしている様子を見て、嫉妬心から殺意を抱いた可能性が高い、とした。推論というより想像だね。根拠は薄い」

ありがとうございます、と加賀は礼を述べ、再び皆のほうに顔を向けた。「何か意見のある方はいらっしゃいますか？」

その時だった。ドアを軽くノックする音が聞こえた。櫻木千鶴が立ち上がり、入り口に向かった。

外にいる者と少し言葉を交わした後、彼女は戻ってきた。「この部屋の利用時間は、あと十分だそうです」

加賀が腕時計を見た。

「もうそんな時間ですか。すみません。私の司会進行がまずかったせいか、何ひとつ問題が解決しないままですね」

「いやあ、そんなことはない」高塚が声を張っていった。「あなたの司会はじつに見事だった。おかげでいろいろなことが明らかになった。さすがは本職だ」

春那も同意見だったので、そう思います、とはっきりといった。さらに何人かが同意の言葉を発した。

加賀は恐縮するように一礼した。

「皆さんの言葉は大変ありがたいのですが、真相に至っていないという事実は動かせません。個人的には、さらに検証を続けるべきではないかと思います。とはいえ、皆さんにもそれぞれのお考えがあると思います。もうこれで十分だ、納得した、ということであれば引き下がります。所詮、私は部外者ですからね。いかがでしょうか？　検証会は、ここまでにしておきますか？」

「いえ、それは困ります」即座に異を唱えたのは櫻木千鶴だった。「なぜ夫が殺されなければならなかったのか、何としてでもはっきりさせたいです。今のままでは犯人が死刑になったとしても、ずっと引きずることになると思います」

「同感です」隣にいる的場が手を挙げた。

「私も、ここで終わることには反対だな」高塚がいった。「まだまだわからないことが多すぎる。じつは、皆さんには話していないが、引っ掛かっていることもあるし」

「何でしょうか？」加賀が訊いた。

それは、といったところで高塚は首を横に振った。

「今ここで話すのは控えておきます。議論の中で必要だと思った時、お話ししましょう」

加賀は釈然としない様子だったが、それ以上は問い詰めず、春那に目を向けてきた。

「私も同意見です」尋ねられる前にいった。「検証会を続けてほしいです」

加賀は頷き、テーブルの奥に視線を投げた。「あなた方はいかがですか？」

栗原朋香が隣の久納真穂に何か囁《ささや》いた。それを聞いた久納真穂が顔を向けてきた。「朋香さんは皆さんに任せるそうです」

「私たちも皆さんに合わせます」小坂がいった。「検証会を続けるということでしたら、それに従います」

「嫌なら帰ってもいいんだぞ」高塚がぶっきらぼうにいった。「さっきはかっとなって厳しいことをいったが本心じゃない」

「いえ、そんなことはありません。最後までお付き合いしたいと思います」小坂の顔は真剣そのものだ。

「ではどうしましょうか。夕食の後、もう一度どこかに集まりますか」加賀が皆に訊いた。

「私から、ひとつ御提案を」高塚が手を挙げていった。「じつは七時からメイン・ダイニングルームに大きな個室を確保してあるんです。そこで食事をしながら話すというのはどうですかね」

おそらく誰しもが予想外だったのだろう。驚きと困惑が混じったような微妙な空気が流れた。もちろん春那も同じ思いだった。

「私は構いませんけど……」櫻木千鶴が口を開いた。「食事の時ぐらいは事件のことを忘れたいという人もいるんじゃないかしら」

高塚が顔をしかめた。

「ホワイトボードを持ち込んで、どうのこうのやろうってわけじゃない。事件以外のことを話したっていい。雑談しているうちに何か気づく、なんてこともあるかもしれないし。いやもちろん、自分は別の場所で食事をしたいという人には無理強いはしません。希望者限定で、ということです。――いかがですか、加賀さん」

判断を委ねられ、加賀は戸惑いの色を示した。少し考えた後、彼はいった。

「希望者限定ということなら、私から何かいう必要はないでしょう。皆さん、お聞きになりましたね。高塚さんの意見に賛同される方は、メイン・ダイニングルームの個室にお集まりください。検証会の続きをどうするかについては、改めて御相談したいと思います。それまでは一旦解散とします。お疲れ様でした」

この言葉をきっかけに全員が腰を上げた。

「春那ちゃん、どうする？」静枝が訊いてきた。「高塚さんの提案に乗る？　正直いうと、私はあまり気乗りしないんだけど」

「どうしようかな……」

「決まったら教えてちょうだい。私、春那ちゃんに合わせるから」そういって静枝は部屋を出ていった。

春那は気持ちが固まっていなかった。加賀を見ると、ホワイトボードに貼り付けた図面を回収し、イレーザーを手にしたところだった。

春那は彼に近づき、「加賀さんはどうされるんですか？」と訊いた。

「夕食のことなら、あなたにお任せします。俺はあなたの付き添いで、あくまでも部外者ですから」

「でも今や、私なんかよりもはるかに事情を把握しておられると思うんですけど」

「そんなことはありません」加賀はホワイトボードに書かれたものをすっかり消し、イレーザーを元の場所に置いた。「事件についてはある程度わかりましたが、まだ皆さんのことを何も知りありません」

ませんん。全くの白紙です。このホワイトボードみたいにね。これでは到底真相に辿り着けそうに

意味ありげな言葉に、春那は首を傾げた。

「真相に辿り着くのに、みんなのことを知る必要があるんですか？」

すると加賀は真剣な目でじっと春那の顔を見つめてから、「とりあえず外に出ましょう」といった。

二人で会議室を後にし、エレベータホールに向かった。その間、加賀は無言だった。

春那は、例の書簡について話すべきかどうか迷っていた。加賀が信頼できる人物であるのは間違いないようだ。打ち明けても、春那にとってよくないことにはならないのでは、と思えた。少なくとも、ほかの者には内緒にしておいてほしいといえば、約束を守ってくれるのではないか。

エレベータが五階に着いた。部屋に向かって歩き始めると不意に加賀が、「なぜグリーンゲーブルズは留守だとわかったんでしょうね」といった。

「えっ？」

「犯人の桧川大志が皆さんを狙った理由が、派手なパーティをしているのを見て嫉妬心を起こしたからだったとします。しかし、なぜその中にグリーンゲーブルズの住人はいないとわかったんでしょうか。防犯カメラに映っていたように、彼はグリーンゲーブルズの前は素通りしていま す」

「そういえば……」

「桧川はパーティに参加している人たちの顔ぶれを把握していた。そのうえで犯行に及んだ――そう考えるべきではないでしょうか」

春那の部屋の前に着いた。春那は足を止め、刑事を見上げた。

「殺す相手は誰でもよかった、というのは嘘だと？」

はい、と加賀は冷徹な目をしていった。

「明確なターゲットが、少なくともひとりはいたのだと思います。それだけでは死刑にならないので、ほかのターゲットは無差別に選んだのかもしれませんが」

「でも、私もそうですけど、誰もあの男のことなんて知らないといっています」

「こちらが知らないだけで向こうは知っていた、ということも考えられます。人間、どこで誰から恨みを買っているかわからないものです。地位が高く、交際範囲の広い人ほど、そういう危険性を孕《はら》んでいます」

「それはわかりますけど……」

それに、と加賀は声を落として続けた。

「誰も嘘をついていない、という保証はありません」

「桧川と繫がりのある人間が、あの中にいると？」

「だからいったんです。皆さんのことを何も知らないままでは真相に辿り着けない、と」

自分の鼓動が速くなるのを春那は感じた。深呼吸し、気持ちを落ち着かせようとした。

「夕食、どうされますか？」加賀が訊いてきた。

ふうっと息を吐き、春那は相手の目を見つめた。

「七時にメイン・ダイニングルームの個室に伺います」

了解です、といって加賀は一礼し、くるりと背中を向けた。

11

ベッドに腰掛け、加賀の言葉を反芻《はんすう》していたら、スマートフォンに着信があった。金森登紀子からだった。

「はい、春那です」

「登紀子です。今、大丈夫？」

「部屋で休んでいるところです」

「だったらよかった。ごめんね、加賀さんと二人きりにさせちゃって。何か困ってることはない？」

「問題ありません。加賀さん、やっぱりすごいです。来てもらってよかったです」

検証会の司会役を加賀に引き受けてもらったこと、その進行の手際が見事で、数々の疑問点が浮き彫りになってきたことなどを春那は話した。

「加賀さんが司会をねえ。何だか想像がつかないけど、あの人が仕切っているのなら、きっとそうなるでしょうね」登紀子の声に驚きの気配はない。「それどころか、これからもっといろいろなことが出てくるかも」

「いろいろなことって？」

「真相に繋がる重要なこと。もし誰かが隠し事をしていて、それが事件に関わっているのだとしたら、加賀さんは絶対に見逃さない。覚えておいて。あの人に嘘は通用しない」

あまりに断定的な口調に春那は戸惑いを覚えた。「そうなんですか……」

ついさっき、「誰も嘘をついていない、という保証はありません」と加賀から聞いたばかりだ。

「まあ、そのうちにわかると思う。それより春那ちゃん、気分はどう？　検証会というからには、事件のことを何度も振り返らなきゃいけないだろうし、辛いんじゃないかなと心配してるんだけど」

「ありがとうございます。全然平気です……とまではいえないけれど、覚悟したうえで来ていますから我慢できます」

「そう。それを聞いて安心した」

「登紀子さんのほうはどうですか。お父さんのお加減とか……」

うふふ、と登紀子が笑いを漏らすのが聞こえた。

「久しぶりに実家で、のんびりと親孝行をしてる。明後日《あさって》には東京に帰れると思う」

「そうですか。わかりました」

「じゃあ、がんばってね。病院で会いましょう」

はい、と答えて春那は電話を切った。スマートフォンを見つめながら、やはり父親の体調が悪くなったというのは嘘のようだ、と思った。もし本当なら、のんびりと、という言葉は出てこないだろう。しかもうっかり口にしたのではなく、敢えて使ったに違いない。たぶん春那に嘘だと感づかせるためだ。

時刻を見ると六時五十分を過ぎていた。そろそろ部屋を出たほうがよさそうだ。

スマートフォンをバッグに戻す時、例の『あなたが誰かを殺した』という書簡の入った封筒が目に留まった。加賀に話すべきかどうか、まだ迷っている。話せば大ごとにされそうで怖い。しかし隠しておくのは、たぶんよくない。

覚えておいて。あの人に嘘は通用しない——登紀子の言葉が耳に残っている。

春那がメイン・ダイニングルームの入り口をくぐると、黒い制服を着た男性が笑顔で迎えてくれた。「御予約のお客様でしょうか?」

「はい……あの、高塚さんのお名前で個室を予約してあると聞いたんですけど」

男性の笑みが一瞬固まった。その部屋にはどういう顔ぶれが集まるのかを知っているのかもしれない。だがすぐに柔和な表情を取り戻した。

「伺っております。ようこそいらっしゃいました。ただ今御案内いたします」

男性が先導して歩きだしたので、春那は後についていった。

店内は広く、アンティークを想起させる木製のテーブルが並んでいる。すでに多くの席が埋まり、客たちは和やかに食事を始めていた。彼等の様子を眺めながら、犯人の桧川大志はどこの席についたのだろう、と春那は考えていた。

黒服の男性が奥のドアを開け、「こちらのお部屋です」といった。

春那が入っていくと、すぐそばに二人の男性が立っていた。小坂均と榊だった。小坂はともかく、榊がいたのは意外だった。食事中に交わされるのが雑談ばかりだったとしても、事件関係者たちの会話は聞いておきたいということなのだろうか。

小坂が、どうも、と春那に頭を下げてきた。

「奥様と息子さんは?」

「部屋でルームサービスを頼むそうです。息子が和食を食べたいと我が儘をいいだしましてね。もちろん会長の許可は取ってあります」

「そうですか」

たぶん和食は関係ないだろうと春那は察した。大人たちに囲まれ、息が詰まりそうな雰囲気の中で食事をするなど、子供にとっては考えただけでも苦痛に違いない。また母親にしても、逃れる格好の口実になったのではないか。いずれにせよここで食事をするかどうかは各自の自由のはずだが、小坂一家の場合、高塚の許可を得る必要があるらしい。

春那は室内に目を向けた。細長いテーブルが用意され、十人が向き合って食事を摂れるようにテーブルセッティングがなされていた。白いテーブルクロスが重厚でクラシカルな内装と調和しており、まるで迎賓館の一室にいるようだ。

小坂たちが立ったままでいる理由を察した。あまりに仰々しくて、どこに座っていいかわからないのだ。

失礼、といって榊がそばにやってきた。

「加賀警部は、あなたのお知り合いだそうですね」

「そうですけど……」

警部、と階級で呼んだことが気になった。

「どういった御関係で？　いや、これは単なる好奇心から尋ねているだけなので、お答えにならなくても結構です。ただ付き添いのためだけに東京からわざわざこんなところまで出向いてくるのは、相当に親しい間柄ではないかと思いまして」

ずいぶん不躾《ぶしつけ》な質問だ。もしや男女関係でも疑っているのか。こちらは二ヵ月前に夫を亡くしたばかりの未亡人だというのに。

「職場の先輩から紹介されたんです。でも、その先輩がどんなふうにして加賀さんと知り合ったのか、詳しいことは聞いておりません」声が尖らぬように気をつけて答えた。

「そうでしたか。で、今回のことはあなたのほうから加賀警部に頼んだんですか？　検証会に同行してほしい、と。それとも、あなたの話を聞いた加賀警部が、同行させてくれといってきたのでしょうか」

「今お話しした先輩に検証会のことを相談したら、加賀さんにお願いしたらどうかと勧められたんです。それが何か？」

いや、と榊はわざとらしい作り笑いを浮かべた。

「警視庁の捜査一課となれば、かなりお忙しいはずだ。もしかしたら加賀警部自身が事件に興味を持ったのかなと思いまして」

「さあ、それは私にはわかりません」

この回答に納得したのかどうかは不明だが、榊は曖昧に頷きながら離れていった。

榊が加賀の階級や所属部署を知っていることに春那は引っ掛かりを覚えた。加賀は榊に対し、詳しく自己紹介などしなかったはずだ。もしかすると検証会の後、どこかに問い合わせ、加賀について調べたのかもしれない。

ドアが開き、新たに三人が入ってきた。栗原朋香と久納真穂、そして静枝だった。静枝はセミロングの髪をまとめ、先程羽織っていたカーディガンの代わりにショールを肩から掛けていた。彼女はホテルに部屋を取っていないから、クロークに荷物を預けているのだろう。今日は長丁場になりそうだと思い、準備してきたようだ。

続いて高塚俊策と加賀が現れ、最後に櫻木千鶴が的場を伴ってやってきた。

「どうしたの？　なぜ、みんな立ってるの？」櫻木千鶴が怪訝そうな顔をした。

「席が決まっていないからでしょう」静枝がいった。「皆さん、遠慮しておられるんです」

「そんなの適当に座ればいいと思うけど。――会長、どうします？」櫻木千鶴は最年長者の意見を求めた。

「レディファーストでいいんじゃないですか。まず女性が好きな席に座ったらどうかね」

「じゃあ年の若い順に選んでもらいましょう。朋香ちゃんたちが最初ね。好きなところに座ってちょうだい」

櫻木千鶴にいわれ、朋香と久納真穂が移動を始めた。二人で顔を見合わせながら、端から並んで座った。

彼女たちの次は春那だった。好きなところ、といわれても特に座りたい位置などはなかった。あまり深く考えることなく、久納真穂と向き合う末端の席についた。

静枝は朋香の隣に座り、さらにその隣に櫻木千鶴が腰を下ろした。

続いて男性陣が席を選んだ。春那の列の遠い席から、榊、高塚、小坂と腰を下ろしていく。春那の隣にきたのは的場だった。加賀は榊の向かい側、つまり静枝たちの列の端に座った。

制服を着た給仕係が現れ、皆にメニューを配り始めた。

「君がゴトウ君か？」

差し出されたメニューを受け取らず、高塚が給仕係に訊いた。

はい、と給仕係は答えた。眉を奇麗に整えた、三十歳ぐらいの男性だ。

「そうか。私の場合、何を注文するかはここへ来る前から決めてある。『鶴屋スペシャル・ディナー』だ」高塚は宣言するようにいってからほかの者たちを見回した。「それがどういう料理かは、当然皆さんおわかりでしょうな」

場の空気がさっと冷えるのを春那は感じた。『鶴屋スペシャル・ディナー』が因縁の料理だということは、もちろん知っている。

「あまりいい趣向だとは思えませんけど」櫻木千鶴が硬い口調でいった。「自分の身内を殺した犯人と同じものを食べるなんて」

「私だって喜んで食べるわけじゃない。本心をいえば、このレストランには、そのメニューを永久に封印してもらいたいとさえ思っています。しかし事件の本質を知るためには必要な手続きではないか、と思い直したんですよ。あれだけ残虐なことをした後、犯人の桧川は一体どんな気持ちで夕食を摂ったのか、それを推し量るには同じものを食べるしかない、とね。桧川が食事をしていた時の具体的な様子を知りたいから、今夜はその時のスタッフに担当してもらえるよう、予約を入れた時に頼んでおいたんです。それがこちらのゴトウ君らしい。もし料理を見るのも嫌だという方がいるのなら、遠慮なく席を外してくださって結構だ。私に注文を変える気はないのでね。――ではゴトウ君、改めてお願いする。『鶴屋スペシャル・ディナー』を頼む」

かしこまりました、と給仕係のゴトウは強張った表情で答えた。

「会長の意図は大変よくわかりました。では、私も同じものをお願いします」櫻木千鶴がいった。「愉快ではありませんけど、この店で食事を摂るからには、意味のある時間にしませんとね。それにそのコース料理は、この店で一番お高いんでしょう?」

そうです、とゴトウが答えた。

「だったら、尚更《なおさら》それにしなければ。犯人より安い料理を食べるのなんて癪《しゃく》ですからね」

「全くその通りです」賛同を得られ、高塚は満足そうだ。

「じゃあ、僕も付き合いましょう」的場がメニューを閉じた。「人殺しがどんなものを食ったか、純粋に興味がありますし」

「私もそれで結構です」小坂も倣った。

春那の向かい側で朋香と久納真穂が小声で相談を始めた。無理しなくていいと思う、と久納真穂が囁くのが聞こえた。

「大人たちに合わせる必要はないよ」彼女たちの声が耳に届いたらしく、的場が朋香にいった。「君は自分の食べたいものを注文したらいい。口に合わないかもしれないしね」

朋香の瞳がきらりと光ったように見えた。「食べたいものなんてありません」吐き捨てるようにいった後、顔をゴトウのほうに向けた。「私にもそれをお願いします。『鶴屋スペシャル・ディナー』というのを」

「だったら、あたしも」久納真穂がいった。

「私は……やめておきます」静枝が広げたメニューに目を落としたままいった。「量が多すぎて、とても食べきれないと思いますから。この『Aコース・ディナー』というのをお願いします」

「私もAコースでいい」そういいながら榊がメニューをゴトウに返した。

「自分は、『Bコース・ディナー』にします」加賀がいった。

ゴトウが春那のところへ来た。「お客様はどうなさいますか?」

春那はまだ迷っていた。正直なところ、食欲はなかった。しかも静枝がいったように、メニューを見たところ、『鶴屋スペシャル・ディナー』というのは、かなりボリュームがありそうだ。その点、『Aコース・ディナー』や『Bコース・ディナー』なら品数が少ないので何とか食べきれるだろう。

Ｂコースを、といいかけたところで向かい側の朋香と目が合った。両親を殺害された少女の黒い瞳は、同じ犯人に夫を殺された妻に、まさかここで逃げる気じゃないだろうね、と問いかけてきている気がした。

食べきれるかどうかは問題じゃないか――。

覚悟が決まった。春那はメニューを閉じ、「私も『鶴屋スペシャル・ディナー』にします」とゴトウにいった。

かしこまりました、と若い給仕係は頭を下げた。

「ああ、ちょっと待ってくれ」部屋を出ていこうとするゴトウを高塚が呼び止めた。「聞くところによれば、あの日、桧川はワインを注文したそうだね」

はい、とゴトウは硬い顔つきで答えた。

「どのワインか、わかるか？」

「ソムリエが覚えていると思いますが」

「だったら呼んできてもらえるかな」

「かしこまりました。すぐに来るようにいいます」

失礼します、といって給仕係のゴトウは出ていった。

「料理だけでなくワインも？」櫻木千鶴が高塚に訊いた。

「毒をくらわば皿まで、といいますからな。いかがですか、あなたも？」

「もちろんいただきます」

「小坂、おまえも付き合うか？」

「よろしいんでしょうか」

「当たり前だ。こんなところで遠慮するな。ほかにお飲みになる方は？」

高塚の問いかけに、「では僕も」と的場が手を挙げた。春那も倣うことにした。

ドアが開き、小柄な男性が入ってきた。

「当店のソムリエです。お呼びだと伺いましたが」給仕係のゴトウと同様、顔に緊張の色が浮かんでいる。

高塚が手招きした。

「聞いていると思うが、桧川大志が飲んだワインについて尋ねたい。あの日、奴《やつ》は何を注文したのかね」

ソムリエの頬がぴくりと動くのが、春那の位置からでもはっきりとわかった。

「料理の前半では『モンラッシェ』を御所望になられました」

「御所望？」高塚は語尾を上げた。「君はどこの王様の話をしているんだ？」

「あ……大変失礼いたしました」ソムリエは顔を引きつらせた。「ひ、桧川は……ええと、『モンラッシェ』を……飲みました」

「それは君が勧めたのか？」

「いえ、お客様……向こうからいってきました。私は別のワインを勧めたんですが、『モンラッシェ』が飲みたいと」

「飲んだのは、それだけか？」

「いえ、肉料理が始まる前に呼ばれ、『シャトー・マルゴー』はあるかと訊かれました」

「『シャトー・マルゴー』？」高塚は声を張り上げた。「それでどうしたんだ？」

「もちろんお出し……出しました。当店にございましたので」

「あの男が『シャトー・マルゴー』をねえ。それで、どうだ。君の見たところ、桧川はワインに造詣が深そうだったかな？」

いえそれは、とソムリエは首を傾げた。

「そんなふうには見えませんでした。たとえば白ワインですが、『モンラッシェ』といいましてもいろいろとございますから、その点について訊いてみたところ、あまりよくわかっていないようでした。『シャトー・マルゴー』についても同様です。単に代表的な高級ワインだと知っていただけではないかと。飲み方にしても、ふだんから飲み慣れている人の所作ではありませんでした。一杯目を飲む時にはグラスを両手で持っていました。変な人だなと思った覚えがあります」

「両手でワイングラスをね。わかった、ありがとう。ではその時に出したワインを我々にも用意してもらえるかな。桧川の時と同じタイミングで出していただきたい」

「かしこまりました。グラスはいくつ御用意いたしましょうか」

「五つ頼む」

「了解いたしました。準備して参ります」

ソムリエが出ていくのを見送ると、やれやれ、と高塚はため息混じりにいった。

「一流ホテルのレストランで、最上級のコース料理と最高級ワインを注文したのは、これが娑婆《しゃば》で食べられる最後の料理だと思ったからだろう。有り金残らず持参し、大散財したというわけだ。何という薄っぺらい発想だろうねえ。半ば予想していたことではあるが、そんな軽薄な男に妻を殺されたのかと思うと、虚《むな》しさがこみ上げてくる」

「いいじゃございませんか。今夜は、その虚しさも一緒に平らげてしまいましょうよ。毒を食らわば皿まで、でしょう？」櫻木千鶴の冷めた声が何かの覚悟を迫るように響き、一時、沈黙が室内を支配した。

12

オードブルはキャビアを添えた海老のカクテルだった。食器や盛り付けも上品で、何人かの口から感嘆の声が漏れた。

ソムリエも現れ、それぞれのグラスに白ワインを注いでいった。

ゴトウ君、と高塚が給仕係に声をかけた。

「この料理を食べている時の桧川の様子を覚えているかね？　何か印象に残っていることがあれば教えてほしいんだが」

ゴトウは唇を舐めてから口を開いた。

「私が皿を置くと、すぐに料理を食べ始めましたので少し驚きました。てっきりスマホで撮影を始めるものと予想しておりましたから」

ふふん、と櫻木千鶴が鼻で笑った。「最近、どこでもそういう客が多いものね」

「ほかには？」高塚が訊く。

「あまりよく見ておりませんでしたが、食べ方が速いと思いました。言い方はよくないですけど、がつがつと口に運ぶ感じです」ゴトウは肘を横に張り、食べ物をかきこむしぐさをした。

「下品そうだね」

「そうですね。あまり品がいいようには見えませんでした」

「わかった。ありがとう」

高塚がフォークを手に取ると、それが合図であったかのように全員が食事を始めた。

春那も海老を口に入れた。何度か嚙《か》むとキャビアの味と新鮮な海老の香りが混じりあい、奥深い風味が喉と鼻から抜けていった。この重たい雰囲気の中では料理を味わう余裕などないだろうと覚悟していたが、杞憂に終わるかもしれないと期待させる美味しさだった。思わず白ワインに手が伸びた。

「こんなに上品な料理をがつがつ食べていたなんて、よっぽど粗雑な男なのね」櫻木千鶴が憎々しげにいった。

「でも、よくそんなふうに食べられたものだと不思議に思います」静枝がフォークを手に首を傾げた。彼女たちのオードブルは、野菜や魚介を少しずつカラフルに盛り付けたものだった。「あんなひどいことをした当日の夜ですよね。神経が高ぶって、食欲なんて出ないような気がするんですけど」

「ふつうの人間ならそうです。非日常的な状況に置かれると交感神経が働いて食欲を抑えます」的場が静枝の疑問を受けていった。「しかし逆に食欲が増大する場合もあるんです。ドーパミンという脳内物質の名称を聞いたことはありませんか。脳がストレスを感じると分泌されやすくなります。そのドーパミンが摂食中枢を刺激して食欲を増大させるんです。嫌なことがあった時にヤケ食いをする人がいますが、それと同じです。さっきの話を聞いて、桧川はその状態だったんじゃないかと思いました。最初にワイングラスを両手で持ったのも、片手だと震えそうだったからじゃないでしょうか。一種の興奮状態にあったわけです。それもストレスのせいです」

「そういうことですか。勉強になりました」静枝が感心したようにいった。

「さすがは現役のお医者さんですな」横から高塚も付け加える。

「やめてください。小学生でも少し物知りなら、これぐらいのことは話せます」

「医者といえば、病院のことはどうなさるんですか？」高塚は手を止め、前を向いて訊いた。

「櫻木病院のことは？」

「おかげさまで、みんなで力を合わせて、何とかやってくれています。うちは優秀なスタッフが揃っていますので」櫻木千鶴が薄い笑みを浮かべた。「ですから会長、もしお知り合いから融通のきく病院を教えてほしいと頼まれた際には、今まで通りうちの名前を出してくださって大いに結構です」

「それを聞いて安心しましたよ。しかし、いつまでも院長不在というわけにはいかんでしょう。後継への道筋は決めておいたほうがいいんじゃありませんか。たとえば理恵さんたちの結婚については、どんなふうに考えておられるんですか」

「そのことはまだ……。何しろ四十九日をようやく済ませたばかりですし」櫻木千鶴の歯切れは悪い。ずいぶんと踏み込んだ質問にもかかわらず、気の強い彼女が露骨には不快感を示さないのは、相手が高塚だからだろう。

「君のほうはどうなのかな」高塚は的場に質問を振った。「婚約中という、言葉は悪いが宙ぶらりんな立場では、御両親が心配されるんじゃないかね」

「いやあ、それはどうでしょう……」的場は珍しく言葉を濁している。立場上、答えにくいのだろう。

「雅也さんのところは、お母様だけです」櫻木千鶴がいった。「お父様は子供の頃に亡くしておられます」

「おっ、そうでしたか」

「だからお母様は、ひとりで雅也さんをお育てになったんです。かなり苦労なさったと聞きました」

「そんな話、しましたっけ？」的場が櫻木千鶴のほうを向いた。

「理恵から聞きました。医学部に進学する時には、親戚中に頭を下げて回ったとか」

「そんなことまで彼女に話したかな……」的場はフォークを持ったまま首を捻っている。その横顔に演技の気配はない。本当に心当たりがないのかもしれない。

「そうだったのか。見かけによらず苦学生だったんだね」

「勘弁してください」

「冷やかしてるわけじゃない。本気で感心してるんだ。それなら尚のこと、早くお母さんを安心させてやったほうがいいんじゃないのかな」高塚はこの話題に固執している。

「理恵たちの結婚のタイミングは自分が決める、と主人がいっておりました」櫻木千鶴がいった。「その言葉を雅也さんは尊重してくれているのだと思います。——そうよね？」

「まあ、そんなところです」

「しかしその御主人は、もうこの世にいない。ということは千鶴さん、あなたが代わりに決めると？」

「そういうことになりますけど、主人が何を考えていたのか、しっかりと熟慮してから決めたいと思っています。焦る必要はありませんから。雅也さんも、それでいいわよね？」

「もちろんです。お任せします」的場の口調は少し硬く聞こえた。

給仕係のゴトウが現れ、それぞれの皿を下げた。さらに次の料理を運んできた。事前に配られた品書きによれば、エスカルゴときのこのフリカッセのパイ包み焼きらしい。フォークで崩し、熱さを警戒しながら舌に載せた。それだけで香ばしさが口中に広がった。

「エスカルゴってカタツムリだよね？」朋香が崩したパイの中を覗き、隣の久納真穂に訊いている。そうよ、と若き指導員の女性は答えた。「あたしも食べるのは初めてだけど」

朋香はフォークにエスカルゴの身を載せた。だが口に入れるのを躊躇っている。

「大丈夫よ」春那はいった。「そのへんにいるカタツムリじゃない。食用の種類で、しかも養殖されたものだと思う。野生だと何を餌にしているかわからないから」

「よく知ってるんですね」

「患者さんの中にフレンチのシェフがいて、その人から聞いたの」

朋香はおそるおそる口に運んだ。咀嚼し、呑み込むのがわかった。

「どう？」春那は訊いた。

朋香はにっこりと笑った。「おいしい」

「よかった」

この少女がこんなに柔らかい表情を見せたのは、今日初めてではないか。素晴らしい料理は鬱《ふさ》いだ心を一時だけでも晴らしてくれるのだと再認識した。

「寄宿舎の食事はおいしいの？」

朋香は首を傾げた。「まあまあ……かな」

「それならいいね」

でも、と朋香はいった。

「ママの手料理のほうが、ずっとおいしかった。比べものにならないぐらい」さほど大きくはない声が静かな部屋に響いた。

一瞬、全員の手が止まった。それに気づいたのか、ごめんなさい、と朋香は謝った。

いいのよ、と静枝が隣から声をかけた。「どんな料理を作ってくれたの？」

「蟹《かに》クリームコロッケとか春巻きとか、あと酢豚かな。どれも大好きだった」

家で作ろうとしたら手間の掛かる料理ばかりだ、と春那は思った。冷凍なら簡単だが、まさかそうではないだろう。栗原由美子には家庭的な雰囲気がなかったが、人は見かけによらないものだ。

「寄宿舎は一人部屋なのよね。部屋では勉強以外にどんなことをしてるの？」静枝が話題を変えた。

朋香は、また首を傾げた。「スマホでＳＮＳをしたり、ネットで映画とかドラマを見たり……大体そんな感じです」

「寄宿舎の自由時間ってどれぐらいあるんですか？」春那は久納真穂に訊いた。

「午後六時から夕食で、その後は基本的に自由です。休日は食事も各自任せなので、比較的ゆっくりできると思います」

「休日に外出したりするの？」

静枝の問いに朋香は、あまり、と答えた。

「前は休みのたびに家に帰ってたけど、今は誰もいないし」

「あ、そうか……」静枝は気まずそうな顔で黙り込んだ。どんなに話題を変えても、弾んだ内容に発展する気配がないからだろう。

しばし静かな時間が流れた。フォークが皿に当たる音だけが響く。

「全くひどい話だ」高塚が沈黙を破った。「頭のおかしい男のせいで、罪のない人間の命が奪われただけでなく、後に残った者の将来までもが狂わされた。どうせ死刑だろうが、それだけではどうにも気が済まん。その死刑にしても本人の希望通りなわけだしな。やりきれんよ」

「週刊誌で読みましたけど、あの桧川って男、そんなに悪い家庭環境で育ったわけではないんでしょ？」櫻木千鶴が誰にともなくいった。「むしろ経済的には恵まれていたとか」

「『週刊世報』ですね。その記事なら私も読みました」小坂が応じた。「父親は財務官僚だと書いてありましたね」

「そうそう。高級住宅地の広い一軒家で、しかも庭に離れを作ってもらって、そこで好き放題に暮らしていたとか。きっと親が甘やかし過ぎたのよ」

「でも僕が見た記事によれば、家族との仲はかなり悪かったみたいですよ」的場が会話に加わった。「離れを作ったのも、お互いに顔を合わせるのを避けるためだった、と書いてありました。ネットで見たことなので真偽のほどはわかりませんが」

「大学受験に失敗したそうですね」小坂が話を継いだ。「就職もせず、引きこもり同然の生活ぶりだったらしいです。何年も顔を見ていないと近所の人がいっているのをワイドショーで見ました」

「ワイドショー？　おまえ、そんなものを見ているのか？」高塚が責めるように訊いた。

「はあ……」

ふん、と高塚は鼻を鳴らした。

「私は、あの手の番組は極力見ないようにしている。単なるタレントや学者気取りの連中が、無責任に勝手なことを並べ立てているだけじゃないか。奴らが騒いで、何か少しでも世の中が変わったってことがこれまでに一度でもあったか？　ないだろ？　今度の事件に関してもそうだ。真相を暴いてくれるわけじゃない。面白おかしく取り上げて、視聴者が飽きたと思ったらそれまでだ。そもそもテレビ局なんて、ただの野次馬にすぎん」

不愉快そうに高塚が語るのを聞き、実際には何度か見たに違いない、と春那は思った。その結果、気分を害したのだろう。

「すみません。気になるものですから、つい見てしまったんです」

「まあいい。せっかくだから、この機会に聞いておこう。ワイドショーじゃ、どんなふうに騒いでるんだ」

「いや、そういわれましても、そんなにしょっちゅう見ているわけでは……」

「おまえが見たことだけでいい。たとえば犯人についてはどんなふうにいっている？」

「それは、ええと、子供の頃から期待されて、教育にもかなりお金をかけてもらったけれど、思ったよりも成績が上がらなかったとか、出来のいい妹がいて、途中から親の期待はそちらに移ってしまったとか、まあ大体そんなところです」

「何だ、それは。つまらん話ばかりだな」

「はあ、どうもすみません」

「その父親というのは、今はどうしてるんだ？　まだ財務省にいるのか？」

「さあ、そこまでは……」

「さすがに辞めたでしょう」櫻木千鶴がいった。「息子が殺人犯だっていうのに、役所にしがみついているとしたら神経を疑います。私たちの税金から給料が支払われているんですから」

「まあ、ふつうは世間が許さんだろうね」高塚がいった。「そういえば犯行の動機に、死刑になりたかったという以外に家族への復讐があったと聞いたが、榊さん、間違いありませんか」

突然質問を投げられ、榊は狼狽《ろうばい》を示した。水の入ったグラスを摑み、ひと口飲んだ。

「そういう意味の供述があったのは事実です」

「そうですか。だったら見知らぬ他人じゃなく、自分の家族を殺せばよかったんだ。そう思いませんか？」

高塚が皆の顔を見回したが、答える者はいなかった。

給仕係のゴトウが入ってきた。続いての料理は鶏のテリーヌだった。

「ところで会長、別荘はどうなさるおつもり？」櫻木千鶴がワイングラスを片手に持ったまま訊いた。

「処分するか、という意味ですかな？」

「そうです。うちは手放そうと思っています。気に入っていたんですけど、たぶん今後、あそこで過ごそうという気にはならないと思います。娘にも訊いてみましたけど、二度と行きたくないといっておりました」

「それは私も同じです。しかもうちの場合、犯行現場は屋内です。警察の要望もあり、未だに血痕やら何やらが生々しく残ったままです。あれを奇麗に掃除したからといって、使う気にはなれんでしょう。名目上は会社の保養所ということになっておりますが、今後利用希望者が出てくるとも思えない。処分するしかないと考えています。とはいえ、果たして売れるかどうかは甚だ怪しい。何しろ、いわくつきの事故物件になってしまいましたからな。買い手がつかないとなれば、取り壊すしかなさそうだ」

「栗原さんのところは――」そこまでいってから櫻木千鶴は小さく首を振った。「ごめんなさい。わかんないわよね、そんなこと。まだ中学生なんだから」

「売るしかないっていってました」

即座に朋香が答えたので櫻木千鶴は意外そうに目を見開いた。「えっ、誰が？」

「父の会社の人です。うちの別荘も、会社の財産という扱いなんだそうです」

「ああ、なるほどね。公認会計士の栗原さんが、そのへんのことを考えなかったわけないわよね。そうか、栗原さんのところも売っちゃうんだ」

「あっ、もしかすると――」的場が何かを思いついたように発したが、後を続けず、「何でもありません」といって食事を続けた。

「何よ、雅也さん。気になるわね」櫻木千鶴がいった。「いいかけてやめるのはよくないわよ。最後までいいなさいよ」

的場は吐息を漏らした。

「栗原さんの別荘の場合、事故物件にはならないかもしれないと思ったんです」

「どうして？」

あっそうか、と声を漏らしたのは小坂だった。

なんだ、と高塚が訊いた。

「いや、つまりその、ふつう事故物件という言葉は、居住部分で殺人や自殺などがあった物件に使われますが、屋外の施設で起きたのであれば、それには当てはまらないのではないかと」

「屋外の施設？」

「栗原御夫妻が襲われた場所は車庫でしたから……」

ああ、と高塚が声を伸ばした。

「そういうことか。たしかにあの別荘の場合、車庫は別棟だったな。あれだけを壊してしまえば問題ないかもしれん」

「事故物件にならなければ、車庫で被害に遭ったのは不幸中の幸いってことに……」そこまでしゃべってから小坂は、すみません、と謝った。「変なことをいってしまいました」

やりとりを聞きながら春那は陰鬱な気持ちになった。大切な人間の命を奪われたという点では皆同じなのだが、付随する金銭的被害の程度はそれぞれの事情によって違う。それを誰もが頭の中で密《ひそ》かに具体化し、計算している気配があった。

「静枝さんはどうされるの？」櫻木千鶴が静枝に訊いた。「今後もずっと、あの家で暮らすつもり？」

スプーンでパンプキンスープを口に運びかけていた静枝は手を止めた。「いろいろと考えているところです」

「引き払うこととか？」

はい、と静枝は答えた。

「そう……。やっぱり抵抗があるわよね。敷地内で身内が殺されたわけだから」

「そういうことだけじゃありません」静枝はスプーンを置いた。「事件以後、いろいろな人が訪れるようになりました。警察だけでなく、マスコミ関係者やフリーの記者みたいな人たちとか……。見知らぬ人から声をかけられて、事件についてしつこく訊かれるなんてことも、この二ヵ月の間に何度かありました。単なる好奇心から、わざわざ見に来る人も少なくありません。家の前にクルマを止めて、スマホで撮影する人もいます。たぶんそうした画像はＳＮＳにアップされているんだと思います」

ああ、と櫻木千鶴はため息交じりの声を漏らした。

「私はこっちにいないから、全然知らなかった。でもきっと、そんなふうなんでしょうね。それは耐えられそうにないわ。逃げだしたくなって当然ね」

「とはいえ、じゃあどこに引っ越すのかとなると迷ってしまって……。この町の中で移動しただけでは、何かにつけて事件のことを思い出してしまうでしょうし」

重い口調で静枝が話すのを聞き、春那は自分の迂闊さを思い知る気分だった。事件によって自分の将来は変えられてしまったが、静枝の人生にまで影響が及んでいることは想像していなかった。

「東京に戻るという選択肢はないんですか?」的場が話に加わった。「以前は東京に住んでおられたんですよね? たしか港区だったとか」

「そうそう、東京に物件をいくつも持っておられるわけでしょう? 上京した時のために自分用の部屋もあるって、前におっしゃってたじゃない」櫻木千鶴がいった。

「あの部屋は単に寝るだけの場所ですから、ずっと生活を続けるには狭すぎます。それに、都会の喧噪《けんそう》を思い出すと、やっぱりちょっと躊躇います」

静枝は亡き夫が残した不動産のオーナーとして生計を立てている。時折上京するのは、定期的に管理会社と打合せをする必要があるかららしい。どこにどれだけの物件を所有しているのかは春那も知らなかった。

「いずれにせよ、全員があの別荘地から引き払うことを検討しているわけだ。やれやれ、こんなことになってしまうとはね」高塚が大きくため息をついた。

給仕係のゴトウが遠慮がちに現れ、次の料理を配り始めた。春那たちのコースは、コンソメスープだった。

「あの給仕係の彼、被害者遺族が集まって犯人と同じ料理を食べていることに対して、どんなふうに思っているでしょうね」ゴトウが出ていってから櫻木千鶴が声をひそめていった。「気味が悪いとか、裏で話してたりして」

「まさか、そんなことはないと思いますけど……」静枝がささやかに反論する。

「そうかしら。他人の不幸は蜜の味。今頃はこのネタをＳＮＳに流したくてうずうずしているんじゃないの？　万一ホテルにばれたらクビだから我慢するでしょうけどね。世間の人間にとって今回の事件は、単なる理不尽な悲劇じゃなくて、勝手な妄想を広げられる格好のネタでもあるのよ。たしか雅也さんもいってたわよね。被害者に対して自業自得だといっている意見もあるって」

「そんなことを……」春那は思わず隣を見た。

「ネットの書き込みです。気にする必要はないと思いますが」

「聞きたいね。どこが自業自得だというんだ」高塚の声も尖っている。

「ネット族の中には暇で悪趣味な人間もいます。どんなに理不尽で、被害者には何の落ち度もないと思われる犯行であっても、殺された人間たちの個人情報を徹底的に探り当て、命を狙われるにはそれなりの理由があったからだ、という殆ど中傷としかいいようのない結論にこじつける輩《やから》もいるんです。いちいち相手にしても馬鹿馬鹿しいだけです」

「それでも構わないから教えてくれ。たとえばどんなことが書かれている？　うちの家内についても書かれているのかね？」

「奥様個人というより、高塚グループが経営している居酒屋チェーンに関して書かれているものがありました」

「どんなふうに？」

「ええと、まあ邪推もいいところだと思うんですが……」的場は言葉を選んでいる。

「遠慮はいらないから、はっきりいってくれ。この機会に聞いておきたい」

「僕が目にしたものは過剰労働問題に触れていました。アルバイト店員が激務に耐えかねて自殺した例の事件です。居酒屋チェーンの実質的な経営責任者は桂子夫人で、徹底した従業員の削減と長時間労働を推し進めた張本人だと指摘していました」

くだらん、と高塚がいい放った。「とっくの昔に示談が成立している話だ」

「しかし、ほかにも過剰労働による後遺症などの被害を訴えている者は多く、問題を矮小化《わいしょうか》し、責任逃れに徹した桂子夫人を恨んでいたはず――そういう書き込みも目にしました」

「つまり何かね？　桧川が桂子の命を狙ったのは、そんなふうに世間の恨みを買っている人間なら殺してもいいと考えたからだ、といいたいのか？」

「僕がいいたいわけじゃありません。流布されている中傷の内容を教えてくれとおっしゃったものですから、お話ししただけです。何度もいいますが、単なるネット上の書き込みにすぎません」

「ふん、世の中には頭の悪い人間がいるものだ」高塚はグラスを手にし、残っていたワインを飲み干した。

給仕係のゴトウが入ってきて、空になったスープ皿を下げ始めた。その間、口を開く者はいない。

次に並べられた皿にはサーモンのポワレが載っていた。レモンバターソースの香りが漂ってくる。

ゴトウが会釈してから部屋を出ていった。それを待っていたように、「ほかにも誰か、そういった悪口を書かれていた者はいるのかね」と高塚が的場に訊いた。自分の妻だけが中傷されていたのだとしたら納得できないのかもしれない。

「いたと思いますけど、よく覚えてないです。いずれにしても戯《ざ》れ言《ごと》ばかりですし」

「小坂、おまえはどうだ？　何かその手の中傷を知らないのか」

「中傷といえるかどうかはわかりませんが」小坂が躊躇いがちにいった。「高級美容院がどうとかっていう話は読みました」

「高級美容院？」

「被害者の中には、金持ちのＶＩＰしか相手にしない美容院の経営者なんかもいて、犯人の反感を買ったんじゃないか、という内容です。その経営者は若い頃にヘアデザインのコンテストで優勝した実績があるけれど、じつは仲間のアイデアをパクっていて、恨みを買っていたとか」

栗原由美子のことだ、と春那は気づいた。無論、ほかの者も同様だろう。誰よりも朋香が反応しないわけがない。春那は料理を口に運びながら、向かい側に座っている少女の様子を窺った。だが彼女は無表情でフォークとナイフを動かしている。

気まずい空気が流れ始めた時、ドアが開いた。入ってきたのはソムリエだった。赤ワインのボトルを手にしていて、高塚の席に近づいた。

「あの日に出したワインをお持ちいたしました。こちらでございます」

「『シャトー・マルゴー』か……」

「さようでございます。お開けしてもよろしいでしょうか」

「もちろんだ。グラスは五つ」

「あの、私は御遠慮いたします」春那はいった。「そんなに高いお酒は結構です。どうか、皆さんでお召し上がりになってください」

「嫌なら無理にとはいいませんが、そうでなければ是非お付き合いしていただきたいですな」高塚が春那に顔を向けてきた。「いっておきますが、私だって喜んで飲むわけじゃない。あの男が口にしたものだと思えば、味わう気になんてなれません。だけどこれはいわば儀式だ。酒の値段なんて関係ありません。飲まなきゃいけないと思うから飲むんです。いかがですか？」

ここまでいわれれば断りづらくなった。

「わかりました。だったらいただきます」

結構、と高塚は満足そうに頷き、グラスは五つ、と改めてソムリエにいった。

それから間もなくメインディッシュが運ばれてきた。黒毛和牛フィレ肉のグリエだ。ほぼ同時にソムリエも入ってきて、大きなワイングラスに赤ワインを注いだ。

無言の時間が少し流れた。耳に入ってくるのは肉を切る音だけだ。

ほほう、と高塚が声を漏らした。

「前言を撤回したほうがよさそうだ。味わう気になんてならないといいましたが、この肉とワインは別格だ。味わっておいて損はない。こんなものを桧川が最後の晩餐にしたと思うと忌々しく思いますがね」

「いやあこれは、本当に美味しい肉ですねえ」小坂も声を弾ませた。「驚きました。脂の乗りが絶妙で、しかも柔らかい。ナイフで肉を切るのが楽しくなってしまいます」

この能天気なひと言は、春那の胸の奥に小さな塊を生じさせた。それはたちまち膨らみ、強烈に胃袋を押し上げた。たまらずナイフとフォークを皿の上でハの字に置き、水の入ったグラスに手を伸ばした。

もし誰も何もいわずに時が過ぎたなら、それだけで終わったかもしれない。しかし違和感を抱いたのは、春那だけではなかった。

「その言葉の組み合わせは御法度にしておくべきだったかもしれませんね」櫻木千鶴がいった。「ナイフで肉を切る、という言葉です。二度と思い出したくない光景を蘇らせるには十分なひと言で、私には少しばかり刺激が強すぎたようです。おかげで、食欲がすっかり消えてしまいました」

「あ……失礼いたしましたっ」

「謝らなくて結構よ。肉料理が出るのは品書きを見ればわかるし、ナイフは最初から並べられていました。私が神経質すぎるんでしょう。だから皆さんはゆっくりとお召し上がりになって。どうかお気遣いなく」

静枝も食べるのをやめ、ナイフとフォークを置いた。春那たちとは違うコース料理だが、メインディッシュはやはり肉料理なのだった。

「静枝さん、私に気を遣わないでといったでしょ」櫻木千鶴が静枝の肩に手を置いた。

「いえ、そうじゃなくて、もうおなかがいっぱいになっちゃったんです」

「私も、もういいや」朋香も食べるのをやめてしまった。

春那もフォークとナイフを揃え、隅に寄せた。食事を続ける気は失《う》せていた。

「本当に申し訳ございません。何とお詫びしていいやら……」小坂は困り果てている。

「医学生や研修医の中にも、たまにいるんですよ」的場が肉を切りながらいった。「外科手術に臨んだ後は、しばらく食事が喉を通らないっていう神経の細い奴がね。逆に、無性に肉が食いたくなるっていう変わり者もいます。血のしたたるようなステーキが食いたいってね」

「やめてよ、雅也さん。悪趣味よ」櫻木千鶴が眉根を寄せる。

「それをいうなら、犯人と同じ料理を注文した時点で十分に悪趣味だったというべきでしょう。毒を食らわば皿まで、でしたね。毒を食ってるんだから、それなりの苦痛が伴うのは仕方のないことです」

「同感だね。さらにいえば、こんなに素晴らしい料理やワインを、あんな卑劣な犯罪者のせいで縁遠いものにしてしまうのは我慢ならない。だから今夜、敢えて食べることに意味があると思っている。――ああ、美味《うま》い、美味い。最高のディナーだよ」高塚は肉を咀嚼し、ワインを口に含んで、何度も首を縦に動かした。

しばらくしてゴトウが現れ、メインディッシュの皿を片付け始めた。皿に肉を残している者には、下げていいかどうかを尋ねてきた。その表情は事務的で、何らかの感想を抱いているようには見えなかった。

デザートはリンゴのクレープ包みだった。バニラアイスが添えられている。これなら食べられそうだと思い、春那はフォークを手に取った。

ゴトウ君、と高塚が声をかけたのは、ゴトウがコーヒーや紅茶を配り終えた時だった。

「桧川がナイフを隠していた皿というのは、このデザート皿かね？」

そうです、と青年は答えた。

「どんなふうに？」

「皿の上にナプキンが置いてあって、それを開いたら、ナイフが出てきたんです」

「驚いただろうね」

「それは……はい。ナイフには血が付いていましたし」ゴトウの目は少し泳いでいる。

「その時、桧川はどんな顔をしていた？　笑っていたとか、自慢げだったとか、君が受けた印象をいってくれたらいい」

給仕係は困惑したように顔を傾けた。

「どちらかというと無表情でした。むしろ、相手をしていた支配人がどんな顔をするのか、観察していたような気がします」

「そうか。ありがとう。下がっていいよ」

「はい。あの……どうぞごゆっくり」ゴトウはそそくさと出ていった。その背中には解放感が漂っていた。

呆《あき》れたな、と高塚は吐き捨てた。

「今の話を聞くかぎり、桧川は残虐なだけでなく、かなり自己顕示欲の強い人間らしい。犯行に使った血染めのナイフをわざわざ持参したのは、食後のパフォーマンスをする気だったからだろう。理解しがたい神経だ」

「レストランからの通報を受け、警察は桧川を銃刀法違反で現行犯逮捕したんですよね」的場が皆に確認するようにいった。「その時桧川は、ほかにもナイフを所持していたんでしょうか」

「どうなんですか？」高塚が榊に訊いた。

「いえ、ほかには持っていませんでした」

「でも桧川が複数のナイフを用意していたのは事実ですよね」的場が話を続ける。「櫻木院長の背中にはナイフが刺さったままでした。それから、ええと……」春那のほうを向いた。「あなたの御主人の胸にもナイフが残されていたんですよね」

はい、と春那は答えた。

「桂子の身体には残っていなかった」高塚がゆっくりといった。「複数の刺し傷があったが、凶器は見つからなかった」

「つまり桧川は最低でも三本のナイフを使ったわけですね」的場が指を三本立てた。「それらに残った痕跡から、犯行の順番を特定することも可能な気がするのですが」

「その点、いかがですか？　榊刑事課長」高塚が再び榊に訊く。「それぞれのナイフからどんなことが判明しているのか、教えていただけますかな」

「申し訳ありませんが、そういう抽象的な質問にはお答えできません」

「どこが抽象的なんですか。我々の目的はおわかりのはずだ。それに即した情報を出してくれればいいんですよ」高塚が不満を口調に乗せた。

「そういうわけにはいきません。ナイフから判明していることは多々あります。どの情報を出して、どの情報を出さないかを私が決めたのでは、極めて恣意的になります。だからといってすべてを提示していたのではきりがないと申し上げているのです」

「だったら加賀さんに質問してもらったらどうかしら」櫻木千鶴が提案した。「プロなんだから、的を射た質問をしてくださるはずよ」

「ああ、それはいい」高塚が即座に同調した。「加賀さん、ひとつお願いします」

加賀は困惑したように眉間に皺を寄せた。

「この場は正式な検証会ではありませんから、私のような部外者がしゃしゃり出るのは不適切な気がするのですが」

「こちらから頼んでいるんだからいいじゃないですか。どうかお気になさらず」

「そうですか。では――」加賀はグラスの水を口に含んでから向かいの榊を見た。「ナイフはどういったものでしたか。調理用ナイフですか」

「いや、刃渡り約十五センチのサバイバルナイフだ」

「回収したナイフから指紋は検出されましたか」

「検出された。いずれも桧川のものだった」

「血は付着していましたか」

「着いていた。誰の血だったか、話したほうがいいのかな」

「お願いします」

榊はスマートフォンを取り出し、操作を始めた。

「桧川がこのレストランに持ち込んだナイフに付着していたのは栗原夫妻のものだった。血痕の重なり具合から、先に刺されたのは夫の栗原正則氏で、次に妻の由美子さんが刺された可能性が高いと判明している。あとの二本のナイフに付着していた血は、それぞれの被害者である櫻木洋一氏と鷲尾英輔氏のものだった」

「ほかの人物の血が混じっていた可能性はないんですね」

「かなり詳しく調べたが検出できなかった、という話だ」

「つまり桧川は、栗原夫妻以外は、ひとりを殺すのにナイフを一本ずつ使ったということになりますね」

「そういうことだ」

「それらのナイフは同じ製品ですか」

「同じだ」

「入手経路はわかっているんですか」

「判明している。インターネットで購入していた。スマートフォンに履歴が残っていた」

「購入した数は？」

「十本だ」

「十本？　ちなみに一本の値段は？」

「三千八百円。廉価品といっていいだろうな。使い捨てにする気だったから、それで十分だったわけだ」

「本名で買ってましたか」

「本人名義のカード決済だった。逮捕されるつもりなので、偽名を使う必要はなかったんだろう」

「十本のナイフは、犯行に使われたものを含め、すべて存在が確認されているんですか」

いや、と榊は首を振った。

「レストランに持ち込まれたのが一本、遺体に残されていたのが二本、さらに桧川の部屋から未使用の五本が見つかっているが、残りの二本は行方不明だ」

「一本は高塚夫人を、もう一本は僕を刺すのに使ったんでしょう」的場がいった。「それで数は合う」

「数は合いますが……」加賀が首を傾げた。「なぜナイフを残さなかったのか、という疑問が生じます」

「僕の時は、一撃目に急所を外したからじゃないですか。一旦ナイフを抜き、さらに刺そうとしたけれど、何らかの理由があってやめた、とか」

「何らかの理由とは？」

「わかりません。パトカーのサイレンを聞いて、逃げるのを優先したのかもしれない。ちょうどそれぐらいのタイミングだったように思うし」

「高塚桂子さんの殺害後はどうでしょう？　なぜナイフを残さなかったのか」

さあ、と的場は肩をすくめた。「僕に訊かれてもわかりません」

「捜査陣の見解は？」加賀は榊のほうに顔を戻した。「なぜ高塚桂子さんや的場さんを刺したナイフは持ち去ったのか。そしてそれはどこにあるのか」

「ナイフを残すかどうかに特に深い理由はなかった、とみている」榊は淡泊な口調で答えた。「五本も持っていたので、引き抜く余裕がない場合は刺したままにして逃走した。余裕があった時には回収した。単にそういうことではないかな。問題は、高塚夫人らを刺したナイフの行方だが、現場周辺をくまなく捜索しても見つかっていない。おそらく桧川が現場を離れてから処分したと思われるが、本人が黙秘しているので、発見は極めて困難だ」

「念のために伺いますが、ナイフの進入角度と桧川の体格とは一致しているんですか」

「概ね一致していた。大きな疑問はない」

「そうですか。ありがとうございました」加賀は皆のほうを向いた。「ナイフに関する必要な情報は、大体得られたと思います」

「さすがですな」高塚が満足げにいった。「今の情報からどんなことがわかりますか」

「それはもう少し整理してみないことには何とも……」

「だったら整理しましょう。皆さん、デザートを食べ終えられているようだし」

加賀が意外そうに瞬きした。「このまま正式な検証会を始めようというわけですか？」

「いけませんか。せっかく集まっていることだし、ちょうどいいじゃないですか。いかがですか、皆さん」

高塚の問いかけに特に反対する者はいない。ただし積極的に賛成する者もいない。

「私、このまま部屋を使えるかどうか、お店に確認してきます」静枝が立ち上がり、出ていった。

これからここで検証会を始めるのか。春那は気が重たくなった。緊張が続き、神経がくたびれているのが自分でもわかる。食事も終えたことだし、部屋に戻って少し休みたいというのが本音だった。

向かい側で朋香と久納真穂が何やら囁き合っている。やがて久納真穂が、あのう、と口を開いた。

「朋香さんはかなり疲れているそうです。実際、寄宿舎なら間もなく消灯時刻です。もし検証会を実施されるにしても、彼女は部屋に戻らせてあげたいのですけど」

ああ、と高塚が浮かない声を発した。「そういうことなら仕方ないか……」

「休ませてあげましょう」櫻木千鶴がはっきりといい、朋香たちを見た。「いいわよ、部屋に戻りなさい。また明日ね」

「こちらのお支払いはどうしたらいいですか」久納真穂が訊いた。

「その点は心配無用だ。今夜は私の奢《おご》りだ。食べたくもないコース料理に付き合わせたお詫びだと思ってくれたらいい」

「いえ、会長、それはいけません」櫻木千鶴が両方の掌を高塚に向けた。「強く誘われたわけじゃなく、自分で選んだんです。検証会を公正に行うためにも貸し借りはなしにしましょう」

「そんな硬いことをいわなくてもいいと思うが……。仕方がないね。しかしワイン代は出させてもらうよ。私が勝手に注文したわけだからね」

「わかりました。ありがとうございます」

ごちそうさまでした、と春那も小声で礼を述べた。

静枝が入ってきて、かぶりを振った。

「明日の準備や管理上の問題があるので、この部屋は使えないみたいです」

「なんだ、融通がきかんな」高塚が舌打ちした。「ほかにどこか、いい場所はないかな」

だが発言する者はいない。気詰まりな時間が少し流れた。

「ちょっといいですか」意を決したように開口したのは的場だった。「今日はここまでにしておきませんか。一度にたくさんの情報が入ってきて、皆さん、頭が混乱していると思うんです。ひと晩ゆっくり休んで、改めて話し合うということでいかがでしょうか。明日も部屋は押さえてあるんですよね？」

「午前中に今日と同じ部屋を予約してあります」静枝が答えた。

「だったら、それまでは解散ということでいかがですか」

賛成、と櫻木千鶴が手を挙げた。

「私も、そうしていただけるとありがたいです」春那も率直にいった。

小坂や静枝も頷いている。

それを見て、高塚は渋い顔をしながら頭を搔いた。「まあ、それがいいか」

「助かりました」榊がいった。「今夜は帰れないんじゃないかと本気で心配になりました」

「榊刑事課長、明日も来てくれるんでしょうな」高塚が尋ねた。

「もちろんです。同席させていただきます」

「だったら、例の遺留品を持参していただけませんかね。現物を皆さんにお見せしたい」

「遺留品……ですか」

「妻が握りしめていた、あれですよ」高塚が右の拳を固めた。

「いやしかし、重要な証拠品なので、すでに検察のほうにあります。明日、ここに持ってくるのは無理です」

「何ですか、遺留品って」的場が訊いた。「そんな話、今まで出てきませんでしたよね」

「夕方の検証会が終わる頃、まだ引っ掛かっていることがある、と私がいったのを覚えているかね。それがこの話だ。じつをいうと桂子は、右手に何かを握りしめて殺されていた。開いてみると小さな白い紙だった」

高塚はスマートフォンを出し、手早く操作してから、これだ、といって画面を皆のほうに向けた。そこに映っているのは三角形の紙片だった。

「警察の到着を待っている間に見つけ、撮影しておいたんだ。書類か何かの角を破り取ったもののようだが、私には心当たりがなかった。小坂もわからないという。そこで皆さんに実物を見てもらおうと思った次第だ。しかし榊刑事課長によれば、それは叶《かな》わないらしい。皆さんにお尋ねする。桂子が握りしめていたこの紙は一体何なのだろうか。わかる人がいたら、是非教えてほしい」

高塚は、よく見ろとばかりにスマートフォンの画面をゆっくりと巡らせた。だが反応を示す者はいなかった。

「やっぱりだめか」高塚は口元を曲げ、スマートフォンを持つ腕を下げた。「しかしもし何か思いついたことがあれば、いつでも遠慮なく連絡してもらいたい。内密に、ということであれば相談に乗ろう」

「あの、高塚さん……」静枝がおずおずと口を開いた。「その紙のことが、どうしてそんなに気になるんですか」

「どうしてかって？　そんなのは決まっているでしょう。状況から考えると、桂子は殺された時、何かの紙を摑んでいた。それを何者かが持ち去ろうとしたが、破れてしまい、一部だけが手の中に残った。持ち去ったのは誰か？　桧川か？　しかし奴の所持品を調べても、それらしきものは見つからなかった。そうですよね、榊刑事課長」

捜査上の秘密を暴露されてしまい、榊は苦い顔をしている。だが抗議することなく、はい、と短く答えた。

「そもそも桧川にそんなことをする理由がない。奴の目的は死刑になることだからね。そうなれば考えられることは一つだけだ。私たちよりも先に桂子の遺体を見つけた誰かが、その手に握られていた紙を持ち去ったというわけだ。ではそれは誰か？　ここまでいえば、私が何をいいたいのかわかってもらえるんじゃないかな」

「つまりあの日、別荘にいた者たちの仕業だと？」的場が訊いた。

高塚が見据える目をした。「それ以外の可能性があるかね？」

反論する者はいなかった。

「持ち去った紙が何なのかはわからない。おそらく当人にとって都合の悪いものだったのだろう。なぜそれを桂子が持っていたのかも気になるところだ。だが今のところ、それについて深く追及しようとは思っていない。ただ、何者の仕業だったのかは知っておきたい。匿名でもいいから告白がほしい。私の部屋は０６１１号室だ。夜のうちにドアの隙間から手紙を差し込んでくれても結構だ」改めて皆の顔を見回した後、以上だ、と高塚は締めくくった。「この店の支払いは、私がまとめて済ませておこう。——小坂、明日の検証会の前までに皆さんが精算できるように準備しておいてくれ」

「了解しました」

「では、私はこれで」そういって高塚が腰を上げた。

「お待ちください。私からもひとついいでしょうか」櫻木千鶴がいった。「今の会長の話を聞いていて思ったんですけど、このまま検証会を続けて、本当に真実が明らかになるんでしょうか」

「どういう意味ですかな」

「加賀さんが司会を引き受けてくださった時、いっておられましたよね。嘘が交じれば真相は遠のくって。全く同感です。でも残念ながら、その約束は守られていないように思います」

「嘘をついている者がいるというんですか、この中に」高塚が皆を見回した。

「嘘という表現が正しいかどうかはわかりません。でも、腹に一物を抱えている人がいるのは間違いありません」櫻木千鶴はバッグを引き寄せ、中から封筒を出した。さらにそこから便箋を取り出すと、皆のほうに向けていった。「これを私に送った人が、この中にいるはずです。その人にいいます。今すぐに名乗り出てください。そしてこの言葉の意味を説明してください」

彼女が手にしている便箋に印字されていたのは、ほかでもない例の一文——『あなたが誰かを殺した』だった。

13

湯を張ったバスタブの中に身体を浸すと、肉体だけでなく強張っていた心も少しずつほぐれていくようだった。このまま風呂から出た後はベッドで横になり、何も考えることなく朝を迎えられたら最高なのだけれど、と春那は腕を擦りながら思った。だが実際にはそれが叶わないことは十分にわかっている。

櫻木千鶴が出してきた書簡は、ワインで少し鈍麻していた春那の神経を一気に覚醒させた。あの場で見せられるとは全く予期していなかった。

さらにその後の展開も思いがけないものとなった。おそらく櫻木千鶴も予想していなかったのではないか。

口火を切ったのは静枝だった。彼女は櫻木千鶴の前に歩み出ると、「それ、私も持っています」といったのだ。数日前に送られてきたのだという。

さらに的場も、「僕のところにも届きました」といいだした。「どうせ単なる悪戯だろうと思っていたんですがね。さっきもいいましたけど、ネットにはでたらめな情報も出回っていますから」

春那も黙っているわけにはいかなくなった。バッグから封筒を出し、二日前に郵送されてきたことを明かした。

じつはうちにもこんなものが、といって懐から畳んだ便箋を出したのは小坂だ。春那が持っているのと同じものだった。皆に話すべきかどうか迷っていて、結局いい出せなかったらしい。

朋香のところにも届いていた。彼女は久納真穂には打ち明けていて、二人で話し合った結果、しばらく様子をみようということになったようだ。

高塚俊策だけは、そんな書簡には全く見覚えがないといった。だが彼の場合、事情があった。これまで自宅に届く郵便物を整理するのは桂子の仕事で、彼は彼女が仕分けしたものだけを確認すればよかったのだ。桂子がいない今は、たまったままの郵便物を放置していることも多いらしい。

家政婦に連絡し、確認してくれるよう頼んでみると高塚はいった。

「どうやら関係者全員に送られている可能性が高いですね」的場がいった。「差出人は誰で、目的は一体何なのかな」

「私はてっきり、この中の誰かが出したものだと思ったのだけれど……」櫻木千鶴は、振り上げた拳の下ろしどころに困っている様子だった。

しかし書簡を受け取ったといっているからといって、その者が差出人でないという保証はないのだった。その考えはおそらく全員の頭に浮かんでいたと思われるが、口に出す者はいなかった。

結局、明日改めて話し合おうということで落ち着いた。いいだした櫻木千鶴も、即座に答えを出すのは不可能だと思ったようだ。

謎の書簡を受け取っていたのは自分だけではなかったと知り、春那は少し気が楽になっていた。皆も差出人の意図には見当がつかないようだ。気味が悪いことには変わりないが、成り行きを見守るしかないと吹っ切れた。

風呂上がりに肌の手入れなどをしてから時計を見ると、間もなく午後十時になろうとしていたので少し焦った。じつは加賀とホテルのメインバーで会う約束をしているのだ。待ち合わせ時刻は午後十時頃とアバウトに決めたが、あまり待たせるのは申し訳ない。急いで支度をした。

メインバーは一階にあった。照明を落としたエントランスから進んでいくとテーブル席があり、その奥にカウンターがあった。春那は立ち止まって店内を見渡した。隅のテーブル席に加賀の背中があった。さらに彼の向かい側には見知った顔があった。意外にも小坂七海だった。

春那が近づいていくと小坂七海はすぐに気づき、立ち上がろうとした。

「どうぞ、そのまま。お掛けになっていてください」

「でも加賀さんとお待ち合わせなんでしょ？　お邪魔しちゃ悪いので」

「お気遣いなく。一緒に飲みましょうよ。――いいですよね、加賀さん」

もちろんです、と加賀は答えた。

春那が加賀の隣に座ると小坂七海も腰を下ろした。

聞けば小坂七海がひとりでカウンター席で飲んでいると、後から入ってきた加賀に声を掛けられ、二人でテーブル席に移動したということだった。

「主人がレストランで美味しいワインをいただいてきたそうなので、だったら私も息抜きをさせてちょうだいといって部屋を出てきたんです」小坂七海は嬉しそうにいった。彼女の前には金属製のタンブラーがあった。中身はモヒートのようだ。加賀は黒ビールを飲んでいる。

春那はウェイターを呼び、『ティオ・ペペ』を注文した。アルコール度数が高くないスペインのシェリー酒だ。

「お二人でどんな話を？」春那は加賀と小坂七海の顔を交互に見た。

「大したことじゃありません。息子の教育について少し」小坂七海が答えた。

「息子さんの？　教育？」

意外だった。刑事相手にするような話だろうか。

「そろそろ親に反抗するようになってきたっていう愚痴を聞いてもらっていたんです。御存じでした？　加賀さん、教師の経験がおありなんですって」

「そうなんですか？」春那は驚いて加賀を見た。そんなことは金森登紀子からも聞いていなかった。

「ほんの短期間です」加賀は指先で小さなものを摘まむしぐさをした。「青少年を教育するなんて自分には到底無理だと気づき、あの世界からはすぐに撤退しました。だから元教師といってもできることといえば、せいぜい愚痴を聞くぐらいです」

「教師の経験があるから、司会進行もお上手なんですね」

加賀は手を小さく横に振った。

「やめてください。そのお世辞は皮肉にしか聞こえません。手際が悪くて申し訳なかったです」

ウェイターが春那の飲み物を運んできた。いただきます、といってグラスを手にした。

小坂七海はタンブラーをウェイターに渡しながらジントニックを注文した。

「お酒、かなりお好きなようですね」加賀がいった。

小坂七海はばつが悪そうに肩をすぼめた。「飲み過ぎないように注意しているんですけど、つい……」

「あの夜は一滴もお飲みになりませんでしたよね」春那はいった。「バーベキュー・パーティの時です。焼き係に徹しておられました。高塚さんからの指示だったみたいですけど、申し訳ないなと思っていたんです」

小坂七海は浮かない顔つきになった。

「きっと皆さん、馬鹿にしておられたでしょうね。何でもかんでも高塚会長たちのいいなりで情けない夫婦だって」

「馬鹿にするだなんて、そんな……。大変だなあとは思いましたけど」

ジントニックが運ばれてきた。小坂七海は添えられていたライムを搾り、美味しそうにグラスを傾けた。口元を指先でぬぐい、ふっと唇を緩めた。

「大変じゃないとはいいません。会長や奥様に見捨てられたら、うちの家族はおしまいですから。気に入られるためには何でもしなきゃいけないと思っています。何しろ主人は、一度会長たちを裏切っています。御存じかもしれませんけど、目を掛けて貰《もら》った恩を忘れ、ライバル企業に鞍替《くらが》えした前科があるんです」

「その話はちらりと聞きました。転職先の会社が経営破綻したとか……」

「笑っちゃいますよね。好条件に目が眩《くら》んで、先方の経営状態を調べもせずに転職するなんて。それで途方に暮れている時、高塚会長に声をかけていただいたんです。うちで一からやり直さないかって。まさに地獄に仏でした。でも会長は、決して主人を許してくださったわけではないんです。むしろ、まだ信用しておられないのではないでしょうか。この夏、一緒に別荘に行こうと誘われた時、これはテストだなと思いました」

「テスト？」

「忠誠心が本物かどうかを確かめるテストです。無理難題をいわれたり、理不尽な扱いを受けて、逆らったり不快感を示したりするようだと不合格というわけです。じつは主人の同僚に同じような経験をした人がいて、その人の奥さんから聞いたんです。屈辱的な思いを何度もしたそうですけど、それに耐えていたら、しばらくして御主人が重要なポストを任されることになったとか。だから別荘へ行く前に主人と二人で話し合いました。何としてでもテストに合格しようって」

小坂七海の話を聞き、春那は目眩がしそうになった。一体いつの時代の話だろうと思ってしまう。今時、そんな無茶な話があるのか。

「でもそれって、パワハラじゃないですか」

「そうです、パワハラです」小坂七海はあっさりと認めた。「証拠を残しておいて訴えたら、裁判では勝てるかもしれません。だけどそんなふうに騒いだって、いいことは何もありません。テストは永久に続くわけではないし、会長たちの信用さえ得られれば、将来は保証されます。プライドはないのかって思うかもしれないけど、プライドで食べていけるわけじゃないし。軽蔑したいならどうぞって感じです」

早口でしゃべりながら、小坂七海はジントニックを飲んだ。その口調は流暢《りゅうちょう》だが、言葉遣いは少しくだけたものになっていた。どうやら酔いが回ってきたらしい。

「それで、テストの結果はどうだったんですか」加賀が訊いた。

小坂七海はグラスを持ったまま首を傾げた。

「どうだったんでしょうね。不合格ではなかったと思うんですけど、今となっては確かめようがありません。だって合否を判定するのは桂子夫人でしたから」

「そうなんですか」春那は思わず驚きの声をあげた。

小坂七海は、うふふ、と笑みを漏らした。

「そもそも家族同伴で旅行に参加させて、家族ぐるみで忠誠心を示させるというやり方自体、桂子夫人の発案です。あの方に嫌われたら、いくら会長に取り入っても無駄でした。さすがの会長も夫人には頭が上がらなかったんです。何しろ高塚グループの成長に夫人の実家の援助は不可欠でしたし」

「そんな話、初めて聞きました」

「あなたは会長たちとは付き合いが短いみたいですもんね。でもほかの方はちゃんと心得ておられましたよ。誕生日プレゼントを用意したりして」

「プレゼント？」

「事件後に別荘を出る時、夫人の荷物整理を手伝ったんですけど、プレゼントが二つ見つかりました。ひとつはスカーフで、もう一つは香水でした。どちらもカードが付いていて、それぞれ櫻木千鶴さんと栗原由美子さんの名前が書かれていました」

「あの二人がそんなことを……」

「高塚グループと繋がりを持つためには誰に取り入ればいいか、よくおわかりだったということでしょう。あの人たちだけでなく山之内静枝さんもそうですよね。わざわざ誕生日ケーキを用意したりして。桂子夫人がいっておられました。この別荘地に集まってくる女たちはみんなしたたかだ、女狐《めぎつね》や女豹《めひょう》ばかりだって」小坂七海はジントニックを飲み、満足そうに息を吐き出した後、春那を見て手を横に振った。「ああ、でも、あなたは別です。桂子夫人は、あなたについてはあまりよく御存じではなかったみたいだから」

「女狐や女豹ばかり、ですか」加賀が言葉を拾った。「それ、どなたのことをおっしゃったんでしょうか。たとえば女狐というのは？」

それは、といった後、小坂七海は何かを思いだしたように目を瞬かせた。ジントニックのグラスをコースターの上に置いた。

「そんなことはよくわかりません。そこまでは聞いていないので……。ごめんなさい、私、ちょっと飲み過ぎちゃったみたいです。余計なことをべらべらとしゃべってしまいました。どうか、今の話は聞かなかったことにしてください。お願いします」そういうと、あわてた様子で自分の伝票を手にした。

「いいじゃないですか、もう少しお飲みになったらどうですか」

加賀の誘いに対し、小坂七海は首を振った。

「今夜はこのへんにしておきます。あまり遅くなると主人に文句をいわれますので。お先に失礼いたします」そういって立ち上がった。

「話ができてよかったです。明日もよろしくお願いいたします」

「あ、はい、こちらこそ……」

おやすみなさい、と春那もいった。

「はい、おやすみなさいませ」

そそくさと入り口に向かう小坂七海の背中を春那は見送った。

「小坂さん、少し酔ってたみたいですね」

「そのようですが、おかげで興味深い話を聞けました」加賀の口調は冷静だ。「酔っている人間は嘘をつかないといいます。貴重な情報です」

「どのあたりに御興味を？　やっぱり女狐と女豹ですか」

「ええ、あの話は特に気になりました」加賀は黒ビールの入ったグラスを傾けた。「しかもあの様子だと、どうやら小坂さんは、それらが誰を指すのか知っているらしい。口外するのはまずいと咄嗟に気づいたみたいですが」

「女狐と女豹……誰のことでしょう？」

さあ、と首を傾げつつ、加賀は意味ありげな笑みを浮かべている。

向かい側が空席になったので春那はそちらに移動した。

「ところで私、加賀さんに謝らなきゃいけないことがあります」

加賀が少し顔を寄せてきた。「もしかすると例の書簡のことですか？」

はい、と春那は答えた。「新幹線に乗っている時から、早くお話ししなきゃと思っていたんですけど、つい話しそびれてしまいました。ごめんなさい」

「あなたとお会いするのは今日が二度目です。何もかも打ち明けてもらえるとは思っていません。どうかお気になさらず。それより、その書簡を今お持ちでしょうか」

「持っています」

春那はバッグを開けた。封筒を取り出し、加賀の前に置いた。

拝見します、といって彼は封筒から便箋を出した。中を一瞥《いちべつ》する険しい表情は、刑事のものだった。

「あなたが誰かを殺した、か。一体どういう意味かな」

「あれこれ考えてみたんですけど、私にはわかりませんでした」

「先程の話によれば、どうやら検証会に出席する関係者全員に送りつけているようです。だから、『あなた』というのは各自を指していると考えるべきでしょう。そして『誰か』というのも、特定の個人を指しているわけではなさそうです。『殺した』というのも、死なせた、あるいは死ぬ原因を作った、という程度のことを敢えて強く表現したのだと解釈すれば、この文章はたとえば次のようにいい換えられます。あなた方は全員、かつてどこかで誰かの命を奪っている――」

シェリー酒を口に含んでいた春那は、加賀の言葉を聞いてむせそうになった。グラスを置き、あわてて息を整えた。

「大丈夫ですか？」

「大丈夫です。でも驚きました」

「どうしてですか？」

「だって、誰かの命を奪っているだなんて……」

「そういう解釈が可能だといっただけです。当たりなのかどうかはわかりません」

「いえ、それが正解のような気がします」

春那は気持ちを落ち着かせるため、グラスに残ったシェリー酒を飲み干した。さらにウェイターを呼び、同じものを注文した。

「なぜ正解だと？」加賀が訊いてきた。

「理由は明確です。心当たりがあるからです」深呼吸をひとつしてから続けた。「看護師をしていると様々な患者さんと出会います。いつだって、皆さんが元気になって退院されるよう願いながら仕事をしています。でも残念ながら、その願いが届かないこともあります。そんな時には自分に落ち度がなかったかどうかを振り返ります。容態が急変し、そのままお亡くなりになった時なんかは特にそうです。幸いこれまで、責任を問われるようなミスをしたことはありません。でも御遺族がどう考えておられるかはわかりません。患者が助からなかったのは、あの鷲尾春那という看護師の対応がまずかったからじゃないか――そんなふうに疑っている人はゼロだって断言する根拠はありません」

数ヵ月前、点滴中に心不全を起こし、亡くなった老人がいた。点滴の薬剤は、それぞれ投与に要する時間が決まっている。規定よりも投与時間を短く設定したため、心臓に負担がかかったのではないか、と疑われたことがある。そんなミスはしていないという自信があったし、証明もされたが、遺族の疑念が消えたかどうかはわからない。

また何年か前には、感染症が院内に広がって患者が命を落とすという事例があった。その患者と接触した看護師のひとりが春那だった。徹底的に調査され、感染源ではなかったと判明したが、遺族が納得したという話は聞いていない。

振り返れば、似たようなことはほかにもある。命に関わる仕事をしている以上、宿命のようなものだ。

ウェイターが二杯目のシェリー酒を持ってきた。春那はすぐにグラスを手に取り、口元に運んだ。少し刺激のある香りが鼻から抜けていく。

「そんなふうに考えれば、誰でも思い当たることが一つや二つはあるかもしれませんね」加賀が落ち着いた声でいった。「俺だってそうです。犯人逮捕が遅れたせいで被害者を増やした、という事件がいくつもあります。また、上層部の思い込みによる捜査命令に従った結果、無実の人間が周囲から疑いの目で見られ、心労のあまり自殺しかけたということもありました。いずれも、命を奪ったと責められても仕方のないケースです」

「すると差出人は、そういう一般的なことをいいたくて送ってきたんでしょうか」春那は加賀が手にしている書簡を見つめた。「あなたたちにだって、誰かの命を奪った過去があるはずで、身内を殺されたからといって悲しむ資格なんてない。あなたが誰かを殺したように、あなたの大切な人間も誰かに殺されたにすぎない――そんなふうにいいたいんでしょうか」

「そのように解釈することはできるでしょう」加賀はいった。「そしてもし書簡の目的がそれだけなら、不愉快ではありますが、あまり気にする必要はないかもしれません。差出人は皆さんとは全く無関係な人物で、今回の検証会のことをたまたま知り、嫌がらせ、あるいは面白半分で送ったという可能性があるからです」

「その場合は無視すればいいということですね」

「そうです。ただ残念ながら、その可能性は低いように思います。事件関係者の誰かが、もっと別の目的で送ったと考えたほうがいいでしょう。とはいえ、その目的は不明です。今のところ、あの書簡がもたらした効果は、関係者たちを疑心暗鬼に陥らせたということだけです。それによって差出人にどんなメリットがあるのか、全く見当が付きません」加賀は書簡を封筒に戻し、ありがとうございました、といって返してきた。

「加賀さんは、桧川はバーベキュー・パーティの参加者を把握していて、そのうえで犯行に及んだと思うとおっしゃってましたよね。殺す相手は誰でもよかったわけじゃなく、明確なターゲットが少なくともひとりはいたんじゃないか、と」

「いいました」

「そのことと、この奇妙な書簡には関係があるんでしょうか」

「わかりませんが、無関係だとは思えません」

「そうですよね……」

春那がぼんやりと視線を遠くに向けた時、たまたまその先に知っている顔があった。久納真穂が店に入ってきたところだった。彼女のほうも気づいたらしく、軽く頭を下げた後、遠慮がちに近づいてきた。「こんばんは。先程はどうも」

「おひとり？　朋香ちゃんは？」春那が訊いた。

「もう寝ています。かなり疲れたんでしょうね。ベッドに入ったら、すぐに寝息をたて始めました。でもあたしは何だか興奮してしまって、とても眠れそうになくて……」

寝酒を求めてやってきた、ということらしい。

「だったら、一緒にどうですか。もしお嫌でなければ、だけど」

「いいんですか？」

どうぞ、と加賀が手で春那の隣席を勧めた。

「じゃあ、お言葉に甘えて……」

失礼します、といって久納真穂は春那の横に座った。

加賀が手を挙げ、ウェイターを呼んだ。黒ビールのおかわりを注文した後、「何になさいますか」と久納真穂に訊いた。

「じゃああたしは、『ワイルドターキー』のソーダ割りを」

かしこまりました、といってウェイターは下がった。

久納真穂が春那の手元に目を向けてきた。「それについて話をしておられたんですか」

春那は封筒を持ったままだった。バッグを開け、中にしまった。

「やっぱり気になりますから。一体誰が何のために送ってきたんだろうって。朋香ちゃんのところにも送られてきたそうですね」

「はい。寄宿舎の郵便受けに届いたみたいです」

「中学生の彼女に、あんな書簡が……」春那は加賀のほうを向いた。「さっきの話、誰にでも当てはまるとおっしゃいましたけど、朋香ちゃんもそうでしょうか」

「中学生であることが例外扱いする理由にはならないと思います」加賀は冷徹そうな目をしていった。「いじめが原因で、毎年何人もの子供が自ら命を絶っています。その多くが中学生です。そしていじめの加害者も中学生です。無論これは単なる一例で、朋香さんにそういう前歴があるのではと疑っているわけではありませんが」

「すみません、何の話でしょうか」久納真穂が分け入ってきた。

「だから例の書簡についてです」

春那は加賀に、「さっきのことを久納さんにいってもいいですか」と確認した。

どうぞ、と加賀は答えた。

春那は、書簡に書かれた文章は、「あなた方は全員、かつてどこかで誰かの命を奪っている」と解釈できると加賀がいいだしたことを話した。

「たしかにそういう受け取り方はできますね……」久納真穂は考え込む顔で呟いた。

ウェイターがやってきて、バーボンのソーダ割りと黒ビールの入ったグラスを注文者たちの前に置いていった。

久納真穂はグラスに手を伸ばし、だとすれば、といった。「書簡の差出人は、殺された被害者たちに対しても同じことをいいたいのかもしれませんね」

「どういう意味ですか」

「夕食の時、的場さんがおっしゃってたじゃないですか。ネットなんかでは、今度の事件の被害者に対して自業自得だという意見があるって。つまり、かつて誰かの命を奪った過去があるからそんな目に遭ったんだ、というわけです」

「高塚夫人のことが例に挙げられていましたね。あと、栗原由美子さんのことも」

「これは朋香さんから打ち明けられたことですけど」久納真穂は声を低く落とした。「栗原由美子さんに、ヘアデザインのコンテストで知り合いのアイデアを盗用した、という疑いをかけられていたのは事実のようです。嫌がらせのようなことが何度もあったらしい、と朋香さんがいっていました。事実無根だけれど悪い噂はすぐに流れるし、デジタルタトゥーを消すのは難しい、皆が飽きるまで待つしかない、と由美子さんは諦めておられたみたいです」

「そうなんですか」

母親がそんな目に遭っていると知り、娘はどんな気持ちがしただろうか。想像すると胸が苦しくなった。

久納真穂は唇からグラスを離した。

「でも、お母さんのほうは、お父さんに比べたら、まだましかもしれませんね」

「お父さんが何か？」

久納真穂は逡《しゅんじゅん》巡する素振りを示した後、自分を納得させるように小さく頷いた。

「隠していてもどうせわかることですからお話しします。お父さんの栗原正則さんにも、いろいろと悪い噂があったようです」

「どういう内容ですか」

「一昨年、会計事務所の顧客だった資産家の男性が亡くなったそうです。その男性には離婚調停中の奥さんがいました。男性の死後、経営していた会社の資産を騙《だま》し取《と》ったということで、その女性は詐欺容疑で告発されたのですけど、栗原正則さんにも共犯の疑いがかけられたんです。会社法上の必要な手続きを踏まず、女性が男性の跡を継いで代表取締役に就任したように装った、という罪状でした」

春那は目を見張った。「本当にそんなことをしていたんですか」

「全くの誤解で冤罪《えんざい》だ、と栗原正則さんは朋香さんたちにはいっておられたそうです。事実、最終的には嫌疑不十分で不起訴になりました。ただその結果に納得していない人は多いらしく、今もネット上には様々な憶測が流れているようです。最も多いのは、死んだ資産家の妻と栗原正則さんとの間には男女関係があり、二人で共謀して資産家の会社を乗っ取ろうとした、というものです。それどころか、資産家の死に二人が関わっている可能性を示唆した書き込みもあるみたいです」

「死に関わっているって、殺したってことですか」

「その言葉を使ってはいませんけど、そういいたいのだと思います」

愕然《がくぜん》とした。どういう根拠があって、そんな不穏な憶測を流すのか。

「そんな書き込みは朋香ちゃん自身が見つけたんでしょうか」

まさか、と久納真穂はいった。

「学校の友達が、見つけるたびに教えてくれるそうです。当人たちは親切心からやっているつもりだとわかるから、迷惑がるわけにもいかないと朋香さんはいっていました」

過激な書き込みを友人たちから見せられ、困惑する朋香の姿が目に浮かんだ。両親の悪口がネットに出回っていて、それを友人たちが懸命に探している。その状況を想像するだけで春那は気持ちが暗くなった。

「猫の話をお聞きになりましたか?」久納真穂が訊いてきた。「朋香ちゃんがかわいがっていたペットです。ルビーという名前の」

「いえ、聞いておりません。その猫がどうかしたんですか」

「数ヵ月前に死んだそうです。元気だったのに、ある時期から急に具合が悪くなって、突然死んでしまったとか。栗原家は一軒家で、基本的には屋内飼いだったけれど、時々は外にも出られるようにしていたそうです。だから外に出た時、誰かに何か悪いものでも食べさせられたんじゃないか、と栗原夫妻が話しているのを朋香さんは聞いています」

「嫌がらせに飼い猫を……」春那はそれ以上言葉が出なかった。

「こんな言い方をしたら不謹慎かもしれませんけど、まるで別荘地での事件の前触れみたいですよね」久納真穂は抑えた声でいい、上目遣いをした。

「加賀さんはどう思われますか」春那は訊いた。「書簡の差出人は、そういうことをすべて知った上で、あんなものをみんなに送っているんでしょうか」

加賀が黒ビールを飲み、ふっと息を吐いた。

「何ともいえませんが、まるで知らないとは思えません。久納さんによれば、どうやら少しネットで検索するだけで、栗原夫妻に関するあまりよくない噂を見つけられるみたいですからね。高塚夫人への中傷にしても、ネット上では通説になっているようです。そういったことを考えていて、ふと気になりました」

「何でしょうか」

「犯人の桧川大志は、果たして何も知らなかったのだろうか、ということです。被害者たちの中に、そんなふうに誰かから恨みを買っている可能性の高い人物が含まれていたのは、たまたまなのでしょうか」

その疑問の意味を春那は考えた。

「桧川はそれらのことを事前に調べていて、殺すターゲットとして選んだと？」

だが加賀は頷かない。何やら考え込んでいる。

「えっ、どういうことですか？」久納真穂が傍らのショルダーバッグを開け、小さなノートとボールペンを出した。「詳しく聞かせてください」

加賀は彼女の手元を見つめた。

「検証会の後、そのノートを榊刑事課長には見せたんですか？」

ああ、と久納真穂は唇を緩めた。

「お見せしました。問題ないということで、没収は免れました」

「それならよかった」

「で、話の続きなんですけど」久納真穂はボールペンを構えた。

いや、といって加賀はグラスを摑んだ。「今夜はここまでにしておきましょう。もう少し自分なりに考えをまとめたいので」

「えー、気になります。あたしは部外者ですけど、好奇心とかではなくて、何とか朋香さんの力になりたいと思っているんです」

「わかっています。すみません。途中で混乱して話を続けられなくなるのは、俺の悪い癖なんです」加賀は黒ビールを一気に飲み干した。「ここで失礼します」

彼が伝票に手を伸ばしかけるのを見て、春那は先に取った。

「ここは私に払わせてください。付き添いをお願いした身なので」

加賀は一瞬抵抗を示しかけたが、すぐに頷いた。

「わかりました。今夜はごちそうになっておきます」

春那は久納真穂のほうを見た。「私もそろそろ行きます。明日、よろしくお願いします」

こちらこそ、と久納真穂は頭を下げた。「おやすみなさい」

おやすみなさい、といって春那は腰を上げた。

入り口のカウンターで会計をした。その間、加賀は外で待っていた。店から出た春那に、ごちそうさまでした、と丁寧にお辞儀してきた。

「長い一日でしたね。お疲れになったでしょう?」エレベータホールに向かう途中で加賀がいった。

「少し疲れました。肉体が疲労しているというより、精神的に疲弊しちゃった気がします」

「わかります。無理もないと思います」

エレベータに乗り、五階で降りた。静まりかえった廊下を並んで歩く。間もなく春那の部屋の前に着いた。

「検証会の後で加賀さんは、皆さんのことを知らないままでは真相に辿り着けない、とおっしゃいましたよね」バッグから部屋の鍵を出しながら春那はいった。「夕食時やバーでのおしゃべりで、少しは摑めたんでしょうか」

「さあ、それはどうでしょう」加賀は首を捻った。「人間というのは複雑です。裏表があるのは当然で、人によっては裏の裏があったり、そのまた裏を隠していたりします。一筋縄ではいきません」

「でも登紀子さんが――」そういってから春那は空咳《からぜき》をした。「やめておきます」

「何ですか?　金森さんから何かお聞きになりましたか。俺の悪口でも?」

「そんなんじゃありません。夕食前に登紀子さんと電話で話した時、こういわれたんです。加賀さんに嘘は通用しないって」

ああ、と加賀は苦笑した。「あの人がそんなことをしていたら絶対に見逃さない、とも」

「もし誰かが事件に関わる隠し事をしていたら絶対に見逃さない、とも」

「刑事にとっては最高の褒め言葉です。しかし買い被《かぶ》りの可能性も大いにあります。今のところ、何も見抜けていませんからね。ただ、これだけはいえます。嘘をついている人間は確実にいます。しかもそれはひとりやふたりではないかもしれない」

「そうなんですか」

たとえば、と加賀はいった。「さっきまでバーで我々と話していた女性ですが……」

「久納さんですか？　彼女が何か嘘を？」

「ボールペンを出してきましたよね。あれはふつうのボールペンじゃありません。小型カメラを内蔵したものです。音声も記録できます」

ぎょっとした。「えっ、まさか……」

「間違いないと思います。仕事柄、何度か目にしたことがあるんです。盗撮犯が持っていたりしますが、ふつうの人は持ち歩かないですよね」

「どうしてそんなものを……」

「関係者の動向を可能なかぎり記録しておこうということでしょう。寄宿舎の指導員としての強い義務感からだと思いたいですが、その点についても疑いを持っています」

「どういうことでしょう？」

「昔、教師になったばかりの頃、同僚の女性が先輩教師から注意を受けていました。自分のことを『あたし』といってはいけない、『わたし』というように、と。時代が違うし、寄宿舎の指導員にどの程度の言葉遣いが求められるのかはわかりませんが、最初から気になっていたんです」

そういわれればそうだったかもしれない、と春那は気づいた。久納真穂はずっと、あたしといっていたように思う。

「寄宿舎の指導員だというのは嘘だと？」

「断言はできません。でももし嘘なのだとしたら、もう一人、嘘つきがいることになります」加賀は人差し指を立てた。「いうまでもなく朋香さんです。彼女も嘘をついている」

「何のためにそんなことを……」

「わかりません。彼女たちなりに何か考えがあってのことでしょう。ただし、それが悪だくみだとはかぎらない」加賀は真剣な目を向けてきた。「だからとりあえず、このことはほかの人には黙っていてください。俺もいいません」

「わかりました」

加賀は腕時計を見た。「ではまた明日。ゆっくりやすんでください」

「はい。おやすみなさい」

おやすみなさい、といって加賀は歩きだした。

14

腕を伸ばし、手探りでスマートフォンを摑んだ。液晶画面に表示された数字は午前二時三分を示していた。さっき見た時からたったの二十分ほどしか経っていない。その間、微睡んだわけではなく、ただ目を閉じていただけだ。

部屋に戻ると、すぐに着替えてベッドで横になったが、頭が妙に冴《さ》えてしまい、一向に眠気が訪れそうにないのだった。早く眠らねばと思って瞼《まぶた》を閉じるが、何度も寝返りを打った挙げ句にスマートフォンで時刻を確認し、夜明けがまだまだ先だと知ってがっくりする、ということを繰り返している。

春那は吐息を漏らし、改めてスマートフォンを眺めた。とはいえ、動画で時間を潰そうという気にはなれなかった。気になっているのは、事件の被害者がネット上で中傷されているという話だった。

これまで事件について検索したことは一度もない。世間でどのように扱われているかを知るのが怖かったし、何より思い出したくなかったのだ。桧川大志のことも、報道されている以上に詳しく知ろうとは思わなかった。

躊躇いつつ、インターネットにアクセスした。どういう単語で検索すればいいかを少し考えた後、別荘地名と『栗原正則』という名前で試してみた。

すぐにいくつかの記事がヒットした。真っ先に目に留まったのは、事件そのものを伝えるものだった。『有名な別荘地で惨劇　男女六名が刺され、五名が死亡』という見出しで、被害状況だけが書かれていた。英輔についても、『東京都在住の鷲尾英輔さん』と明記されていた。春那の名前は出てこない。

ほかにも似たような記事がいくつか見つかった。どれも新聞記事からの転載だ。桧川大志が逮捕されたことを伝えるものもあった。

はっと息を呑んだのは、『別荘地で殺された公認会計士がじつは鬼畜だった件』というタイトルを見た時だった。どこかの掲示板のようだ。

おそるおそるタイトルをクリックした。するといきなり次のようなコメントが目に飛び込んできた。

『殺された○原は、二年前に不審死した資産家の公認会計士。資産家の妻Aが遺産を相続したわけだが、資産家が経営していた会社の代表取締役にも就任し、会社を私物化していた。この裏で糸を引いているといわれるのが○原。じつはAとデキていて、結託して会社を乗っ取ろうとしていたらしい。詐欺罪で告発されるも証拠不十分で不起訴になり、悪だくみが見事成功かと思われたところで今回の事件。よくやった、桧川大志。犯人桧川には表彰状を贈りたい。』

こんなものが最初に出てくるのだから、それに続くコメントも想像がつく。栗原正則を罵倒するものばかりで、詐欺罪での告発が誤解だった可能性を疑うものなどひとつもない。中には、妻の栗原由美子について書いているものもあった。

『○原の妻は青山で高級美容院を経営しているが、パクったデザインでコンテスト優勝の前科あり。似たもの夫婦ですな。揃って天罰、ありがとう。』

読んでいるうちに不快になり、いったんブラウザを終了させた。

的場や小坂、そして久納真穂らのいう通りだ。もう少し調べれば、さらに多くの罵詈《ばり》雑言が見つかるのだろう。『高塚桂子』の名前で検索しても、きっと同様だ。

嫌な世の中だと改めて思った。殺人事件の被害者を貶《おとし》めて、どんないいことがあるというのか。

暗い気持ちでスマートフォンの画面を見つめているうちに、ふと思った。自分たちはどうなのだろう。英輔のことも何か中傷されているのだろうか。

そんなものは調べないほうがいいに決まっているとわかりつつ、一度芽生えた疑問は消えてくれそうになかった。今ここで我慢したとしても、いつかきっと調べてしまうに違いない。それならば早く答えを知ったほうがいい——自分にいい聞かせながら春那はスマートフォンを操作していた。別荘地名と『鷲尾英輔』という文字を打ち込み、震える指でタップした。

ずらりと記事が並ぶのを見て、心臓の鼓動が速まった。だが栗原正則の時と同様、事件を伝える新聞記事ばかりだ。

息を整えながら画面をスクロールしていく。やがて、ひとつのタイトルが目に留まった。『別荘地殺人事件　被害者たちの横顔』というものだった。元は週刊誌の記事だが、ウェブでも公開しているらしい。

春那には心当たりがあった。取材させてもらえないかという連絡を受けたのだ。相手の態度から誠意は感じたし、単なる好奇心だけで動いているわけでないことはよくわかった。それでも断ったのは、自分の中で何ひとつ整理できていなかったからだ。おそらくどんな質問に対しても、まともに答えられなかったに違いない。

あれが記事になったのか。誰が取材に応じたのだろう。

表示された記事の序盤は、事件の概要を説明するものだった。別荘で楽しく夏を過ごそうとしていた人々が、犯人の身勝手な動機によって殺された事実が淡々と語られている。その後、被害者はどういう人であったかについて、知人などの証言に基づいて伝える内容になっていた。

まずは栗原夫妻だった。インタビューに応じているのは会計事務所の社員や美容院のスタッフ、そしてそれぞれの顧客たちだった。読んでみると先程の掲示板に書かれていたようなことには一切触れられていない。皆が二人の人柄の良さを褒め、死を悼み、犯人に対して強い怒りを表明していた。

春那は安堵《あんど》した。どうやらこの記事に被害者たちを中傷する目的はなさそうだ。

高塚桂子や櫻木洋一に対しても同様だった。高塚桂子のことは、「高塚会長が若い頃から献身的に支えてきた高塚グループの陰の功労者」と表現し、櫻木洋一については、「医療に自分の信念を貫き通した人物」と持ち上げていた。

そして英輔だ。意外なことに、記者は英輔の生まれ故郷である富山にまで取材に出かけていた。インタビューには英輔の幼なじみが応じていた。

幼なじみは結婚していて、四歳になる息子がいた。その子は生まれつき疾患を抱えていて、激しい運動ができないらしい。英輔はその子の誕生日に、あるスポーツの用具一式をプレゼントした。そのスポーツとはボッチャだった。二つのチームが、目標となる白いボールに向かって自軍のボールを投げたり、転がしたりして、いかに相手よりも近づけるかを競うというものだ。元々は重度脳性麻痺《まひ》者や四肢《しし》重度機能障害者のために考案されたスポーツで、パラリンピックの正式種目にもなっている。だから病弱な子供でも楽しめるはずだと英輔は考えたのだ。

見慣れないスポーツに、幼なじみの息子は最初あまり興味を示さなかった。そこで英輔と幼なじみは二人でゲームを始め、その様子を息子に見せることにした。あくまでも楽しさを伝えるのが目的だった。しかし途中からどちらも本気になり、熱くなった挙げ句、ルールを巡って口論を始めてしまった。幼なじみの妻が仲介に入らなければ、喧嘩《けんか》になっていたかもしれないという。だがこの様子を見ていた息子は、自分もやりたいといいだした。あれほど大人たちが夢中になるからには、余程面白いに違いないと思ったのだろう。以来、幼なじみの息子はボッチャ好きになり、それをきっかけに積極的になったという。

不器用で匙加減《さじかげん》ということができず、だからこそ人の心を動かせる奴でした。あんな人間が理由もなく殺されるなんて、そんな理不尽なことが許されていいわけがない——幼なじみは涙を流しながらそう語ったらしい。

記事を読み終えると春那はスマートフォンを置いた。英輔についての書き込みは、ほかにもあるかもしれない。だが探す気は失せていた。

もしかすると加賀がいうように、桧川には明確なターゲットがいたのかもしれない。しかしその人物にはきっと、殺意を抱かれるに十分な理由があったはずだ。

だからそれは英輔ではない、と思いながら春那は瞼を閉じた。


目を開けた時、カーテンの隙間から日が差し込んでいるのが見えた。夜が明けているらしい。枕のすぐ横にスマートフォンがあった。画面に表示されている時刻は午前七時過ぎだった。どうやら少しは眠れたようだ。おかげで頭がすっきりしている。

シャワーを浴び、メイクを施していると空腹を覚えた。昨夜、メインディッシュを残したせいかもしれない。朝食は摂らないつもりだったが、少しは食べておいたほうがいいだろうと思い直し、着替えることにした。

朝食会場は昨夜と同じくメイン・ダイニングルームだ。入り口でルームキーを見せるだけで通してくれた。ブッフェ・スタイルで、席は自由らしい。

トレイに皿を載せ、料理を物色していると、「おはようございます」と隣から挨拶された。栗原朋香だった。少し離れたところには久納真穂の姿もあった。

「あっ、おはよう……」

「今日もよろしくお願いいたします」

「こちらこそよろしく」

「では後ほど」朋香はトレイを抱えたまま頭を下げ、離れていった。

少女の後ろ姿を見送りながら、後ほど、なんて言葉を自分が中学時代に使ったことがあっただろうか、と春那は考えた。

料理を適当に選び、空いているテーブルを見つけて席についた。ニンジン入りのミックスジュースをひとくち飲んでからフォークを手にした。皿にはオムレツと温野菜を盛りつけてある。スープはミネストローネで、パンは焼きたてのクロワッサンを選んだ。

朋香と久納真穂は、春那から四つほど離れたテーブルにいた。向き合い、黙々と食事を摂っている。

昨夜、加賀がいったことを思い出した。この二人は嘘をついているのかもしれないそうだ。久納真穂が寄宿舎の指導員でないとすれば、何者なのだろうか。なぜ朋香は、その嘘に加担しているのか。

目の前に影が落ちた。同時に、「御一緒してもよろしいかしら？」と訊かれた。テーブルの向こうで櫻木千鶴がトレイを抱えて立っていた。

どうぞ、と春那は答えた。「おひとりですか？」

「そうよ。どうして？」

「的場さんは一緒じゃないのかなと思って……」

櫻木千鶴はトレイを置いて腰を下ろし、ふふっと鼻を鳴らして笑った。

「いつも引き連れているわけじゃないのよ。家族じゃないんだから」

明らかに何かを含んだ物言いに、春那は咄嗟に言葉が出ない。だが櫻木千鶴は特に気の利いた反応を期待していたわけでもなさそうで、いただきます、といって食事を始めた。

春那は、こっそりとため息をついた。朝食ぐらいは緊張せずに摂りたかったのだが、叶わないようだ。

それにしても的場のことを、家族じゃない、といいきる櫻木千鶴の意図は何だろうか。たしかにまだ結婚はしていないようだが、娘と婚約中ならば家族と同等だと考えるのがふつうではないか。そういえば夕食時にその話になった時も、櫻木千鶴の態度からは不自然なものを感じた。理恵と的場の結婚に、何か問題があるのか。

そんなことをぼんやりと考えながらスープを啜っていると、「静枝さんは何時頃にいらっしゃるのかしら？」と櫻木千鶴が尋ねてきた。

「九時半頃に来るといってました。昨日と同じ会議室を使わせてもらうのに、ちょっとした手続きがあるとかで……」

そう、と櫻木千鶴は頷いた。

「叔母が何か？」

「ううん、何でもないの。ただあの方はホテルに泊まっておられないから、移動が面倒だろうなと思っただけ」

「近いので、そうでもないんだと思います。ふだんから買い物とかで、このあたりには来ているみたいですから。クルマもありますし」

「それにしても、ひとりでよくあんなところで暮らせるものだなと感心しちゃう。寂しくないのかしら。私なんか、とても無理」

「慣れているし、ひとりのほうが落ち着くんだそうです」

「そうなの？　でもあの方の場合、似合ってるかもね」

「似合ってる？」

「美人で謎めいてるじゃない。人里離れた一軒家で独り暮らしなんて、まるでアンデルセンの『雪の女王』みたい。でも亡くなった主人がよくいってたわ。まだ若いのにもったいないって。誰かいい人はいないのかな？」

さあ、と春那は首を捻った。「聞いたことはないです」

「いないはずがないと思うのよね。だって、あれだけの美貌だもの。再婚しようと思えば、いくらでもできたんじゃないかしら」

「そうかもしれませんね。でも経済的に困っているわけではないから、その必要はないと思っているんじゃないでしょうか」

「たしかにお金に不自由してないのなら、結婚する意味はないわね。でも恋人がいても不思議じゃない。そう思うでしょ？」

「それは、まあ……」

なぜこんなことを訊いてくるのだろう、と春那はそちらのほうが気になった。

その時だった。誰かが真っ直ぐに近づいてくるのが視界の端に入った。的場だった。彼は春那に小さく会釈すると、腰を落とし、櫻木千鶴に何やら耳打ちした。

櫻木千鶴は少し驚いた様子で的場を見返した。「理恵が？」

はい、と的場は頷いた。「もう家を出たそうです」

「どうして急に？」

「後悔したくないからといっています」

「そんなことといったって……」櫻木千鶴は箸を置くと、ハンドバッグを手にして立ち上がった。スマートフォンで電話をかける気らしい。

彼女の後ろ姿を見送った後、的場と目が合った。彼はさっと周囲を見回してから椅子を引いて座った。「理恵が来るようです」

二人の短いやりとりを聞き、そうではないかと思っていたので意外ではなかった。

「体調は大丈夫なんですか」

「それは……はい、大丈夫だと思います」歯切れが悪い。問題は体調ではないらしい。

春那が訝《いぶか》っているのに気づいたか、じつは、と的場は躊躇いがちに口を開いた。

「元々、理恵は検証会に参加するつもりでした。それを千鶴さんが説得して、やめさせたんです」

「えっ、でも昨日の話では、事件のことを思い出すだけでパニックになるって……」

「それは事件直後の話です。二週間ほどは、実際にそういう状態でした。でも少しずつ立ち直っていって、四十九日を迎える頃には平静さを取り戻していました。すみません。昨日は検証会を欠席させる言い訳が必要だと思い、嘘をつきました」

「どうして理恵さんを欠席に？」

「千鶴さんが決めたことです。すぐに感情的になってしまい、物事を理性的に考えられないから、皆さんに迷惑をかけるだけだというんです。櫻木家の代表は自分ひとりで十分で、ふたりも参加する必要はない、と」

「だけどやっぱり参加したいと連絡があったんですね」

「さっき電話がかかってきました。自分も当事者だから、同席するのが当然だと思うって。まあ、正論ではあります。だから反対はできませんでした。新幹線で来るということだから、僕が駅まで迎えに行きます」的場は腕時計を見て、「その前に腹ごしらえをしておかないと」といって立ち上がった。

春那はクロワッサンの最後の一切れを口に入れ、空になった食器をまとめた。案の定、朝食をゆっくりと味わうことはできなかった。

店を出る時、受付係の女性に、加賀という人物が来たかと尋ねてみた。部屋番号を訊かれたので答えると、七時ちょうどに来店しているとのことだった。とうの昔に朝食を終えているらしい。そんなに早起きして、何をしているのだろうか。もしかすると彼の明晰な頭脳はすでに活発に動き始めていて、今日の検証会に臨む準備を着々と進めているのかもしれない。

店を出てエレベータホールに向かう途中、通路の脇にあるソファで櫻木千鶴が電話をしているのが見えた。理恵との会話が続いているのだろうか。その横顔は真剣で、いつもの余裕は感じられなかった。

15

加賀から電話があったのは、メイクの修整をしながら友人たちからのＳＮＳをチェックしている時だった。メッセージの中には遊びや食事に誘う内容のものもあった。もちろん彼等は春那の身に起きた悲劇をわかっているので、そのことを配慮した文章になっている。いつまでも友人たちに気を遣わせるのは申し訳ないと思いつつ、ではどうすればいいのかと問われれば困ってしまう。

「はい、鷲尾です。おはようございます」電話を繋ぎ、挨拶した。

「おはようございます。少しは眠れましたか」

「まあ、何とか。加賀さん、すごく早起きされたみたいですね」

「御存じでしたか。考えなきゃいけないことが多いものですから、時間を無駄にしたくないんです。それでじつは鷲尾さん、お願いがあるんですが」

教えてほしいことがあるので、部屋に来てもらえないか、というのだった。

「ややデリケートな内容なので、人に聞かれたくありません。こちらから伺ってもいいのですが、女性の部屋を訪ねるのはどうかと思いまして」

「だったら私のほうは構いませんから部屋に来てください」

「いいですか？　ではあと五分ほどしたらノックします」

「わかりました。お待ちしています」

五分の猶予は、他人の目に触れさせたくないものを隠すためにくれた時間だろう。下着などを脱ぎっぱなしにしていたわけではないが、私物は極力片付けた。

五分より少しオーバーしてからノックの音がした。加賀はマウンテンパーカーを羽織り、デイパックを提げていた。さらに、「これをお返しします」といって真鍮製の鍵を返してきた。すでに自分の部屋は引き払ってきたようだ。

この部屋にベランダはなく、大きな窓のそばに小さなテーブルと椅子が置かれている。そこで春那は加賀と向き合った。

「それで何でしょうか、私に教えてほしいことというのは」

加賀は居住まいを正し、真摯な目を向けてきた。

「大変心苦しいのですが、あなたにとって非常に辛い体験に関わります。ほかでもありません。刺された御主人を見つけた時のことです」

ずんっ、と砂袋が胃の底に落ちたような感覚があった。だが拒絶してはいけない。表情を変えないよう腹に精一杯の力を込め、はい、と答えて刑事の目を見返した。

「御主人には二つの傷がありました。ひとつは脇腹、もう一つは致命傷となった胸で、胸にはナイフが刺さったままでした。そうでしたね？」

「その通りです」

「問題は脇腹の傷です。ナイフが抜かれていたので、かなりの出血があったはずです。もしその状態で動いたなら、血痕が点々と落ちていたと考えられます。そこでお尋ねします。御主人の周辺にそういう痕跡はありませんでしたか」

「よく覚えてないんですけど、血はたくさん出ていたように思います。何しろ止血するのに夢中でしたから」

「止血……応急措置をされたわけですね」

「もちろんです。だって、何とかしなきゃいけないと思いましたから」

「どうやって止血を？」

「彼のポケットからハンカチを出して、それで傷口を押さえました。ほかには何もなかったので……」

「止血以外にはどんなことを？」

「彼の名前を呼びかけました。とにかく意識を取り戻させることが重要ですから」

「呼びかけ……それは救命措置の常道ですか」

「だと思います」

加賀は頷いた。「質問は以上です」

「それだけですか？」

「これで十分です。嫌なことを思い出させてしまい申し訳ありませんでした」

「ここへ来る前から覚悟していたことです。気になさらないでください」

加賀は腕時計を確認した。

「まだ少し時間がありますが、俺は先に行っています。ほかの参加者にも早く現れる人がいるかもしれない。その方々と立ち話でもできればラッキーなので」

「貴重な情報が得られるかも、ということですね」

「その通りです」加賀は腰を上げた。

「私もすぐに出ますけど、チェックアウトを済ませてから会場に向かいます」

「わかりました」

加賀が出ていくのを見送った後、春那は身支度を始めた。だが彼からの質問内容が脳裏に引っ掛かっていて、時折手を止めた。なぜあんなことを訊いてきたのか。おそらく春那の看護師としての経験を買ってくれたのだろうが、回答に間違いがなかったかどうか、少し不安になった。

午前九時半になるのを待って、部屋を出た。フロントに行くと、チェックアウトをする客の列ができていた。並んで待っている時、ロビーのソファに静枝の姿があるのを見つけた。向こうも気づき、小さく手を振ってきた。今日はダークブラウンのパンツにブルーのニットという組み合わせだ。靴はスニーカーだった。

チェックアウトを終え、静枝のところへ行った。静枝は春那の顔を見るなり、「おはよう。よく眠れた？」といった。皆、同じことを訊いてくる。まあ何とか、と加賀の時と同様に答えた。

「静枝さん、今日は何だかスポーティね」

「そうでしょ。昨日、加賀さんから別れ際にいわれたの。明日は動きやすい服装がいいかもしれませんって」

「加賀さんから？　どうしてそんな服装を？」

「訊いたんだけど、ちょっと自分に考えがあるからとしかおっしゃらなかった。春那ちゃんは聞いてないのね」

「私は何もいわれなかった」

「ふうん。春那ちゃんは東京から来ているので、いきなりそんなことをいわれても対応できないだろうと思ったのかもしれないわね」

それはその通りだが、一応いってくれてもよかったではないか、と少し不満に思った。

二人で検証会の会場に向かった。場所は昨日と同じ会議室らしい。今日はペットボトルのお茶と水を何本か用意してもらった、と静枝がいった。そのほうが各自、自分のペースで喉を潤おせられるだろうから、というのだった。昨日誰かもいっていたが、相変わらずよく気の付く人だ。本当に特定の相手はいないのだろうか。

会議室に行ってみると、加賀がホワイトボードの前に立ち、ペンを動かしているところだった。どうやら別荘や周辺の略図を描いているらしい。振り返って春那たちを見て、小さく頭を下げてきた。

ほかには小坂一家の姿があり、昨日と同じ席に並んで座っていた。

隅のテーブルに、静枝のリクエスト通り、お茶とミネラルウォーターのペットボトルが用意してあった。春那はお茶を選び、小坂たちに倣って昨日と同じ席についた。

ペットボトルの蓋を開け、お茶を飲みながら何気なくホワイトボードに描かれた図に目をやった。大まかな道と建物を描いてあるのは昨日と同じだが、ところどころにバツ印が書き込まれていた。何だろうと思ったが、すぐに気づいた。犯行のあった場所なのだ。しかも被害者が死亡しているケースだ。栗原家別荘の車庫に二つのバツ印が書かれ、少し離れたところに三角印が書かれていた。的場が刺されたことを示しているらしい。彼は死んではいないからバツ印ではないのだ。

実際の捜査本部でもこんなふうに描くのだろうか、と加賀の背中を見つめながら春那は思った。

ドアが開き、櫻木千鶴が入ってきた。ひとりのようだ。やや険しい表情で、やはり昨日と同じ場所に向かった。

続いて、栗原朋香と久納真穂が入ってきた。二人が会釈してきたので、春那も応じた。だが加賀からあんな話を聞かされたので、穏やかな気持ちではいられない。学生と寄宿舎指導員という関係には見えなくなっていた。久納真穂が若いせいもあり、少し年の離れた女友達といわれれば疑わないだろう。

次に現れた顔を見て、少しはっとした。櫻木理恵だ。後ろから的場が続く。理恵はチャコールグレーのスーツ姿だった。ただし下がスカートなのは、パンツスーツの母親に対抗したからかもしれない。

理恵さん、と静枝が呼びかけた。「いらっしゃったのね」

はいっ、と理恵は力のこもった返事をした。

「体調は大丈夫なの？」

「全然問題ありません。昨日はすみませんでした」

的場が櫻木千鶴のいる場所へ理恵を誘導しようとした。だが理恵は首を振り、少し離れた席に腰を下ろした。的場は諦めたように隣に座った。櫻木千鶴は何もいわず、目をそむけている。

それから少しして高塚俊策が入ってきた。この人物は自分が一番最後でないと気が済まないのかもしれない、と春那は思ったが、まだ来ていない者がいることに気づいた。

「榊刑事課長から、少し遅れるという連絡がありました」高塚がいった。「ほんの十分か十五分程度なので、待っていてもらえたらありがたいとのことでした。オブザーバーの分際で申し訳ないと謝っておられました」

「じゃあ、待ちましょうか」加賀がいった。

「だったら、その間に例のことを話し合いません？」櫻木千鶴が提案した。「昨夜、私がお見せした、あのおかしな書簡のことです。皆さんも受け取ったんでしょう？　気味の悪い文面――あなたが誰かを殺した、というものです」

「その書簡ですがね」高塚が右手を挙げた。「家政婦に確認してもらいました。やはりうちにも届いていました」そういってスマートフォンを操作し、画面を掲げた。「ほら、この通り」

離れているので春那からはよく見えなかったが、書簡を撮影した画像のようだ。嘘をついているとは思えなかったので、わざわざ近づいて確かめようとは思わなかった。ほかの者も同様らしく、座ったままで小さく頷いている。

「いろいろと考えたんですけど、やっぱり私は、差出人はこの中の誰かだと思います」櫻木千鶴が揚言した。「昨日まで、その人は何かよからぬことを企《たくら》んでいるに違いないと思っていました。でも書簡を受け取っているのが自分だけではないと知り、気持ちが変わりました。その人もきっと気づいたんだと思います。この事件は単に、頭のおかしい男が無差別に人を殺したわけではなく、裏には、もっと別の誰かの意思が働いているということに。私たちがこの検証会で明らかにしなければならないのは、それだと思うんです」

「どういうことですかな、それは」高塚が声を張った。「もっと別の誰かの意思とは聞き捨てなりませんな」

「でも会長も、この中に隠し事をしている人がいると疑っておられるんでしょう？　奥様の手に握られていた紙きれについて、何かわかりました？」

高塚は足を組み、ゆっくりとかぶりを振った。

「残念ながら、夜中のうちに告白文がドアの隙間から差し込まれていた、ということはありませんでした。つまり未だに不明です」

「だったら、それも合わせて疑問を解決しましょうよ。だから――」櫻木千鶴は皆のほうを向いた。「正直に答えてください。あの書簡をみんなに送ったのは誰ですか？　あの文面の意味は何ですか？　事件の裏に何かあると考えたからなんでしょう？　だとすれば、私と同じです。一緒に問題を解決しましょうよ」

しかし彼女の呼びかけに反応する者はいない。会議室内は静まりかえっている。

「どうして？」櫻木千鶴は苛立ちの声をあげた。「この中にいるはずよ。そうでしょ？　どうして名乗り出ないの？　疑問を解決したくないの？」

ヒステリックに放たれた声は、しばらく室内で反響した。

さらに櫻木千鶴が何か言葉を発する気配を示した時だった。

「もうやめなよ、ママ」横から冷めた声が聞こえた。「見苦しいよ」

理恵だった。腕組みをし、斜め下に視線を落としている。

「何が見苦しいのよ」櫻木千鶴は娘を睨んだ。

「茶番だといってるの。妄想を抱くのは勝手だけど、周りを巻き込まないでくれる？」

「何よ、妄想って」

「事件の裏に何かあるとか、別の誰かの意思とか、意味がわかんない。そんなのあるわけないでしょ。おかしいよ」

「何をいってるの。おかしいのはあなたよ。――雅也さん、昨日の検証会のこと、その子に話してないの？　疑問点がたくさん出てきたでしょ？」

「彼から聞いたけど、別にどうってことないんじゃないの。騒ぐほどのこと？　どの道、犯人は桧川って男なんでしょ。だったら、それでいいじゃない。何がいけないわけ？」

「わからない子ね。犯人は桧川にしても、何か裏があるんじゃないかといってるの」

「いってるのはママだけでしょ？」

「そんなことないわ。だったら、あの書簡は？　差出人も同じ考えのはずよ。あなただって受け取ったのよね」

「あなたが誰かを殺した……か」理恵は唇を曲げ、肩を上下させた。「あれ、ママの仕業じゃないの？」

「はあ？　何をいいだすのよっ」

「所謂《いわゆる》、自作自演ってやつ」

「なんて馬鹿なことを……」

「ちょっと待ってください」的場が立ち上がった。「理恵も落ち着けよ。みんなが戸惑ってるだろ」

彼のいう通りだった。母子のやりとりを聞き、春那は呆気にとられていた。どうやらこの二人は真っ向から対立しているらしい。櫻木千鶴が理恵を検証会に出席させなかった理由は、どうやらこのあたりにあるようだ。

気まずい沈黙を破ったのはドアを開ける音だった。榊が入ってきた。

「お待たせしてすみません。いろいろと調べることがありまして」汗の浮いた額をハンカチで押さえながらいった後、異様な雰囲気を察知したらしく、探るような目で皆の顔を見回した。「どうかしましたか？」

「後ほど説明します」即座に加賀がいった。「端的にいえば、各人に見解の相違があるということです。検証会を進めていけば、追い追い明らかになっていくと思います」

「なるほど」榊はあまり釈然としていない様子だが頷いた。「しかし検証会を始める前に、おひとり、お話を聞きたい方がいるのですが」

「どなたですか」

それは、といって榊は奥に目を向けた。「久納真穂さん、ちょっとよろしいでしょうか」

「あたし……ですか」久納真穂は自分の胸を手で押さえた。

「はい。私と一緒に来ていただけますか。お尋ねしたいことがあるんです。お時間は取らせませんん」

久納真穂は当惑した表情で隣の栗原朋香と顔を見合わせていたが、やがて意を決したように立ち上がった。「わかりました」

「いや、待ってください」高塚が手を挙げていった。「榊さん、どういうことですか。彼女に何を訊きたいんですか」

「それは申し上げられません。プライバシーに関することなので」

「プライバシー？　だったら伺いますが、なぜあなたが彼女のプライバシーを摑んでいるんですか」

「いや、摑んでいるわけではありません。むしろ、わからないから訊くわけでして……」

「わからない？　何ですか、それは。困るなあ、そういうのは。裏でコソコソせず、ここで説明してください」

高塚に詰問され、榊は苦しげに顔を歪めている。一方の久納真穂は開き直ったように無表情だった。

榊が諦めたように首を縦に揺らした。

「わかりました。では、ここで伺うとしましょう」久納真穂のほうに向き直った。「私的な検証会とはいえ、警察官が立ち会う以上、参加者の身元はしっかりと把握しておく必要があると考えました。そこであなたについても確認しておこうと思い、栗原朋香さんが入っておられる寄宿舎に問い合わせたんです。すると返ってきた回答は、うちに久納真穂という指導員はいない、というものでした」榊は見据える目をして続けた。「どういうことでしょうか。納得のいく説明をしていただけるとありがたいのですが」

突然暴露された事実に、室内の空気は一変した。驚きと疑念、そして恐れの籠もった目が久納真穂と名乗る女性に集中した。

だが春那にとっては、さほど衝撃的ではなかった。やはり加賀が見抜いた通りだったのか、と彼の眼力に改めて感心しただけだ。

久納真穂が小さく吐息を漏らした。榊のほうを見返し、唇を開いた。

「おっしゃる通りです。指導員というのは嘘です」

「久納真穂さんというのは偽名ですか」

「現時点では本名ではありませんが、通称として使い始めています。いずれ本名になる予定で、その準備を進めています」

「準備とは？」

「両親の離婚です。無事に手続きが済めば、あたしは母の籍に入り、母の旧姓を名乗ります。それが『久納』です」

「ではあなたの本当の姓は何というのですか」

「本当の姓は」久納真穂は深呼吸し、一同を見渡してから続けた。「桧川です。桧川真穂――それがあたしの本名です。もうおわかりだと思いますけど、桧川大志の妹です」

16

ひかわまほ――そう聞いて、『桧川真穂』と脳内で難なく変換していたのが、春那は自分でも不思議な気がした。衝撃的な告白に驚く一方、そういうわけだったのか、と妙に納得している部分があった。少なくとも、この女性は何者だろうと考えていた時の不安さは消えている。
だがそれは春那が加賀から予備情報を得ていたからにほかならず、そうではないほかの人々は、当然のごとく混乱を露呈した。

ええーっ、と大声を発したのは小坂均だった。ほぼ同時に何人かが勢いよく立ち上がっていた。そのひとりが高塚だった。老人は久納真穂を指差し、何かをいおうとしていた。しかし驚きが大きすぎたせいか、発すべき言葉が咄嗟に思いつかない、あるいは思いついてはいるがうまく出てこないのか、餌を求める鯉《こい》のように口をぱくぱくと動かしているだけだ。

「きみっ」的場が鋭い声を放った。「それは一体どういう――」

「待ってください」榊が的場を制した。その目は久納真穂に向けられている。「念のために訊きますが、我々をからかっているわけではありませんよね。今のあなたの発言は、冗談などではなく、事実を語られたものと受け止めていいんですね？」

はい、と久納真穂は答えた。「こんな冗談をいえるわけがないでしょう？」その口調は落ち着き払っている。

ばんっとテーブルを叩く音がした。櫻木千鶴だった。

「どういうこと？」裏返った声で喚《わめ》いた。「なんでこんな人が紛れ込んでいるわけ？　おかしいじゃない。どういうことよっ」

「黙って」榊が険しい形相で一喝した。多くの犯罪者たちと対峙《たいじ》してきた者が発する声の迫力に、さすがの櫻木千鶴も口を半開きにしたままで固まった。

榊は、ゆっくりと久納真穂に近づいていった。

「身分を証明するものを何かお持ちですか。運転免許証とか」

はい、といって久納真穂は財布を出すと、そこから免許証らしきものを抜き取り、榊に渡した。それを榊はじっくりと眺めると、自分のスマートフォンを取り出し、何やら操作を始めた。

榊さん、と高塚が声をかけた。「何をやってるんです？　その人のいってることは本当なんですか？」

「ちょっと待ってください」榊は煩わしそうに答えながらスマートフォンの操作を続けた。

やがて画面を見て小さく頷き、顔を上げた。

「どうやらこの方のいっていることは嘘ではないようです。免許証の氏名は桧川真穂さんとなっています。さらに記されている住所は桧川大志のものと一致しています」

全員が息を呑む気配があった。

「事情を説明してください」榊は運転免許証を久納真穂に返しながらいった。「なぜあなたがここにいるんですか。身分を偽って検証会に参加した目的は何ですか。いや、その前に――」顔を栗原朋香のほうに向けた。「君に確認したほうがいいかもしれないな。君はこの女性の正体を知っていたんだろうか？」

朋香は答えず、久納真穂と顔を見合わせている。

「どうなんだっ」高塚が怒鳴った。「我々を騙《だま》して、どういうつもりだ？」

まあまあ、と榊がなだめるしぐさをした。

やがて久納真穂が口を開いた。「あたしから説明します」

どうぞ、と榊が応じた。

「事件を知り、犯人が兄だとわかった時、絶望的な気持ちになりました。突然、地獄に突き落とされたようでした。信じたくはなかったですけど、あの兄ならばあり得ることだと思ったのも事実です。昨夜、どなたかがおっしゃってましたけど、家族の中で兄は孤立し、あたしたちを憎んでいました。あたしたちを苦しめるためだけに人殺しをするというのは、十分に考えられることでした。死刑を恐れず、むしろ死刑になることを望んでいるというのも、たぶん嘘ではないと思います」

　久納真穂の口調に力みはなく、感情を込めようとも、逆に押し殺そうともしていないように春那には聞こえた。偽名を使って潜入したが、いずれ発覚し、こういう局面が訪れることを予想していたのかもしれない。

「事件後、あたしや両親の生活はめちゃくちゃになりました。父は仕事を失い、あたしも休職を余儀なくされています。ちなみに職業は弁護士です。アソシエイトなので、事務所から当分休んでくれといわれれば指示に従うしかありません。収入が途絶え、目の前が真っ暗という状況です。まさに兄の狙い通りです。あたしたちの現状を思い浮かべて兄が高笑いをしている姿を想像すると、気が狂いそうになります。この手で――」久納真穂は両手を握りしめて続けた。「この手で絞め殺したいほどです」

　彼女の手が小刻みに震えているのが春那のところからでもはっきりとわかった。

　一方で、と久納真穂は声のトーンを落とした。

「釈然としないこともたくさんありました。なぜ兄は、縁もゆかりもない別荘地で犯行に及んだのか。殺す相手は誰でもよかったのなら、もっと身近にいる者を狙ったほうが手っ取り早いのに、なぜそうしなかったのか。事件について調べれば調べるほど、ほかにも疑問が浮かんできます。そこで何とか事件関係者に接触し、内部事情を摑みたいと考えました。では誰に接触するか。どうやって近づくか。いろいろと検討した末、栗原朋香さんに手紙を出すことにしました。こちらの素性を正直に明かし、兄が犯行に至った理由や経緯を解明するのに力を貸してほしいと頼みました」

「なぜほかの人ではなく彼女を選んだのですか」榊が訊いた。「中学生なら懐柔しやすいと思ったとか？」

　まさか、と久納真穂は口元を少し緩めた。

「そこまで中学生の理性や感受性を甘くはみていません。朋香さんを選んだのは、ほかの遺族の方では感情的になるのを避けられないと思ったからです。あたしが犯人の妹というだけで、読む前に手紙を破り捨てることも大いに考えられます」

「なぜ朋香さんなら、そうはならないと思ったんですか」

「両親を失った朋香さんには、何らかの後見人がいるはずだと考えました。おそらく朋香さんはあたしからの手紙をその人物に見せ、対応を委ねるだろうと予想したんです。後見人ならば直接的な被害者遺族より多少なりとも冷静に対応してくれるのではないか、と期待したわけです」

「なるほど。で、結果は？」

「しばらくは何の反応もありませんでした。返事がないので、手紙を読んでもらえたかどうかもわかりません。それを確かめるための手紙を出そうかとも思いましたが、先の手紙を不快になって破棄していたのだとしたら無意味かもしれないと思い、我慢しました。そうしてほぼ諦めていた頃、突然、朋香さんからメールが送られてきたんです」

「ほう、どんな？」

　久納真穂は朋香のほうを見て、「話していいよね？」と訊いた。朋香は黙って頷いた。

「まず、あたしからの手紙を受け取って驚いたと書いてありました。驚いただけでなく、怖かったとも。兄が逮捕されたことで、あたしが被害者たちを逆恨みしているんじゃないかと思ったようです。でも読んでみたらそうではないようなので安心したけれど、だからといってどうしていいかわからず、そのままにしていたとありました。後で彼女から聞いたところによれば、お金や遺産のことはともかく、こういうことを相談できる後見人はいないそうです。そんな中、被害者遺族が集まって検証会を行うという案内が朋香さんのところにも届いたので、犯行の詳細を知りたいのなら検証会に出席すればいいのではないかと考え、あたしに知らせてきたというわけです」

榊は朋香を見た。「今の話に間違いないかな？」

「間違いないです」朋香は、はっきりと答えた。

「それで？」榊は久納真穂に先を促した。

「あたしから朋香さんにメールを返しました。検証会について詳しいことを知りたいし、出席するにしてもあなたの力が必要だ、という内容です。すると朋香さんから、自分は何をすればいいのか、と尋ねる返信がありました。その後、何度かやりとりをしたんですけど、とにかく一度直接会って話したほうがいいということになり、あたしが札幌まで会いに行きました」

「ははあ、わざわざ北海道まで？」

「休職中の身ですから、時間だけはたっぷりあります」

「それで直《じか》に会い、今度のことを計画したと？」

「とんとん拍子に話が進んだように思われているのなら、それは違うといっておきます。あたしと会うこと自体、朋香さんには相当な覚悟が必要だったはずです。会った後も、当然ですけど、とても警戒している様子でした。だからあたしは兄とのことを包み隠さず話し、なぜ事件について詳しく知りたいのかを説明しました。するとその思いが伝わったのか、真相を探る手伝いをしたいと朋香さんがいってくれたんです」

「寄宿舎の指導員、というのはどちらのアイデアですか」

「朋香さんです。実際、寄宿舎にはとても信頼できる指導員の方がいらっしゃるみたいで、検証会のことを相談しようと思っていたそうです。もっともその方は、五十歳近いベテランらしいですけど」久納真穂は、ちらりと朋香に視線を投げかけた。

榊は小さな唸《うな》り声を漏らした後、皆のほうに顔を向けた。

「お聞きになった通りです。この検証会は皆さんのもので、私はオブザーバーにすぎませんから、これ以上の追及は控えておきます。あとは皆さんの判断にお任せします」そういうと足早にその場から離れ、隅の席に腰を下ろした。

残された久納真穂は身動きせず、じっと立っている。だが決して萎縮しているようには見えなかった。ここへ来ると決めた時から覚悟はできていたのだろう。

「さて皆さん、どうしますかな」榊からバトンを引き継ぐように高塚がいった。「櫻木さん、あなたの意見を聞こうか」

「どうするもこうするもないでしょう。こんなふざけた話ってあります？　よりによって犯人の妹が紛れ込んでいたなんて。すぐに出ていってもらうしかありません。――朋香ちゃんっ」櫻木千鶴は甲高い声で少女の名を呼んだ。「あなた、本当にわかってるの？　その人の兄は桧川大志なのよ。あなたの両親を殺した、あの桧川よ。それなのに、どうしてそんなことをしたの？」

朋香が顔を上げた。戸惑いの表情をしている。「そんなことって？」

「その人を検証会に誘ったことよ。それと、寄宿舎の指導員なんていう嘘まで考えて。一体、どういうつもりなの？」

「いけなかったですか」

「当たり前でしょう。えっ、そんなこともわからないの？　あなた、賢そうな顔をしているのに」

「わかりません。どうして真穂さんを誘っちゃいけないんですか。だって、事件の真相を知りたいっていう気持ちは同じなんだから、別に構わないと思うんですけど」

「その人は桧川の妹なのよっ」

「わかっています。だから被害者のひとりです。さっきの話、聞きましたよね。真穂さんや御両親、桧川のせいでひどい目に遭ってるんです」

あははは、とわざとらしい笑い声が聞こえた。理恵だった。

「ママの負け。彼女のいう通り」

「あなたは黙ってなさいっ」ぴしゃりといい放った後、櫻木千鶴は立ち上がって周りを見回した。「ほかの人はどうなの？　どうして何もいわないの？　高塚会長は私の気持ち、わかってくださいますよね」

「もちろんわかっている。犯人の妹と顔を合わせていて、愉快なわけがない」

「出ていってもらうってことでいいですね」

「私は構わんが、みんなの意見を聞く必要はあるでしょうな」

高塚にいわれ、櫻木千鶴は再びほかの者たちに目を向けた。

「僕は反対です」的場がいった。「その人には同席してもらったほうがいいと思います。桧川という人間について、この中の誰よりもよく知っている人です。貴重な意見を聞けるチャンスを手放すなんてナンセンスです」

同感、と隣の理恵が薄い笑みを浮かべていった。櫻木千鶴は仏頂面だ。

私たちは、と小坂がいった。「どちらでも構いません。お任せします」

櫻木千鶴の視線が春那たちに向けられた。

私も、と静枝が先にいった。「久納さんには、このままいてもらって構いません。むしろ、久納さんのほうが居づらいんじゃないかと思うんですけど」

「そうだ、まず本人の希望を聞く必要がある」的場が久納真穂を見た。「どうなんですか。正体がばれても、まだ我々と一緒に検証会に参加し続けたいですか」

久納真穂の反応は速く、すぐに首を縦に動かした。「もちろんです。皆さんがよければ、ですけど」

皆の視線が一斉に春那に向けられた。特に櫻木千鶴からは、あなたにも夫を殺された憎しみをぶちまけてほしい、という念を強く感じた。

「私も……どちらでも構いません。構いませんけど」春那はホワイトボードのほうを向いた。「加賀さんはどう思いますか？　久納さんには出ていってもらうべきでしょうか。それとも、このままいてもらったほうがいいんでしょうか」

今まで無言で立っていた加賀は、不意に発言の機会を与えられ、ぴんと姿勢を正した。

「検証会の司会進行役という立場から意見をいわせてもらえるなら、久納さんの参加は極めて有意義です。大きなメリットがふたつあるからです。ひとつは先程的場さんがおっしゃったように、犯人の桧川という人物に関する情報が得られること。そしてもう一つは、久納さん自身が持っておられる仮説を聞けることです」

「仮説？」春那が鸚鵡返《おうむがえ》しをした。

はい、と加賀は頷いた。

「久納さんは、桧川の犯行に関して、ある仮説を組み立てているのではないかと思います。検証会への参加を決意したのは、その仮説が正しいかどうかを判定するためではないか、と俺は考えています。——久納さん、いかがですか？」

春那は久納真穂を見た。今まで無表情だった彼女の頬が少し赤くなったように見えた。加賀の言葉は図星だったのかもしれない。

「どうなんだ？」高塚が訊いた。「加賀さんのいう通りなのかね」

久納真穂は、ふっと息を吐いた。

「事件について、あたしなりに考えていることはあります。仮説といえるほどのものではないかもしれませんけど。ただ、それをあたしの口から話すわけにはいきません。話せばたぶん、今よりもっと皆さんを不快にすると思いますから」

「なんだ、それは。どんなことを考えているんだ？」

「だから……話せません」久納真穂は俯いた。

加賀さん、と的場が呼びかけた。

「先程の言い方を聞いていると、あなたは彼女が持っている仮説とやらの内容を察しておられるように思われます。もしそうなら、それを聞かせてもらえませんか」

鋭い指摘だった。加賀が眉間に皺を寄せたのは、妥当な提案だと思ったからだろう。

いいでしょう、と加賀は心を決めた顔になった。

「久納さんは、さっきこのようにいわれました。なぜ兄は、縁もゆかりもない別荘地で犯行に及んだのか。もっと身近にいる者を狙ったほうが手っ取り早いのに、なぜそうしなかったのか。この疑問から導き出される仮説はひとつしかありません。桧川大志には殺すべき相手がいて、その人物が別荘地にいる時を襲った、ということです。しかし被害者たちと桧川の間には何ら繋がりがなく、殺害動機が発生する理由がありません。そこで久納真穂さんは、さらに被害者たちについて調べ、重大な事実に気づいたのではないでしょうか。その事実とは、被害者の中には殺されても当然といわれている者が何人かいた、ということです。おかげで桧川は一部のネット民からヒーロー扱いされています。やがて久納真穂さんは、ひとつの推論を立てました。桧川があの別荘地で事件を起こしたのは偶然でも何でもなく、何者かに誘導されたのではないか、というものです。もっとわかりやすい言い方をするなら、誰かにそそのかされた、ということになります」

「そそのかされた？」高塚が顔を歪めた。「誰に？」

「それを突き止めるために久納さんはここへやってきた。そうではないですか？」

加賀に問われ、ごまかしても無駄だと思ったか、はい、と久納真穂は答えた。

「ちょっと待ってくれ。もしかするとあんたは、桧川をそそのかした人間が我々の中にいると思っているのかね」

高塚の問いかけに久納真穂は黙っている。しかし否定しないことが答えだといえた。

馬鹿な、と高塚は吐き捨てた。

「あんた弁護士だといったね。なんだかんだいいながらも、兄貴の罪を少しでも軽くしようと思ってそんなことを考えたんだろうが、馬鹿げた空想としかいいようがない。我々は遺族なんだ。身内が殺されるように犯人をそそのかしたなんて、そんなこと、あるわけがないだろ」

久納真穂が少し顎を上げた。閉ざされていた唇が少し開いた。

「たしかに、とても特殊なケースだとは思います。でもそう考えたほうが筋が通るんです」

「何をいってる。何が筋が通る、だ。あんたのいってることは最初から最後まで筋が通っとらん。――皆さん、やっぱりこの人には出ていってもらおう。こんなくだらない話に付き合う必要はない。櫻木さん、あなたからもひと言いってやってくれませんか」

高塚に振られたが、なぜか櫻木千鶴の反応は鈍い。深刻そうな顔つきで、ゆっくりと久納真穂のほうを向いた。

「ひとつ、訊きたいことがあります。正直に答えてもらえたらありがたいのだけど」

「何でしょうか」

「あなたが誰かを殺した——例の書簡だけど、あれはあなたの仕業？」

久納真穂は胸部を大きく上下させて呼吸し、顎を引いた。「そうです」

「やっぱりね。目的を聞かせてもらえるかしら」

「狙いは単純です。兄をそそのかした人物に揺さぶりをかけようと思ったんです。あの書簡に対する反応を見れば、何かがわかるかもしれないと期待しました」

「そういうこと……。それでどうだった？　何かわかった？」

久納真穂は首を横に振った。

「だめでした。私自身に人を見る目がないせいもあるでしょうけど、そもそも幼稚な発想だったと今は反省しています」

そう、と櫻木千鶴は穏やかな顔つきで頷き、高塚のほうを向いた。

「会長、申し訳ありませんが、私は久納さんの同席を認めます。というより、彼女にいてほしいです。一緒に真相を突き止めたいと思います」

「櫻木さん、あなたまで急に何をいいだすんだ」

「急に、ではありません。この部屋に来た直後から申し上げていたはずです。この事件の裏には、別の誰かの意思が働いているって。久納さんの考えと一致しています」

高塚は頭に手をやり、処置なしとばかりに瞼を閉じた。

皆が黙り込む中、「いかがでしょうか」と加賀の低い声が室内に響いた。

「殆どの方が久納さんの同席を望んでいる、あるいは認めているわけですから、このまま検証会に入ろうと思いますが、異存のある方はいらっしゃいますか。高塚さん、あなたはどうですか？」

頭を抱えていた高塚は手を下ろし、肩をすくめた。「この状況で反対するわけにはいかんでしょう。どうぞ、始めてください」

「わかりました。榊刑事課長、何か問題がありますか」

榊は顔の前で手を振った。

「何度もいうが、私はオブザーバーだ。口出しする立場にない」

「了解です。では皆さん、これより検証会を始めたいと思います。――久納さん、どうぞ席についてください」

加賀にいわれ、久納真穂は椅子を引き、腰を下ろした。だがいつの間にか朋香が横に移動していたので、彼女たちの間には空席が生じていた。寄宿生と指導員という関係の芝居はおしまい――そういいたいようだった。

17

「早速ですが、久納さんにいくつか質問させてください。――ああ、その前に、今後も久納さんとお呼びするということで構いませんか？」

加賀の問いかけに久納真穂は頷いた。「そのほうがありがたいです。何でしょうか」

「桧川大志は何者かにそそのかされ、あのような事件を起こしたのではないか——あなたはそう考えた。その仮説を警察に話しましたか?」

「いいえ、話してはいません」

「なぜですか」

「明確な根拠がないからです。犯人の妹が妄想を語っているだけだと思われるだけでしょう。警察を動かすには、決定的な証拠を摑む必要があると思いました」

「検証会に参加すれば、それを摑めるかもしれないと思ったわけですね」

「その通りです」

「結構。では次の質問です。警察が調べたかぎりでは、桧川と被害者や遺族たちの間には何の繫がりも見つからなかったようです。では桧川は、彼をそそのかした人物と、いつどうやって知り合ったのでしょうか」

「わかりませんが、想像していることはあります」

「何ですか」

「ありきたりですけど、インターネットで知り合ったのだと思います。兄は現実の世界では人間関係を築けない人でした。庭に建てられた離れに籠もり、トイレと入浴時以外はパソコンの前に座っているという生活をずっと続けていました。オンラインゲームを始めたら、何十時間でも続けられるみたいでした。そんな人間が誰かと知り合うとすれば、ネット空間でしかないと思います」

加賀は頷いた後、視線を別の人物に移した。

「榊刑事課長、桧川のスマートフォンやパソコンは解析済みでしょうか」

「スマホは済んでいるが、パソコンはできなかった。家宅捜索した時点で、すでに処分されていたからだ」

「スマートフォンに事件と繫がりそうな履歴は残っていなかったのですか」

「昨日も話したが、ナイフの購入履歴はあった。だが人と連絡を取り合った形跡は見つからなかった。正確にいえば見つけられなかった」

「というと？」

「テレグラムがインストールされていた。誰かとの連絡に使っていた可能性はある」

ああ、という呟きが何人かから漏れた。テレグラムが秘匿性の高いアプリケーションで、犯罪にもしばしば使われるということは春那も知っている。メッセージのやりとりをしても時間が経てば消失し、復元はほぼ不可能らしい。

「仮に最近の連絡にはテレグラムを使っていたとしても、知り合うきっかけは一般的なサイトだったはずです」加賀は久納真穂に顔を戻した。「桧川がどんなサイトを見ていたか、御存じありませんか」

「最近のことはちょっと……。三年ほど前なら、一度だけ調べたことがありますけど」

「調べた？　どういうことですか」

「母から頼まれたんです。兄がパソコンを使って何をしているのか調べてほしいって。兄はめったに外出しないんですけど、歯が痛くなったとかで、その日は歯医者に出かけていて留守だったんです。離れの入り口には鍵がかかっているけど、合鍵があると母はいいました。あたしは兄のことなんかどうでもよかったし、気が進まなかったんですけど、心配する母の気持ちもわかったので、渋々引き受けました。パソコンのパスワードが単純なものだということも知っていたし」

「それで結果は？」

久納真穂は眉根を寄せ、ふっと息を吐いた。

「何度もいうようですけれど、やっていることといえば、もっぱらゲームだったようです。それもファンタジー系のものばかりでした。リアリティのない世界でヒーローになり、敵を倒している時が最も幸福だったのかもしれません。見ているサイトも、そうしたゲーム関連のものが多かったです。ところがそれらに交じって、ひとつだけ異質なものがありました」

「どういうサイトですか」

「自殺関係のサイトです。そこでは、楽に死ねる方法や自殺する際の注意事項を指南したり、自殺への憧れを語り合ったりしていました」

加賀の顔が険しくなった。「そのことをお母さんには？」

「話しました。でも兄に対して何らかのアクションを起こしたかどうかは知りません。たぶん、何もしなかっただろうと思います。勝手にパソコンを覗いたことをいえないわけだし。それにもしかしたら――」久納真穂は首を横に振った。「いえ、やめておきます」

「何ですか？　気になりますね」

「くだらないことです」

「それはこちらが判断します。いいかけてやめるのはよくありません」

久納真穂は顔をしかめ、小さく頷いた。

「両親たちは期待したかもしれないと思ったんです。兄が死んでくれることを……。自殺することを……」

しん、と部屋が静まりかえった。

すみません、と久納真穂は謝った。「やっぱりいうんじゃなかった……」

高塚が手を挙げた。「ちょっといいですかね」

どうぞ、と加賀が応じた。

「話を聞いていて、どうにも理解できんのですよ。なんでそういうことになるのかなあ」高塚は首を捻り、久納真穂のほうを向いた。「聞けばおたくのお父さんは財務省のお偉方だったそうじゃないですか。経済的にも恵まれていたわけでしょ？　それでどうして息子がそんなふうになるかな。どういう教育方針だったのかは知らないが、庭に離れを作るってのもどうかと思う。引きこもりになるように仕向けた、といわれたって仕方がない。息子の留守中にパソコンを調べるとか、自殺することを期待するとか、問題の解決方法が間違っているとしか思えんのだがね」

「おっしゃる通りです。反論できません。でも両親たちを弁護するならば、その時々で彼等なりに最善だと思ったことをやっていただけなんです。庭に離れを作ったのも、切実な事情があってのことです」

「何だね、切実な事情って？」

それは、といって久納真穂は一旦言葉を切り、頭を下げた。「ごめんなさい。話したくありません」

「おいおい、それはないだろう」

ごめんなさい、と久納真穂は繰り返した。声が少し震えている。

加賀さん、と的場が呼びかけた。

「僕が久納さんの同席を認めたのは、桧川大志がどんな人間なのかを知りたいと思ったからです。それなのに、話したくない、で済まされたのでは意味がない」

鋭く厳しい意見だった。だが春那も内心で同意していた。久納真穂にはすべてを打ち明けてほしかった。その義務があるはずだと思った。

「久納さん、いかがですか？」加賀が訊いた。「今の指摘は妥当な言い分だと俺も思いますが」

久納真穂は息を荒くしていた。何らかの激しい葛藤があるのは間違いなかった。やがて彼女は瞼を閉じて深呼吸をし、目を開いた。そうですよね、と細い声が唇から漏れた。

「せっかく同席させてもらえたのに、ここで逃げるなんて卑怯《ひきょう》ですよね。わかりました。お話しします。兄のことをすべてお話しいたします。ただし、あくまでもあたしの目から見た人間像なので、その点は御理解ください」

覚悟の籠もった声が響いた。彼女はもう一度深呼吸をし、口を開いた。

「御承知の通り、兄は財務省に勤める父と専業主婦の母との間に生まれました。お金で苦労したことはないはずです。習い事をいくつかさせてもらっていたし、買ってもらう洋服も玩具も高級品ばかりでした。自宅は一軒家で、子供部屋は二つ。兄には広いほうの部屋が与えられていました。すべてに恵まれていました。ただしその分、両親からの期待も大きかったです。特に父は、兄が自分を凌《しの》ぐようなエリートに育つことを望んでいました。でも残念ながら、兄はその期待に応えられませんでした。学業にしろスポーツや芸術にしろ、兄の成績を知るたびに父は失望を露《あら》わにしました。自分の息子なのにどうしてこんなに能なしなんだ、何か一つぐらい取り柄はないのか、と本人がいる前で母に詰問していたこともあります。母にしても、そんなことをいわれて何か答えられるわけもなく、困ったように黙り込むだけでした」

久納真穂は冷ややかな笑みを浮かべ、遠くを見つめる目をした。当時のことを思い出しているのかもしれない。

「でもそんな状況も、ある時期から変わりました。父が仏頂面を見せなくなったんです。理由は単純です。興味の対象が移ったからです。父は息子の、ではなく娘の成績表を見るようになりました。そちらのほうが彼を満足させるものだったからです。父の期待が兄から自分に移ったことを妹、つまりあたしも自覚するようになりました」

久納真穂の口ぶりに自慢げなところは微塵《みじん》もない。弁護士になったぐらいだから、実際に学校の成績はよかったのだろう。

「重荷から解放され、兄は一層怠惰な生活を送るようになりました。食べて寝て、マンガを読み、ゲームに興じる毎日です。そんな姿を見て、あたしはすっかり幻滅しました。自分は父から期待されているという自惚《うぬぼ》れもあり、兄を馬鹿にするようになりました。役立たずの木偶《でく》の坊《ぼう》だと本人に聞こえるところでいったこともあります。今思えば、ひどい妹でした。だから兄をあんなふうにしてしまった責任の一端は、あたしにもあるのかもしれません」

そこまで話したところで久納真穂は下を向いた。またしても躊躇《ちゅうちょ》している気配があった。しばらくして顔を上げた。

「そんな妹を兄がどんなふうに思っていたか、それはあたしにはわかりません。でも憎んでいたのは間違いないでしょう。いつか傷つけてやりたいと思っていたのかもしれません。少なくとも、傷つけても構わないと思っていたのはたしかのようです。あたしが中学生になって間もなくの頃です。ある夜、寝ていたら、身体を触られる感覚があり、目を覚ましました。すると布団の中に兄がもぐりこんでいて、あたしの下着を脱がし、性交に及ぼうとするところでした。あたしは悲鳴をあげました。すぐに駆けつけた両親に、あたしは何があったのかを話しました。父は怒り狂い、部屋に逃げ込んでいた兄を引きずり出すと、手足を紐《ひも》で縛り、竹刀で何度も殴りました。父が庭に離れを作ったのは、それから間もなくのことです。あたしが兄と同じ家に住むのは嫌だといったからでした」

淡々とした口調で語られた内容は、春那の予想を超えて暗澹《あんたん》たるものだった。家族から性的暴行を受けた話は時々耳にするが、心にどれほど深い傷を残すかは想像しきれない。話したくなかったのも無理はないと思えた。

「離れといっても立派なものではなく、工場で作られたユニットを設置しただけの簡易住宅です。食事は母が運んでいました。その離れから兄は高校に通っていました。離れで何をしていたのか、あたしは殆ど知りません。興味がなかったからです。両親との間でも、兄の話題は出ませんでした。それでも彼等の話を立ち聞きしたりして、最小限の情報は入ってきます。兄が大学受験に失敗したことや、父がせっかく段取りした就職試験の面接を勝手にドタキャンしたことなどは、そのようにして知りました。進学せず、就職先も決まらなかったことで、兄は完全に引きこもり生活に入りました。それがどんなものだったか、まるでわかりません。具体的に知ったのは、三年前、母に頼まれてパソコンを調べた時です。自殺に興味を抱いていたことも、その時に初めて知りました」

あたしが、といって久納真穂は顎を上げ、室内を見回した。

「あたしが兄についてお話しできるのは、これがすべてです」

彼女の表情に、秘めていたものを吐き出したという解放感はなかった。むしろ自分が抱えている宿命を改めて噛みしめているようだった。

ありがとうございます、と加賀がいった。

「お疲れ様でした。今の話に関して、質問のある方はいらっしゃいますか」

だが誰も手を挙げなかった。当然だろうと春那は思った。質問の余地などなかった。

「いらっしゃらないようなので本題に戻ります。久納さんは、何者かにそそのかされて桧川大志はあのような事件を起こしたのではないか、と考えておられるようです。それに対して、どなたか反論はありますか。感情論ではなく、合理的な根拠を述べていただけると助かります」

はい、と的場が立ち上がった。「反論じゃなく、質問でも構いませんか」

「誰に対する質問ですか」

「榊刑事課長に、です」

加賀は意表をつかれた顔をした後、どうぞ、と促した。

的場が榊のほうに身体を向けた。

「警察の捜査ではどうだったんでしょうか。桧川を犯行へと導いた人物がいたんじゃないか、という議論は起きなかったんですか」

「起きませんでした」榊は淡泊な顔で答えた。

「なぜですか」

「なぜ？　そんな議論が起きる理由がなかったからです。先程もいいましたが、スマートフォンのデータは消去されており、パソコンは処分されていました。犯行前、桧川が誰と連絡を取り合っていたのかを調べる術がありません。たしかに疑問はいくつかあります。なぜ縁もゆかりもない別荘地で犯行に及んだのか、というのもその一つです。しかし被害者たちとの関係性が全く見当たらず、殺す相手は誰でもよかったと本人が述べている以上、それは疑問として成立しない。ほかの疑問についても同様です。不自然ではあるが、一応の答えはある。だからそれで納得するしかないのです。しかしもしあなた方が、別の可能性を提示し、何らかの証拠を見つけてくださるのなら、私は喜んで警察に持ち帰り、再捜査の手続きを取るつもりです。――こういう答えで満足していただけるでしょうか」

結構です、といって的場は着席した。

「ほかに何かありますか」加賀が皆に訊いた。

あのう、と遠慮がちに手を挙げたのは静枝だった。

「今、刑事課長さんは、疑問はいくつかあるとおっしゃいました。昨日の検証会でも加賀さんが挙げておられたと思います。それをもう一度説明していただけないでしょうか。頭が悪くて、大変申し訳ないんですけど……」

彼女の要求は春那にとってもありがたかった。あまりに情報量が多すぎて、頭が少し混乱している。このあたりで整理しておきたかった。

同じ思いの者も多いらしく、何人かが首を縦に動かしている。

わかりました、といって加賀がポケットから手帳を取り出した。

「じつは疑問点を自分なりにまとめてあります。それを書きますから、皆さんの御意見を伺いたいと思います」そういってホワイトボードに向かい、ペンを手にした。

達筆とはいえないが、大きさの揃った文字で書かれたのは次のようなものだった。


『1．なぜ犯人は遠く離れた別荘地を犯行現場に選んだのか。
2．なぜ栗原夫妻が車庫にいることがわかったのか。
3．なぜ犯人は、高塚桂子さんが屋内で一人きりだとわかったのか。

4．逮捕されるつもりなのに一部の防犯カメラを無効化したのはなぜか。
5．高塚桂子さん殺害、的場雅也さん刺傷に用いたナイフはどこに消えたのか。』

ペンを置き、加賀が皆のほうに向き直った。

「ほかにも小さな疑問はありますが、まず解明しなければならないのはこの五点だと思います。何か御意見があればお聞かせください」

「昨夜、私があげた疑問は入ってませんな」高塚が不満そうにいった。「桂子の手に破れた紙片が握られていた件です。あの紙は何だったのか。そして持ち去ったのは誰か。それともあれは小さな疑問だとでも？」

「そんなことはありません。ただ、事件に関係しているかどうかが不明だったので、ここでは取り上げませんでした。しかし疑問であることはたしかなので書き加えましょう」加賀は再びペンを手にした。


『6．高塚桂子さんの手にあった紙片は何か。元の紙は誰が持ち去ったのか。』


「これでいかがですか」加賀が高塚に確認した。

「結構ですな。それはかなり重要な鍵だと私は思っています」

「同感です。――さて、ほかに御意見はありますか」加賀が皆を見渡した。

「こうして並べてみたら、おかしなことばかりだったんですね」樱木千鶴がホワイトボードを眺めていった。「どうして警察は、これらの疑問を放置したんでしょう？　本当に不思議です」

「それについては、さっき説明しました」榊がうんざりした顔でいった。「だから二度はしません」

「たしかにどの疑問も謎ではあるけれど、決定的に奇妙というわけではありません」的場がいった。「何らかの答えをこじつけるのは簡単です。単なる偶然、とかね」

その通り、とばかりに榊は頷いた。

しばし全員が黙り込んだ。議論を進めるだけの意見が出る気配はなかった。

加賀さん、とまたしても静枝が発した。

「たいへん上手に整理してくださったおかげで、頭の悪い私にも、一体何が問題なのか、とてもよく理解できました。でも疑問に対する答えなど、到底出せそうにありません。そしてどうやら皆さんも同様のようです。その点、加賀さんはどうなのでしょうか。単に疑問点を整理しただけでなく、もし何らかの推理なり考えなりをお持ちならば、どうかお聞かせくださいませんか」

「俺の、ですか？」加賀は身構える気配を示した。

「そう、それは私も是非聞きたいな」高塚がいった。「昨日からの司会進行ぶりはじつに見事だが、それだけでなく、久納さんの目的を見抜いたりして、かなりの慧眼の持ち主でもあると感心していたところです。何か思うところがあるのなら、もったいぶらずに話していただきたい」

まさに春那も同意見だった。加賀を見上げると目が合った。是非お願いします、という思いを視線に込めた。

あたしも聞きたいです、と久納真穂からも声が上がった。

加賀は背筋を伸ばすと大きく呼吸し、肩を上下させた。

「おっしゃる通り、俺なりに考えていることはあります。しかしなるべくなら、それは皆さんの口から出ればいいなと思っていました。なぜならその推理は、間違いなく皆さんを不愉快にさせるものだからです。それでも構いませんか」

「ああ、構わない。──そうですよね、皆さん」

高塚の問いかけに、ほぼ全員が首を縦に揺らした。

「わかりました。ではお話しします。ここに書いた1から5までの疑問については、たった一つの解答を用意することですべて説明がつきます。その解答とは、久納さんが疑っておられることをさらに進めたものです。つまり──」加賀は一同を見回してから徐に続けた。「何者かにそそのかされて桧川大志が犯行に及んだだけではなく、その何者かはもっと積極的に犯行に加担した可能性がある、ひと言でいえば共犯者だった疑いが極めて濃い、というのが俺の推理です。1の疑問、なぜ犯人は遠く離れた別荘地を犯行現場に選んだのか。答え、共犯者から指示されたから。2と3の疑問、なぜ犯人には栗原夫妻が車庫にいることがわかったのか。なぜ高塚桂子さんが屋内で一人きりだとわかったのか。答え、共犯者から教えられたから。4の疑問、逮捕されるつもりなのに一部の防犯カメラを無効化したのはなぜか。答え、共犯者の姿が映るのを防ぐため。5の疑問、高塚桂子さん殺害、的場雅也さん刺傷に用いたナイフはどこに消えたのか。答え、共犯者が処分した。そして6の疑問にも答えられるかもしれません。紙片を持ち去ったのは共犯者、ただし元の紙が何だったのかは不明」

以上です、といって加賀は締めくくり、皆の反応を窺うように彫りの深い顔をゆっくりと巡らせた。その表情は科学者が動物実験の結果を確かめるようであり、出来の悪い生徒を見守る教師のようでもあった。被疑者を追い詰める時、この人はこんな顔をするのだろうかと春那は思った。

なるほど、と高塚が呟いた。「最初におっしゃった通りだ。愉快になる話ではない」「でも説得力はあります」櫻木千鶴がいった。「それしか考えられない、というほどに。お見事だと思います」

加賀は彼女に一礼した後、久納真穂のほうを向いた。「もしかするとあなたも、口に出さなかっただけで、ここまでの可能性を疑っておられたのではないですか」

はい、と彼女は答えた。「あまりに無礼かと思い、自粛しておりました」

「たしかに物証もなく、安易に主張できる内容ではありません。怒りだす方がいらっしゃらないのが不思議なほどです。それは皆さんがこの推理を受け入れてくださったからだ、と考えていいのでしょうか」

皆に問いかけた加賀と、春那はまた目が合った。何かいわなくては、と思った。

「受け入れたくはないです」勝手に口が動いた。「桧川大志をそそのかしただけでなく共犯だなんて……この中に人殺しに手を貸した人がいるなんて、そんなことは信じたくありません。でもそれ以外に何が考えられるのかと問われたら、私に答えは出せません。だからとにかく今は、加賀さんのその推理の先に何があるのか、情けないけれど見守るしかないと思います」

ぱちぱちぱちぱち、と拍手する音が聞こえた。見ると的場だった。

「いい決意表明です。僕も同感です」

真剣な目をしているから揶揄するつもりで手を叩いたのではなさそうだ。どうも、と春那は頭を下げた。

「では皆さんの同意が得られたということで、話を進めさせていただきます。ただし、ひとつお断りしておきます」加賀が宣告する口調でいった。「そそのかしただけではなく殺害に関与、あるいは加担していたとなれば、問われるのは殺人罪です。主犯は桧川大志でしょうが、共犯となります。このまま推理を進める以上、それが誰かを突き止めるか、もしくはそんな人間はいなかったと判明するまでは終われません。もう後戻りはできませんが、それでよろしいんですね？」

言葉を発する者はいない。それを確認し、加賀は大きく頷いた。

「いいでしょう。では、ここから先は犯人捜しです。容赦はいたしません。ただし、ひとつ提案があります。場所を移しましょう」

「どこへ？」静枝が訊いた。「どこかほかの部屋でも？」

「室内は、もう十分です。机上の空論ばかりを語り合っていても埒があきません。現場検証といきましょう。三十分後、山之内家の前に集合してください。ここから先、単独行動は避けてください。必ず、どなたかと一緒に移動するようお願いします。家族だけの場合は単独とみなしますから御注意を。また、動きやすい服をお持ちの方は、そちらに着替えていただけるとありがたいです」

では一旦解散、といって加賀は手をひとつ叩いた。

18

静枝がクルマで来ていたので、春那は加賀と共に乗せてもらうことにした。ほかにクルマで来ているのは小坂一家と高塚、的場だった。小坂たちのクルマに櫻木千鶴、高塚のクルマに櫻木理恵と久納真穗、的場のクルマに栗原朋香と榊、という組み合わせになった。

当然のことながら車内で春那たちの口数は少なかった。事件のことは話しづらいし、だからといって世間話をする空気でもない。窓の外を眺めるしかなかった。

隣で加賀は手帳を睨んでいる。何を考えているのか、まるで見当がつかない。

今回の参加者の中に共犯者がいる——加賀に説明されて納得はしたが、ぴんとこないというのが正直な気持ちだった。それは一体誰だろう。運転席の静枝に目を向け、まさか、と思う。この女性がそんな恐ろしいことを企むわけがない。いや、それは思い込みというものだろうか。この際だから、全員を疑うべきなのか。

だが次の瞬間、はっとした。春那自身が疑われる可能性もあると気づいたのだ。それどころか、すでに疑っている者がいるかもしれない。たとえば加賀は、金森登紀子の知り合いだという理由で春那を容疑者から外したりはしないだろう。

どうすれば潔白を証明できるか。そんなことを考え始めた。

気がつくと別荘地に入っていた。静枝は山之内家の駐車場にクルマを止めた。

「少し待っていてください。私、飲み物などを取ってきますから」クルマから降りるなり静枝がいった。

「いや、それはやめてください」加賀がいった。「さっきもいいましたが、単独行動は御遠慮願います」

「冷蔵庫のペットボトルを取ってくるだけです。ウーロン茶とかミネラルウォーターの。あと紙コップを」

「そうだろうと思いますが、おやめください。妙な疑いがかかるのを防ぐためです」

「妙な疑い？」春那が訊いた。

「刑事が被疑者と接触した後、注意点のひとつに、相手の行動から目を離さないということがあります。刑事から情報を得た被疑者が、証拠隠滅を図ったり、仲間と口裏合わせをするのを防ぐのが目的です。でも俺ひとりでは全員を監視しきれないので、単独での行動を避けていただいたのです。失礼ながら皆さんには桧川大志の共犯の疑いがかかっています。どうか、その点を自覚してください」

この話を聞き、なぜ加賀が静枝にだけ、動きやすい服装で、と指示したのかがわかった。着替えるために彼女がひとりで自宅に入るのを防ぎたかったのだ。

この人は紛れもなく本物の刑事だ、と春那は思った。

「わかりました。私、自覚が足りなかったですね」静枝が力なくいった。

「お気になさらず。それが当然です」加賀が穏やかな笑みを浮かべた。

やがてほかのクルマも到着した。皆が、ぞろぞろと降りてくる。

加賀が手帳を開き、目を落とした。

「八月八日の午後八時十二分、この場所に桧川大志がいるのが山之内家の防犯カメラに映っていました。それがすべてのスタートです。そこから彼がどう行動したか、追っていきたいと思います。ただ、その前に榊刑事課長にお尋ねしたいことがあります。桧川の移動手段です。彼はクルマを使ったのでしょうか」

「いや、奴は運転免許証を持っていない。使ったのは自転車だ。レンタサイクル店で電動アシストバイクを借りたことが判明している」

「なるほど自転車でね。しかし奴が自転車に乗っている姿は、どの防犯カメラにも映っていません。最後に確認されているのはグリーンゲーブルズの前を通過しているところですが、その時も徒歩でした。つまり桧川は、この近くまで自転車で来て、その後は歩いて行動していたと考えられます。そういうわけですから皆さん、少々大変かもしれませんが、ここからは我々も徒歩で移動します。よろしいですね？」

加賀の指示に異を唱える者はいない。この別荘地では散歩もレジャーのひとつだ。不平をいう理由がなかった。

「では次のポイントに向かいましょう。高塚家別荘です。桧川はそこで防犯カメラのコードを切断しています」

加賀が歩きだしたので、春那たちもついていった。

深緑に囲まれた道を皆で歩いた。もしすれ違う人がいたなら、団体で散歩を楽しんでいるように見えるかもしれない。だがすぐ隣にいる小坂一家を見て、それはないか、と春那は思い直した。単なる散歩なら、全員がこれほど沈んだ表情をしているわけがない。

小坂海斗が俯いたまま、黙々と歩を進めている。今日彼が声を発するのを春那は聞いていない。この奇妙な集まりの中に身を置いた体験を、小学生の彼はどんなふうに昇華させるのだろうか。トラウマのようなものにだけはならないでほしいと切に願った。

高塚家別荘に到着した。入り口には立入禁止を示すテープが貼られている。制服を着た警官が待ち受けていた。榊によれば、事件から二ヵ月が経った今でも、数人の警官が交替で事件のあった別荘や周辺を見回っているということだった。

榊は警官に近づいていき、何やら話しかけた。警官は春那たちを見ながら頷いた。

すぐに榊が戻ってきた。「話はつきました。どこを見てもらっても構いません」

「ではせっかくですから現場を見ておきましょう」加賀がいった。「ただ高塚さんによれば、現在も血痕などは残っているそうです。抵抗のある方は辞退されても結構です」

じゃあ、と小さく手を挙げたのは小坂七海だ。「私と息子はここで待っています」

「私も別に見なくていいです」栗原朋香がいった。

春那は少し迷ったが、ここまで来たからには逃げるわけにはいかないと覚悟を決めた。

結局、ほかの者は全員が見ることになった。

春那は、山之内家以外の別荘に入るのは初めてだった。保養所を兼ねているというだけあって、大きくて広い。玄関から中に入ってすぐのリビングには、壁に絵が飾ってあったりして、ちょっとしたホテルのような格調がある。

床にテープで囲まれた部分があった。ドラマでよく見る人型のロープはなかったが、そこに高塚桂子が倒れていたのだと榊が説明した。床のところどころにうっすらとした黒ずみがある。血痕らしい。

「あの夜のままです。何ひとつ動かしていません」高塚が静かな口調でいった。「御覧の通り、争った形跡はない。どんなふうにして桂子が殺されたのか、全く不明です」

「桂子夫人は胸を何ヵ所か刺されていたんでしたね」加賀が確認した。「つまり犯人は前方から夫人を襲ったわけです。ふつうなら、見知らぬ男が家に入ってきた時点で、悲鳴をあげたり、逃げようとしたりするはずです。その形跡がないのはなぜか」

「相手は桧川ではなく、妻の顔見知りだったと？」高塚が睨むような目をした。

「その可能性が高いのではないでしょうか。その事実を隠すため、あらかじめ防犯カメラを壊しておいたというわけです。ナイフを残さなかったのは、桧川の指紋が付いておらず、別人の仕業だとばれるからだと考えられます」

高塚は榊のほうを向いた。「そのあたり、警察の見解は？」

「前方から刺されており、抵抗した形跡がないから犯人は被害者の顔見知り、というのは些《いささ》か短絡的です」榊は仏頂面でいった。「背後から忍び寄り、振り向きざまを襲ったのかもしれない。あるいは桂子さんが玄関のドアを開けたところでいきなりナイフで脅し、室内まで下がらせたところで刺したとも考えられます」

「でもそれなら防犯カメラを壊す理由がない」加賀が即座に反論する。

「別の理由があったのかもしれないし、元々大した理由もなく壊しただけかもしれない」榊は、さらりと応じた。

「例の紙片のことがありますな」高塚がいった。「桂子が握っていた紙切れです。あれの本体を持ち去ったのが共犯者で、その姿がカメラに映るのを避けたのかもしれない」

「あり得ることです」榊は頷いた。

加賀は得心している様子ではなかったが、異を唱えることもなかった。この議論はここまでとなった。

「では次の場所に移りましょう。栗原家別荘です」加賀がいった。「厳密にいえば、栗原家別荘の敷地内にある車庫の前です」

高塚家別荘を後にして、目的地に向かった。少し風があるが肌寒いほどではなく、むしろ心地いいといえる。しかしそれを味わっている余裕などなかった。春那の脳裏には、加賀が冷徹な口調で語った内容が焼き付いている。

高塚桂子を殺害したのは桧川大志ではなくこの中の誰か――加賀はそういったのだ。

それが真実だとすれば、殺人事件の共犯などというレベルではない。高塚桂子殺害に関しては主犯になるのだ。

春那は周りの様子を見る勇気がなくなっていた。誰かと目を合わせるのさえ怖かった。

栗原家別荘に行くと、母屋ではなく車庫に立入禁止のテープが貼られていた。警官の姿はない。どこかを見回っているのかもしれない。

「この別荘の防犯カメラは、記録装置からSDカードが抜き取られていました。栗原さんたちの留守中に何者かが忍び込み、抜き取った可能性が高いとのことでした。桧川の仕業だと考えるのが妥当でしょう。高塚家別荘の防犯カメラを壊した後、ここへやってきたというわけです」

建物を背景に加賀が説明するのを見て、その佇まいから春那はツアー客を案内しているガイドを連想した。人間というのは、緊張している時ほどくだらないことを考えてしまう。

「それから桧川はどうしたか。パーティが終わるまで、時間的余裕は十分にあったと思われます」

「栗原さんたちが戻ってくるまで、この家にいたということでしょうか」静枝が建物を見上げ、気味悪そうにいった。

「それは大いに考えられます。しかしいつ戻ってくるのかがわからないのでは、桧川としても落ち着かない。共犯者がパーティの終了を桧川に伝える、という手筈《てはず》になっていたのではないでしょうか」

加賀の言葉に春那の気持ちはますます暗くなる。聞けば聞くほど、共犯者の存在が現実味を帯びてくる。もちろんほかの者たちも同じ思いだろう。

「桧川は別荘を出た後も、しばらくはどこかから見ていたんじゃないでしょうか」的場がいった。「だから夫妻が車庫に入るのもわかった、とか」

「十分にあり得ますね」加賀は同意した。「では問題の車庫を見てみましょう」

車庫は母屋の右側に作られていた。単なるカーポートではなく、三方が壁に囲まれたきちんとしたガレージだった。しかもシャッターまで付いている。加賀が開けようとしたが、鍵がかかっていた。

「ここの鍵はあるかな?」加賀が朋香に訊いた。

「あるかもしれません。ちょっと待ってください」

朋香はバックパックを背中から下ろし、中を探った。やがて取り出してきたのは、透明なビニール袋だ。クルマのスマートキーや財布などが入っているのが見える。

「一ヵ月ぐらい前に警察から送られてきたんです。殺された時、両親が持っていたものらしいです」朋香は二つのキーケースを取り出した。「黒いほうが父のもので、赤いほうは母のものです。たぶんどちらかにあるんじゃないかと思うんですけど」

加賀は黒いキーケースを受け取り、開いた。いくつかの鍵が繋がれている。

シャッターの前でしゃがみこみ、加賀は鍵のひとつを差し込んで回した。かちゃりと音がした。

ビンゴだ、といって加賀はキーケースを朋香に返すと、シャッターを引き上げた。薄暗い車庫に光が差し込み、奥にシルバーグレーの車体が見えた。

車庫は縦に長く、クルマの手前に数メートルのスペースがあった。来客用にもう一台止められるように、ということかもしれない。そのスペースに、高塚家別荘のリビングと同様、テープで囲った部分があった。

「そこに夫妻の遺体があったんだ」榊がテープの内側を指差した。

「遺体の状況を教えていただけますか」

榊はスマートフォンを操作し、画面を加賀に見せた。「一般人には見せられんが、おたくならいいだろう」

加賀は画面を見つめ、目元を険しくした。

「栗原正則さんは胸を、由美子さんは背中を刺されていますね。さらにナイフに付いた血の状態から、先に刺されたのは正則さんだと判明しているということでしたが」

「その通りだ。正則さんが刺されるのを見て、由美子さんは逃げだそうとした。しかしその前に背後から襲われたと考えられる。そして逃げ遅れたのには理由がある」

「何でしょうか」

「シャッターを下げればわかる」

長身の加賀が腕を伸ばし、シャッターの縁に指をかけて引き下ろした。途端に車庫内が暗くなったが、間もなく照明が点《つ》いた。榊が壁の電源スイッチを入れたからだ。

「ここを見てくれ」榊がシャッターの内側を指した。「赤黒い点がいくつかあるだろう？　いずれも栗原由美子さんの血痕だ。つまり彼女が刺された時、シャッターが下りていたと思われる。逃げ遅れたのはそのせいだろう。警官たちが夫妻の遺体を見つけた時、シャッターは床から約三十センチの位置にあったらしい。明かりは消されていた。スイッチから桧川の指紋が検出されている。シャッターを少しだけ上げ、明かりを消してから逃げたと考えられる」

「ちょっと待ってください」加賀は榊の語りを手で制した。「犯行時にシャッターは閉まっていたわけですね。シャッターを下ろしたのは誰でしょうか」

「それはわからない。栗原夫妻かもしれないし、桧川かもしれない」

「いや、桧川ということはあり得ないのではないですか。夫妻がいるところに現れ、シャッターを下ろす？　その間、夫妻がその様子をぼんやりと見ていたとは思えません。たとえ相手がナイフを持っていたとしても、逃げだす隙はいくらでもあったはずです」

「じゃあ、シャッターを閉めたのは栗原夫妻だというのか。それからどうやって桧川は中に入った？」

だから、と加賀は言葉を区切り、ゆっくりと続けた。「その前に桧川は侵入していたのだと思います」

「何だと？」

加賀は朋香に近づき、見下ろした。

「別荘に滞在中、車庫のシャッターはどうなっていたのかな。クルマを出し入れするたびに開閉していたのだろうか」

「いいえ、こっちに来ている間は開けっ放しでした」朋香は歯切れよく答えた。

「そうだろうね。それがふつうだと思う。だから桧川は夫妻よりも先に車庫に侵入し、クルマの陰に身を潜めることは可能だった。そこへ夫妻がやってきてシャッターを閉めた。そう考えるのが妥当だと思います」

加賀は再びシャッターを引き上げた。車庫の中に自然の光が取り込まれた。

「だとすると疑問点が増えましたね」的場がいった。「桧川が栗原家の別荘を見張っていたにしても、夫妻よりも先に車庫に入るのは無理でしょう。誰かが、これから二人が車庫に行く、と桧川に知らせでもしないかぎりは」

微妙な沈黙が流れた後、一歩前に出た者がいた。朋香だった。

「私、そんなことしていませんっ。絶対に」まるで舞台で発せられた台詞のように少女の声は高く響いた。

「いや……」てきめんに的場はあわてた。「君がやったとはいっていない」

「でも今の言い方だと、そういったのと同じです」静枝が珍しく強い口調でいった。「朋香ちゃん以外には、そんなことはできないのですから」

「僕は客観的事実をいっただけです」的場は硬い口調でいい、横を向いた。

気まずい空気が漂い、やがて底に沈んだ。春那は、おそるおそる朋香の様子を窺った。中学生の女子は項垂《うなだ》れたりしていなかったが目は赤かった。

「もう一つ疑問があります」空気を一新するように加賀が人差し指を立てた。「なぜ栗原夫妻はシャッターを閉めたのか？　出かけるつもりなら、そんなことはしないでしょう。では夜更けに車庫に入る目的は何だったのか？　車庫の掃除？　クルマの整備？　どちらも緊急性が高いとはいえません」再び朋香を見下ろし、問いかけた。「御両親が、この車庫について何かいっているのを聞いたことはないかな？」

朋香は細い眉を寄せ、指先で唇に触れた。

「別荘に来た時、よく両親が車庫で何かをしていました。そういえば、その時にはシャッターを下ろしていたような気がします」

加賀は榊を見た。「警察はこの車庫についてどの程度まで調べましたか」

「どの程度といわれても困る。通常の鑑識活動や実況見分は行った」

「クルマは動かしましたか」

「たぶん動かしていない。必要ないからな。犯行時のままだと思う」

加賀は頷き、車庫やクルマを見回した。やがて何かを思いついた顔になると、不意に腰を屈め、車体の下を覗き始めた。

「何をやっているんですか」春那が訊いた。

「面白い」加賀は口元を少し緩めると、朋香を手招きした。「さっきのビニール袋にクルマのキーが入っていたね。貸してもらえるかな」

朋香はビニール袋からスマートキーを出し、どうぞ、といって加賀に渡した。

「どなたか、クルマを少し前に動かしてもらえませんか」

加賀の呼びかけに、では私が、と小坂が前に出た。

「動かすのは、ほんの三、四メートルで結構です」キーを渡しながら加賀はいった。

「わかりました」

小坂がクルマに乗り込み、エンジンをかけた。きしむ音をたててタイヤが回り始める。入り口の少し手前まで進んだところでクルマは止まった。

小坂がドアを開けて顔を出した。「いかがでしょうか」

「完璧です」加賀はクルマの後方に回った。

クルマがあった床には、長方形の黒いゴムシートが敷かれていた。加賀はその端を両手で摑むと、ぐいっと引き剝がした。

思わず春那は、あっと声を漏らした。ゴムシートが敷いてあったところに、四角い蓋があったからだ。一辺の長さは六十センチほどだ。

榊が近寄り、唸り声を漏らした。「こんなところにこんなものが……」

「所謂、床下収納庫のようですね」加賀は把手《とって》に指をかけ、引き上げようとした。だが蓋はびくともしない。「鍵が掛かっているようだ。しかも鍵穴が二つある。――朋香さん、キーケースを両方貸してもらえますか」

朋香はビニール袋から二つのキーケースを出し、加賀に渡した。

加賀は黒のキーケースを開くと、鍵のひとつを蓋の鍵穴に合わせ、ぐるりと回した。さらに赤のキーケースに繋がっている鍵を、もう一つの鍵穴に差し込んで回した後、蓋の把手を摑み、引っ張り上げた。

四角い蓋が外れた。春那が想像していたよりも蓋は分厚く、内部構造も堅牢《けんろう》そうだった。床下収納庫と気安く呼べる代物ではないと感じた。

傍《はた》から覗き込んだ春那が真っ先に目を奪われたのは金色の輝きだった。

延べ板だ、といったのは高塚だ。「金の延べ板が、かなりある。見たところ一枚が一キロの品だな。グラム八千円として、一枚が八百万円だ」

それが何枚あるのか、春那にはわからなかった。だが十枚や二十枚ではなさそうだった。

朋香さん、と加賀がいった。

「いうまでもないことだが、これは君の御両親のものだ。我々が勝手に触ることは許されない。しかし事件の真相を知るためには、ここに何が入っているのかは把握しておく必要がある。捜索というほどの大げさなことはしない。中のものを少し見せてもらうだけだ。許可していただけないだろうか」

朋香は何度か大きく呼吸してから加賀を見上げた。「両親のプライバシーは守っていただけますよね」

「もちろんだ」

「調べた後は元通りにしていただけますか」

「当たり前だ。約束する」

「だったら、いいです」

ありがとう、といって加賀はしゃがみこんだ。

「指紋に注意してくれ」榊が横からいった。「場合によっては、何かの証拠になるかもしれん」

「わかっています」

加賀がマウンテンパーカーの内ポケットから白い手袋を出してくるのを見て、春那は驚いた。刑事は日頃からそんなものを持ち歩いているのだろうか。

手袋をはめた手で加賀が中から一冊のファイルを取り出し、開いた。横から榊が覗き込む。

「どうだ?」

「数字がびっしりと並んでいます。詳しいことはわかりませんが、帳簿の類いと考えてよさそうです。しかしこんなところに保管してあるのは、余程特殊な事情があるからでしょう。金の延べ板にしても、単なる保管というより隠してあるという表現が適切です。要するにこれらは栗原夫妻の裏金、隠し財産だと思われます。いわば、秘密の金庫です」

「こんなところにね」榊が唸った。「公認会計士にしては原始的で単純だ」

「そのほうが当局の目を欺きやすいと思ったんでしょう。事実、今までばれなかったわけだし」

加賀はファイルを元の場所に戻し、床下収納庫の蓋も閉めた。さらに鍵をかけ直すと、はい、といって朋香に二つのキーケースを差し出した。

「君には申し訳ないが」榊が朋香にいった。「この金庫の存在は、しかるべき部署に報告させてもらう。犯罪に関わっている可能性もあるからね。悪く思わないでほしい」

朋香は、こくりと頷いた。「わかりました」

「しかしこれで疑問がいくつか解けました」加賀がいった。「まず栗原夫妻が深夜に車庫に入った理由です。パーティから戻り、玄関の鍵があいていることに気づいた二人は、別荘内に異変がないかどうかを確かめた後、念のために車庫を見に行ったのでしょう。シャッターを閉めたのは、誰かに見られるのを防ぐためだったと考えられます。そしてもう一つ、隠し金庫の存在を桧川が知っていたのなら、戸締まりの不備に気づいた夫妻が車庫に来ることも容易に予想できたはずです」

「そういうことか。でもどうして桧川が金庫の存在を知っていたんだろう」

「誰かが教えた、というのが最も妥当な推理でしょうね」

「その誰かって……」

「わかりません。その人物は、何かのきっかけでたまたま金庫のことを知ったのかもしれません。夫妻のどちらかがうっかり口を滑らせた可能性もゼロではない」

いずれにせよ、ますます共犯者の存在が大きくなってきたわけだ。

「あの……発言してもいいでしょうか」久納真穂が遠慮がちにいった。

どうぞ、と加賀が答えた。

「栗原夫妻をここで待ち伏せする気だったのなら、それまではどこにも行けません。桧川大志が最初に殺害したのは栗原夫妻、ということになるのではないでしょうか」

加賀は黒いゴムシートを元に戻してから頷いた。「その点は自分も同意見です」

「では次に彼が狙ったのは誰でしょう？　昨日の時点では高塚夫人か櫻木院長のどちらかということでしたけど、さっきの加賀さんの推理によれば、夫人は桧川ではなく共犯者に殺された可能性が高いんですよね。だとすれば、次は櫻木院長の番になります」

「夫人が共犯者に殺されたと決まったわけではない」榊が、すかさずいった。「共犯者の存在自体、確定していない。桧川大志による犠牲者をひとりでも少なくしたい君の気持ちはわかるがね」

「あたしは決してそういうつもりでは……」

まあまあ、と加賀が宥《なだ》めた。

「榊刑事課長がいう通り、まだ何も確定していません。だからこうして調べているのです。高塚夫人の殺害現場はすでに見ましたから、いずれにせよ次に我々が向かう先は櫻木家別荘ということになります。そういうわけで皆さん、移動をお願いします。ああその前に小坂さん、クルマを元の位置に戻してください」

19

栗原家別荘の前から櫻木家別荘へ行くには、本来なら道路沿いにぐるりと回る必要がある。だが道路の端に立って見下ろせば、木々の間から櫻木家別荘の特徴的な屋根を、わりと近くに確認できるのだった。きちんとした山道のようなものはないが、斜度はさほどでもない。登山靴などを履いていなくてもショートカットは難しくなさそうだった。実際、少しヒールのついた靴を履いている春那でさえ、何とか降りていけた。ただし足元を気にしなければならないので、景色を楽しむ余裕はない。

気がつくと、すぐ下に道路が見えてきた。思った以上に近かった。

先に到着していた加賀が櫻木家別荘の前で待っていた。

「八分です」腕時計を見てから彼はいった。「栗原家別荘から、ここへ来るまでにかかった時間です。急げば、もっと短縮できるでしょう。桧川大志がこの道路を横断したのが午後十一時五十分です。防犯カメラに映っていました」

この別荘の前には制服警官が立っていた。しかしすでに事情は伝わっているらしく、何もいわずに脇に移動した。

「ここへ来るのは、あの事件以来」櫻木千鶴が門をくぐった。「どうぞ、皆さんもお入りになって」

この別荘に入るのも春那は初めてだった。広い庭に面してテラスが作られている。

「ここが現場ですか」加賀が訊いた。

「そうです。あの日はテーブルと椅子が出ていました。そのままでは雨ざらしになってしまいますから、警察の人たちが室内に片付けたらしいです」

「それを当日と同じように設置することは可能ですか」

「それは構いませんけど……」櫻木千鶴は榊のほうを見た。

「いいですよ。特に問題はないはずです」榊が答えた。

櫻木千鶴が玄関の鍵をあけ、主に男性陣が屋内に片付けられていたテーブルと椅子を運び、テラスに並べた。

「あの時と同じように座っていただけますか」

加賀にいわれ、理恵と的場が並んで座った。

「榊刑事課長、大変申し訳ないのですが……」

「櫻木洋一さんの代わりをすればいいんだろ。お安い御用だ」榊は理恵たちの向かい側に座った。

「この状況からあなたが最初に席を立ったわけですね」加賀が理恵に訊いた。

「そうです。シャワーを浴びたかったので」

「そしてしばらくして的場さんが席を立った。ええと、その理由は……」

「院長がコーヒーを飲みたいといいだしたからです。そのことを千鶴さんに伝えるために部屋に入り、ついでにトイレに行きました」

「そうでしたね。その結果、櫻木洋一さんはひとりになった。そこを桧川が後ろから忍び寄り、背中をナイフで刺した」加賀は榊の背後に立ち、彼を刺すふりをしてから振り返った。「桧川は庭の外から様子を窺っていたとして、かなり距離があります。二十メートルほどです。なぜ洋一さんは足音に気づかなかったのでしょう？」

「それはたまたまだろう」榊が答えた。「もし気づいて振り返っていたなら、前から刺されていた。それだけのことだ」

　加賀は無言で頷いてから、理恵を見た。

「シャワーの後、あなたが庭に出た時の状況を説明してください。洋一さんは倒れていたんですね」

「そうです。そのあたりで、うつ伏せに倒れていました」理恵は榊の足元を指した。

「うつ伏せになったほうがいいかな」榊が腰を浮かせた。

「服が汚れますから、それは結構です。——で、理恵さんは、どうされましたか？」

「父に駆け寄りました」

「その前に悲鳴を上げたのではなかったですか」

「あっ、そうです」

「それを聞き、奥さんが外に出たのでしたね。そして事態を知り、救急車を呼ぶために再び屋内に戻った。入れ替わりに的場さんが出た」加賀は的場のほうを向いた。「その後の行動を説明していただけますか」

「昨日話したように、犯人がまだ近くにいるんじゃないかと思い、外へ様子を見に行きました。おかげで刺されてしまいましたが」

「栗原家別荘の近くで、でしたね。つまり我々が先程下ってきた斜面を、あなたは上がっていったわけだ。なぜ道路沿いではなく、あんなところを行ったんですか」

「なぜと訊かれると困ります。何となく、そんな気がしたんです。強いていえば、賊ならばふつうの道ではなく裏道を逃げるように思った、というところです」

「しかし実際にはそうではなかった。犯人はどこかでこの家を見張っていて、あなたの後を追い、襲ったというわけですね」

「そうだと思います」

「やれやれ、するとまたあの斜面を上がらなきゃいけないわけか」高塚がげんなりした声を出した。「現場検証というのはゴルフなみに疲れるものだな」

「いえ、そこまでしなくてもいいんじゃないかしら」櫻木千鶴がいった。「栗原さんの別荘の周辺なら、さっき見たわけだし。いかがですか、加賀さん。私は、犯人が雅也さんを襲うまでのルートをわざわざ辿《たど》る必要はないと思うんですけど」

何となく引っかかりを覚える言い方だった。戻るのは面倒だという以外の意図があるのかどうか、春那にはわからない。

わかりました、と加賀は答えた。

「では次の場所に移りましょう。山之内家に戻って、それでゴールインです」

櫻木家から道路沿いに皆で歩きだした。道は緩やかにカーブを描いている。間もなく左側に山之内家が見えてきた。

家に着くと裏庭に回った。あのバーベキュー・パーティの夜が瞼に蘇る。だがそれ以上に鮮烈に記憶に焼き付いていることがあった。春那はその場所——英輔が倒れていた場所に皆を案内した。

すぐそばに出入口があった。道路から直接入ってこられるのだ。

「榊刑事課長、犯行現場は判明しているんですか」加賀が訊いた。

「不明だが、ここからそれほど離れていないという見解だ。被害者は二ヵ所を刺されていて、ナイフの刺さっていない傷口からはかなり出血したはずだが、付近から血痕は見つかっていない。刺されて間もなくこの庭に逃げ込み、力尽きたのだろうと思われる」

ありがとうございます、と加賀は礼をいった。

「さてこれで犯行現場をすべて見て回ったことになります。栗原夫妻の隠し金庫など、新事実も判明しました。そこでこれまでにわかったことを元に、真相を突き止めていきたいと思います」

加賀さん、と静枝がいった。

「歩き回って、皆さんかなりお疲れだと思います。少し休んでいただいたらいかがでしょうか。バーベキュー・パーティで使用した椅子やテーブルは、そこの物置に入っています。せめて椅子だけでもお出ししたいんですけど」

加賀は水を差されたような顔をしたが、すぐに穏やかな表情になった。「そうかもしれませんね。では、お願いします」

「ありがとうございます。――どなたか、手伝っていただける方はいらっしゃいますか」

もちろん全員が手伝い、物置から椅子が運び出された。各自がめいめいの場所に腰を落ち着けた。

「あのバーベキュー・パーティの夜に戻ったみたいね。もっとも気分はまるで違うけれど」櫻木千鶴が誰にともなくいった。

「では議論を再開してもいいでしょうか」ただ一人だけ立ったままの加賀が訊いた。

すると高塚が手を挙げた。「ちょっといいですか」

「どうぞ」

「もしもこの中に桧川の共犯者がいるのだとしたら、その人物は当然、あれだけの被害者が出ることは覚悟していたわけだ。その目的は不明だが、自分の身内の命を犠牲にしてまで果たそうとするとは思えない。つまり何がいいたいのかというと、身内が被害に遭っている者は、共犯者の候補から外してもいいんじゃないかと思うんだが」

高塚の言葉に、春那は胸がざわつくのを感じた。決して突飛な意見ではない。むしろ、全員が同じことを考えていたに違いない。ただ単に口に出す勇気がなかっただけだ。

多くの者が視線を同じところに向けた。春那もそうだった。ただし凝視はできない。俯き、そっと様子を窺った。

視線を受けた一家の主は、てきめんに狼狽した。

「えっ？　何ですか？」小坂は目を見開き、立ち上がった。「私たちが共犯者だというんですか？　待ってください。勘弁してください。そんなわけないじゃないですか。どうしてそうなるんですか」

「今いった通りだ。ほかの者は家族や連れ合いを失っている。大事な人間を犠牲にしてまで、殺人計画の片棒を担いだりはしないと考えるのがふつうだろう」

「いやいや、しかし……」小坂は頰を引きつらせている。

「どうして私たちが桧川の手伝いをするんですか？　動機なんかはありません」今までずっと寡黙だった小坂七海が、強い口調で夫の隣から抗議した。

「そうかな。あんたたちほどはっきりとした動機を持つ者はいないんじゃないか。特に桂子を殺す動機だ。桂子はこのところずっと、あんたたちにあれこれと試練を与えていたからな。ひどい嫌がらせをされていると思っていたはずだ。再就職のために我慢していたが、桂子が少しでもへそを曲げたら苦労が水の泡になるおそれもある。いっそのこと死んでほしいと思っていたとしても不思議じゃない」

「とんでもないです。そんなこと、これっぽっちも考えませんでした。一生懸命に尽くさなきゃと思っていたんです。本当です」

懸命に釈明する七海を見て、春那は昨夜彼女から聞いた話を思い出していた。彼女は高塚桂子から理不尽な扱いを受けることに納得し、再出発のためには耐えなければならないと割り切っていた様子だった。だがあれが芝居でなかったとはいいきれない。むしろ自分たちを信用させるための伏線のようにも思えるのだった。

「加賀さんによれば、桂子の殺害は桧川ではなく共犯者の仕業である可能性が高いらしい」高塚が冷めた口調で続けた。「おまえたちなら桂子も油断しただろう」

「会長、お忘れになったんですか。あの夜、私はずっと会長と一緒にいたじゃないですか。一体いつ、そんなことができるというんです」

「おまえには無理だろう。しかし我々がバーで酒を飲んでいる間、ずっとひとりきりだった者がいる。七海さん、あんただ。クルマで待機していたといったが、本当かどうかはわからない。我々を店に送った後、別荘にとんぼ返りし、桂子を殺害した後、再び店のそばに戻ったのではないかな」

「そんなことしていませんっ」小坂七海は立ち上がり、叫んだ。「あの夜は本当にバーの近くで待っていたんです。ずっとスマホをいじってて……。ああ、そうです。スマホの位置情報を調べてください。どこにも行かなかったことがわかるはずです」

「そんなもの、いくらでも細工できる。犯行時にスマホを持っていかなければ済む話だ」

「違います。どうして信用してくれないんですか」七海の目がみるみるうちに充血し、涙があふれた。

「生憎《あいにく》だが、女の涙に心を乱される歳《とし》ではないんでね」高塚は冷めた口調でいい、加賀を見上げた。「いかがですか、私の推理は？」

「大きな矛盾はありませんね。妥当な推理だと思います」

そんなあ、と小坂が顔を歪めた。

「ただ一つだけ疑問があります。防犯カメラです。櫻木家別荘と山之内家、さらにグリーンゲーブルズのカメラは作動していました。小坂七海さんがクルマで往復したのなら、それらのどこかに映っていなければおかしいです」

「別荘地に入る手前でクルマから降りたんじゃないかな。徒歩ならばカメラを避けて移動するのは難しくない」

「しかし小坂さんたちはこの別荘地に来たのはその時が初めてでしょう？　土地鑑なしに、そんなことが可能でしょうか」

「奴らは前日から来ていました。下見をしていれば可能だと思います。それに何より、身内が殺されていないのは奴らだけです」

「お言葉ですが会長、身内といってもいろいろあるんじゃないでしょうか」小坂七海が泣き声混じりでいった。「形式上は親戚でも、縁の近くない相手ならば、たとえ殺されても悲しみはさほど大きくないのではありませんか」

「それは誰のことをいってるんだ？」

高塚が訊いたが七海は下を向いただけで答えない。

「誰のことだっ」高塚が声を荒らげた。「ちゃんと答えなさい」

「大きな声を出すのはやめましょう」加賀が老人を窘《たしな》めてから七海を見た。「思わせぶりな発言はよくありません。いいたいことがあるのならはっきりと」

それでも七海は黙っている。答える気配はない。

「もしかすると私のことでしょうか」静枝がおずおずといった。「今回の被害者で私の身内といえば鷲尾英輔さんです。続柄は姪の夫ということになります。縁が近くないといわれれば、そうかもしれませんけど」

春那はぎくりとした。そんなふうに考えたことはない。

そうなんですか、と加賀は七海に訊いた。七海は声は出さなかったが、俯いたまま頭を小さく縦に動かした。

静枝は両手で口元を覆い、何度か顔を左右に振った。それから手を少し下げ、胸の前で組んだ。

「一体どういう理由があって、私がそんなことをするんですか？　殺人の共犯なんてことを。しかも姪の旦那さんを犠牲にしてまで」

ようやく七海が顔を上げた。

「鷲尾英輔さんが刺されたのは計画外だったんじゃないですか。本当は殺されるはずではなかった。でも様子を見るために外出して、たまたま桧川と鉢合わせした。そうして刺された。そういうことじゃないんですか」

言い分を聞き、春那は驚いた。それなりに筋は通っている。

「だったら動機は何でしょう？　私が桧川大志に手を貸す理由です」静枝は抑えた口調で訊く。

感情が高ぶるのを懸命に堪えているのがわかった。

「それは……誰にだって人にいえない秘密があると思うし……」七海は言葉を濁した。

「何だね？　いいたいことがあるのならはっきりいえ、とさっき加賀さんから注意されたばかりだろ」高塚が怒鳴った。「もうこの際だ。格好をつけてないで、それぞれが腹の中をぶちまけたほうがいい。今後、もう顔を合わせることはないかもしれんのだからな」

七海は呼吸を落ち着けるように胸を上下させた後、覚悟を決めたように前を向いた。

「わかりました。では申し上げます。これは奥様……桂子夫人から伺ったことです。夫人はおっしゃってました。この別荘地には女狐がいるって。男をたらしこみ、自分の巣に連れ込んで骨抜きにし、意のままに動かそうとする。で、それは山之内静枝さんだと……」

静枝は大きく目を開いた。

「どうして桂子夫人がそんなことを？　全く身に覚えがないんですけど」

「夫人は何度も目撃したそうです。あなたが例の留守別荘――グリーンゲーブルズを使って男性と会っているところを。あの別荘は、あなたが男性と密会するための愛の巣なんだと夫人はいっていました。オペラグラスを使えば、夫人の部屋から別荘の裏口がよく見えるんだそうです」

「わかりません。なぜそんなでたらめを……。私が誰と密会していたというんですか」

「ここでいってもいいんですか」

「是非訊いておきたいです」

「それは……」七海は朋香のほうをちらりと見てから続けた。「栗原正則さんです」

朋香の小さな肩がぴくりと動くのを春那は見た。少女の顔に変化はなく、一点を見つめる視線も動かない。

「私があの方と？　そんなこと、あるわけがないでしょう。何かの間違いです」さすがに静枝の声にも鋭さが込められてきた。

「私は桂子夫人から聞いたことを話しているだけです。あの日、八月八日も、あなたが栗原さんをグリーンゲーブルズに招き入れるのを見たとおっしゃってました」

「あの日、私はパーティの準備に追われていました。なぜ桂子夫人がそんなことをおっしゃったのかはわかりませんけど事実無根です」

「おい、小坂。奥さんのいってることは事実なのか？」高塚が訊いた。「本当に桂子はそんなことをいってたのか」

「妻によれば、そのようです」

「あいつが覗き見なんていう悪趣味なことをしていたとは思えんのだがな」

本当です、と七海がいった。「オペラグラスだって見せてもらいました」

「ふうん、そうか。仮にそうだとして、事件に何の関係がある？　ただ単に個人の秘密を暴露しているだけじゃないか」

「いえ、会長、そんなことはありません」七海は断言した。「山之内さんが栗原正則さんと深い関係にあったのなら、例の隠し金庫のことを聞いていたかもしれません。もしかすると合鍵の在《あり》処《か》も。だとすれば、あの金庫の存在をほかの誰も知らないままで栗原夫妻が亡くなるというのは、山之内さんにとって大変都合がいいのではないでしょうか」

高塚の顔に得心の色が浮かぶのを春那は見た。たしかに七海の説は突飛ではない。

静枝は放心したように黙っている。言葉が出ないようだ。

「待ってください」春那は思わず発していた。「もしかして、あそこに入っている財産を奪う目的で、叔母が桧川に協力したとでもいうんですか」

「断言はしませんが、そういうことも考えられるのではないかと……」

「信じられない。馬鹿げています」

「だったら、私たちを疑うのも馬鹿げたことだといわせていただきます」

これまでずっと低姿勢だった小坂七海の剣幕に周囲は圧倒されていた。これがこの人の本性だったのか、と春那は思い知った気分だった。

春那は静枝を見た。反論する気すら起きないらしく、がっくりと首を折っている。

ぱんぱんぱん、と手を叩く音がした。櫻木千鶴だった。

「はい、皆さん、そこまでにしておきましょう。こんな不毛な話し合いをいくら続けたって何の意味もないわ。人間関係を壊してしまうだけでなく、全員が人間不信に陥ってしまいます。もっと理性的な形で答えが出ることを期待していたのだけれど、どうやら無理みたいね。だったら、私が終わらせるしかなさそうです」

「あなたが終わらせる？」高塚が訊いた。「どういう意味かね」

「そのままの意味です。真相を明らかにいたします」櫻木千鶴は立ち上がり、皆のほうを向いた。「じつは私は今まで、重大なことを隠しておりました。できれば本人自らに告白してほしかったからです。でもそれは無理のようですから、ここでお話ししたいと思います。隠していたのは主人の遺体に関することです。事件からしばらく経って、県警の刑事さんが東京に訪ねてきて、いくつかの質問を私にしました。そのひとつが、御主人は日頃睡眠薬を服用されていましたか、というものでした。いいえ、と私は答えました。主人にそんな習慣はなかったからです。その時は、なぜこんなことを訊くのだろうと思っただけでしたが、刑事さんが帰ってから気づきました。おそらく司法解剖の結果、主人の体内から睡眠薬の成分が検出されたのです。その瞬間、大きな疑念が浮かびました。なぜ主人は睡眠薬をのんでいたのか。でも同時に腑《ふ》に落ちたこともあります。先程、加賀さんが指摘された、なぜ後ろから犯人が近寄ってくることに気づかなかったのかという疑問の答えは、眠っていたから、です。もっと正確にいうならば、眠らされていたから、ということになります」

加賀が険しい顔を榊に向けた。「司法解剖で睡眠薬が検出されたというのは……」

榊は苦しげな表情で顎を引いた。「事実だ」

「それに関する警察の見解は？」

「特にない。睡眠薬を服用するのは個人の自由だ。家族に内緒にする者もいるだろう」

「でもあなたは――」加賀は櫻木千鶴にいった。「御主人は自分の意思でのんだのではない、何者かにのまされた、と考えておられるわけですね」

「その通りです」

「そして、その人物に見当がついていると?」

「はい。でも、ここまでいえば明らかじゃないでしょうか」櫻木千鶴はひとりの人物に視線を向けた。「雅也さん、主人に薬をのませたのはあなたよね?」

的場は隣で頬を強張らせた理恵をちらりと見てから腰を上げ、櫻木千鶴に顔を向けた。その表情には余裕がある。「なぜ僕がそんなことを?」

「なぜですって? それを説明する必要があるかしら? これまで散々議論してきたことじゃないの。そうして殆ど答えは出ている。桧川には共犯者がいた。その者は桧川に情報提供や犯行の手助けをしていた。主人に睡眠薬をのませたのも、その一環だった。眠った主人をひとりでテラスに残し、桧川が犯行に及びやすくした。そうでしょ?」

「お言葉ですが、テラスで酒を飲もうといいだしたのは院長です」

「だからチャンスだと思ったんじゃないの? そこで桧川に知らせ、襲わせることにした。お膳立てとして主人に睡眠薬をのませておいてね」

的場は首を振り、理恵を見下ろした。「どうやら君のママは頭がおかしくなってしまったようだ」顔を櫻木千鶴に戻した。「だったら僕が刺されたことはどうなるんですか?」

「簡単なことよ。カムフラージュだったんでしょ? 怪しまれるのを防ぐため、あなたが自分で刺した」

「自分で? そんな馬鹿な」

「でもその前に大きな仕事をしたのかもしれないわね。裏の斜面を駆け上がったあなたは、真っ先に高塚さんの別荘に向かった。何か理由をつけて屋内に入ると桂子夫人を刺し殺し、栗原家の別荘のそばまで戻ってから自分も襲われたふりをしたのよ」

「僕が夫人を？　よくそんなでたらめを思いつくもんだ」的場は両手を広げた。「加賀さん、こんな乱暴な推理をまさか真に受けたりはしませんよね」

するとと加賀は的場をじっと見つめていった。「ひとつお尋ねしたいことがあります」

「何ですか」

「刺されている洋一さんを見た後、あなたは犯人がまだ近くにいるのではないかと思い、外に出たのでしたね」

「そうですが、それが何か？」

「一目見て、洋一さんはもう助からないと判断したわけですか」

的場の表情が固まった。

「ふつう、もう少し何とかしようとするのではないかと思ったのです。たとえ無駄だとしても、止血しようとしたり、呼びかけたり。事実、鷲尾春那さんは旦那さんを見つけた時、そうしたとおっしゃっていました。鷲尾さんは看護師ですが、あなたは医師です。判断力が劣るとは思えません」

「そうよ、その通りだわ」櫻木千鶴がいった。「私と理恵が救急車の到着を待っている間、あなたはいなかった。医者なのに。本当なら、一番そばにいなくてはならないはずなのに。どうして？　きちんと説明してちょうだいっ」

加賀の質問を聞き、春那は今朝彼から訊かれたことを思いだした。いわれてみればその通りだ。医師ならば、刺された人間を放置して犯人を追うようなことはしないはずだ。

的場は果たしてどのように答えるつもりなのか。春那はおそるおそる彼に目を向けた。

ほぼ全員の視線を浴び、的場は立ち尽くしていた。その顔は何とかしてこの場を切り抜けようと懸命に思考を巡らせているようにしか見えなかった。隣では理恵が青ざめている。彼を見ていないのは彼女だけだ。

やがて的場の肩からふっと力が抜けるのがわかった。

「櫻木千鶴さん、あなたに問います。もし僕が院長の死を望んだとして、その理由には見当がついているんですか」

「もちろんよ」櫻木千鶴は冷淡な声でいった。「復讐でしょ？　あなたの御家族の」

20

的場の薄い唇から冷たい笑みが漏れた。「やはり気づいてましたか。いつからです？」

櫻木千鶴は首を傾げた。

「今年の七月の末かな。あのバーベキュー・パーティより少し前だったと思う。主人が調査会社に命じて、あなたのことを徹底的に調べさせたの。一人娘に婿を取るだけじゃなく、いずれは病院を譲る相手なんだから当然のことよね。単に内科医を雇うのとは話が違う。驚いたわ。まさかあの時の息子だったとはね」

「どうしてすぐ僕に話さなかったんですか」

「様子を見ようと主人がいったからよ。あなたが何のためにうちの病院にやってきたのかを確かめる必要がある、ともいってたわ。例の件を知っているのなら、絶対にうちには来ないはずだから。そしてあなたが知らないわけがなかった」

「ええ、よく知っていました。小学生の時からね」的場は顎を上げた。「父親が入院し、手術を受け、命を落とした病院です。その名を忘れるわけがない」

おーい、と高塚が横から二人に呼びかけた。「何の話をしているんだ？　我々にもわかるように説明してくれ」

「あなたから話しなさい」櫻木千鶴が的場に命じた。「そのほうが早いわ」

「そうではなく、自分からは話しにくいんじゃないですか。櫻木病院の黒歴史ですからね」

「そう思ってるのは、この世であなただけよ」

「そんなことはありません。真相には多くの人が気づいていた。判決の冒頭で裁判長はこういっていいます。病院側から示された証拠品には信用できないものがある、と」

「でもその後、裁判長が出した判決はどうだったかしら？」

すみません、と加賀が割って入った。「何のことか、さっぱりわかりません」

「二十年前のことです」的場が冷めた口調でいった。「小児科医だった父が、ある時期から視力の不調を感じ始めました。眼科で調べてもらったところ、脳腫瘍の疑いがあるといわれました。そこで父は大学時代の先輩が経営している病院で受診し、やはり脳腫瘍だと判明したんです。主治医の判断は開頭手術の必要がある、というものでした。手術は成功したかに思われましたが、間もなく父は脳梗塞を起こし、再手術が行われました。しかし一向に症状が快復することはなく、やがて意識をなくし、約一ヵ月後に息を引き取りました。その一年後、母は父の友人たちの力を借り、病院と主治医に損害賠償を求めることにしました。生前、父が手術の妥当性に疑問を漏らしていたからです。病院側に強く説明を求めなかったのは、先輩であり院長でもある櫻木洋一氏への遠慮があったせいだと思われました。実際には主治医は必要な検査を怠り、病状を十分に把握しないまま開頭手術という治療方針を立てていたのです。父は意識がはっきりしていて思考力もあり、手術の危険性や代替治療法の説明を受けていれば開頭手術を避けていた可能性がありました。もちろん病院側は自分たちの非を認めようとはしません。提訴から判決が出るまで五年かかりました。長引いた原因は、病院側が主要な証拠を提出しようとしないからでした。医療裁判では原告側に立証責任が課せられています。手術のビデオや診療記録を紛失したと主張されれば、どうしようもない。ようやく出てきたカルテにしても改ざんだらけの代物でした」

「それで判決は？」櫻木千鶴が苛立った声を発した。「皆さん、退屈しておられるわよ」

的場は彼女を睨んでから、ふっと息を吐いた。

「敗訴です。誤診も手術ミスも認められず、主治医の説明が不足していたともいいきれない、と判断されました。裁判長にしても、カルテを信用できないといいつつ、証拠がないことを理由に改ざんは認めませんでした」

「そう、それが結果。動かしがたい真実というわけ」

「真実なものか」的場は眉間に皺を寄せ、吐き捨てた。「嘘でねじ曲げられた虚構そのものだった。だけどもう裁判で勝つことは諦めました。その時に僕が心に決めたのは、違う形で復讐することだった。だから医者を目指した。父の跡を継ごうと思ったわけじゃない。父の小さな医院はとっくの昔に閉鎖していましたしね。僕が手に入れようと決めたのは櫻木病院、父の命を奪った病院でした。何とかしてもぐりこみ、乗っ取ってやろうと思った。懸命に努力しましたよ。昨夜も少し話が出ましたが、母が親戚に頭を下げ、援助してもらったんです。めでたく医師になってからも気持ちは変わらなかった。やがて櫻木病院で内科医を探しているという話を聞き、応募しました」

「その時に気づいていれば主人があなたを雇ったりはしなかったんでしょうけど、まさかあの患者の息子だとは夢にも思わなかったそうよ。名字が違っていたし」

「母に頼み、旧姓に戻してもらったんです。親が医療裁判を起こした過去がばれたら、どこの病院でも雇ってもらいにくいといってね。でも新しい勤め先が櫻木病院と知った時には、母は顔色を変えました。ただし反対はしなかった。何か狙いがあるのだろうと察したんでしょう。僕を信用してくれているんです」

「だけど、その狙いが一人娘だとは思わなかったんじゃないかしら」

「僕だって、病院で働くまでは理恵のことを知りませんでした。院内合コンなんていう、くだらない飲み会に出席するまではね」

がたん、と音をたてて理恵が立ち上がった。くるりと横を向き、裏庭の出入口に向かって歩きだした。

「待ってください」加賀が声をかけ、足早に追った。「ここから出ていかれると困ります」

理恵は足を止めた。肩が上下している。「こんな話を聞いてろっていうんですか」

「辛いのはわかりますが、今、離れることは認められません」

「だからいったのよ、あなたは来ないほうがいいって」櫻木千鶴が声をあげた。「ママのいうことを聞いていればよかったのに」

理恵が振り返り、刺すような視線を母親に向けた。だが何もいわず、俯いた。

加賀は理恵を残し、さっきまで彼女が座っていた場所まで戻ると、椅子を持ち上げ、再び理恵のところへ行った。椅子を後ろ向きに置き、彼女の肩を叩いた。「どうか、お座りになってください」

理恵は下を向いたまま、ゆっくりと腰を下ろした。その背中は小刻みに震えているようだった。

加賀が戻ってきた。「櫻木さん、的場さん、続けてください」

櫻木千鶴が腕組みをして的場を見た。

「娘との交際が始まったのは、たまたまだというわけ？」

「当たり前です。狙った女性を自在に射止める、なんていう才能は僕にはありません。だからこれは神によって与えられたチャンスだと思いました。うまくいけば櫻木病院だけでなく、櫻木家のすべてを掌中にできる。理恵が子供を産めば、櫻木家の血筋に、かつてあなた方が命を奪った男の血が混じるわけだ。こんな痛快なことってありますか？」

「今、理恵が妊娠してる、なんてことはないでしょうね」

「ないと思います。残念ながら」

「そう。それなら安心した。とはいえ、主人を失うという最悪の事態を避けられなかったのは無念。本当に心から後悔している。もっと早く、こんなふうにあなたを問い詰めるべきだった。理恵に気遣って、主人が判断を遅らせたのが失敗だった。でもまさか殺されるとは思わなかっただろうから、彼に落ち度があったとはいえない」

的場がおどけるように身体を揺らした。「本気で僕が院長を殺したと？」

「殺したのは桧川でしょうけど、そう仕向けたのはあなたでしょ。この期に及んでとぼけないでちょうだい」

「わかりました。では正直にいいます。院長に睡眠薬をのませたのは僕です。隙を見て、ウイスキーに混ぜました。でも桧川なんて関係ありません。狙いはリビングに置いてあったノートパソコンです。あの日の昼間、院長はそれを見ながら気になることをいいました。人材を扱う時には身体検査が必要だ、とかね。僕のことだな、と直感しました。だから何を見ていたのか確認したいと思ったんです。睡眠薬をのませれば寝室に直行するだろうと思いましたから」

「よくそんな嘘が出てくるわね」

「嘘じゃありません」

「あなた、さっき自分でいったじゃないの。院長の死を望んだって。忘れたの？」

「忘れちゃいません。いいました。だって事実ですから。たしかに院長の死を望みました。死んでくれたら、一足飛びに願いが叶います。だから刺されたのを見ても手当てしなかった。したくなかった。咄嗟に、このまま何もしなければ助からないと思ったんです。だけどあなた方がいるのに、そういうわけにはいかない。そこで犯人を追うという口実で外に出ました」的場は加賀に顔を向けた。「これが真相です」

「栗原家の別荘に向かって斜面を上がった理由は？」加賀が訊いた。「さっきの答えは、賊ならば裏道を行くと考えたから、というものでしたが」

「逆です。どこにいるかわからない犯人と鉢合わせしたくなかったんです。斜面を上がるほうが安全だと思いました。まさか――」的場は肩をすくめた。「犯人に後をつけられているとは思わなかった」

櫻木千鶴が憎悪の目を的場に向けた。「いい加減なことを」

「信用するかしないかは自由です。僕は本当のことをいっている」

「ええ、信用しませんとも。だからさっき、もうあの斜面を私たちが上がる必要なんてないといったんです。あなたのやったことはわかっていますから」

榊刑事課長、と加賀がいった。「的場さんが刺された場所の周辺でも、ナイフの捜索は行ったんですね」

「無論、行った。あの斜面も徹底的に調べたはずだ。だが見つからなかった」

加賀は頷き、櫻木千鶴を見た。

「もしあなたがいうように的場さんが自分で刺したのなら、凶器のナイフをどのように処分したんでしょうか」

「そんなの、何とでもなるんじゃないですか。遠くに放り投げたとか。あっ、そうだ。そばに栗原家の別荘があります。あの敷地内に投げ込んだんじゃないですか」

「あそこも調べましたよ」榊がいった。「しかし見つかりませんでした」

「捜し方が足りないんじゃないですか」櫻木千鶴が口元を歪めていった。

榊は反論しない。好きなようにいえばいいとばかりに横を向いた。

重苦しい空気が流れた。めまぐるしく変わる展開に、春那は思考がついていかなかった。静枝が栗原正則と深い仲にあったという衝撃的な話でさえ、その真偽や事情などどうでもよくなっていた。もはや息を殺し、成り行きを見守るしかなかった。

「いやはや、驚いたな」高塚が沈黙を破った。「どんな人間、どんな家にも、傍からはわからない秘密があるなんてことは重々承知しているつもりだが、こんな歳になって改めて思い知らされた気分だ」老人はゆらゆらと頭を振った後、加賀のほうに首を捻った。「で、どうしますか、ここから先は？」

全員の視線が加賀に集中した。誰もが彼に一目置いていることは明白であり、この難局を打開できるとすればこの人物しかないと思っているに違いなかった。

「皆さんの告白は貴重な新情報です」加賀が慎重な口ぶりで話しだした。「失礼ながら、客観的に考えた場合、小坂七海さん、山之内静枝さん、そして的場雅也さんに疑いがかかるのは妥当だと思います。動機はあるし、高塚桂子さんを殺害するチャンスもありました。しかし、いずれも合理性に欠けるといわざるをえません。たとえば、もし小坂七海さんがクルマで移動した場合、この別荘地の手前で降りたとしても、それまでのどこかの防犯カメラに映ってしまうおそれがあります。その危険性を無視したとは思えません。また山之内静枝さんが桂子夫人を殺害したとすれば、鷲尾英輔さんを捜しに出た時以外に考えられないわけですが、鷲尾さんの外出自体が予測不能でした。もし鷲尾さんが外出しなければどうするつもりだったのか。そして的場さんには、自らを刺したナイフをどう処分したのかという疑問が生じます。さらに忘れてならないことがあります。当日の桂子夫人の行動です。高塚さんによれば、あの夜に行った老舗バーには、ふだんなら桂子夫人も同行していたそうなのです。もしそうしていれば、誰にも犯行は不可能でした。また同様に、もし高塚さんたちがバーに行かなければどうだったか。高塚家の別荘には高塚夫妻と小坂一家がいたことになり、その状況で夫人だけを狙うのは到底無理なように思われます」

理路整然と語られた内容を聞き、春那は動悸《どうき》を覚えた。いわれてみればその通りだった。

「桂子が狙われたのは、偶然一人になり、そのことを犯人たちが知ったから、というわけですか」高塚が訊いた。

「だったら決まりだ。その人以外には考えられない」的場が小坂七海を指差した。

「違いますっ」小坂七海は激しくかぶりを振った。

「だって僕や静枝さんには高塚さんたちが出かけたこと自体、知りようがなかった」

「そんなのわからないじゃないですか。どこかから見ていたのかも」

「落ち着いてください」加賀が手を広げ、両者を宥めた。「忘れたんですか？　高塚家別荘の防犯カメラは早々に壊されていました。その時点で犯人たちは桂子夫人を狙っていたと考えるべきです。偶然を当てにしていたとは思えません」

「どういうことですか」高塚が訊いた。

「犯人たちには、桂子夫人がひとりきりになる時間があることがわかっていた——そうとしか考えられません」

まさか、と高塚は短くいった。「予知能力があるとでも？」

「そんなものはなくても、夫人をひとりにすることは可能です。待ち合わせをしておいたんです」

「待ち合わせ……」

「別荘の外で会う約束です。だから夫人はバーには行かなかった。そしてもし高塚さんたちがバーに行かなければ、夫人はこっそり別荘を抜けだし、その相手と会うつもりだった」

「そんな約束を誰と？」

「それがわかれば事件は解決です」加賀は一同を見回した。「反論のある方はいらっしゃいますか」

榊が挙手した。「じゃあ、ひとつだけいわせてもらおうか」

「何でしょうか」

「私はまだ桧川に共犯者がいたという意見に賛成していない。殺す相手を探していた桧川が高塚家の別荘に押し入り、偶然にもひとりきりだった桂子夫人を殺害したと考えている。防犯カメラを破壊したことには、大した計画性はなかったという説だ」

「ではナイフはどこに消えたんでしょう？　桂子夫人を殺害したナイフ、および的場さんを刺したナイフは？」

榊が答えに詰まる顔になった。

全員が黙り込む中、いつの間にか腰を下ろしていた櫻木千鶴が手を挙げた。

「加賀さんは、その相手が誰だったのか、おわかりなんですね？」

「自分なりに推理していることはあります」加賀は用心深く答えた。

「だったらそれをお聞かせください。もうみんな、くたびれ果てています」

櫻木千鶴の言葉に春那は激しく同意した。くたびれ果てた、という表現は今の状況を的確にいい当てている。どんな答えでもいいから、早く終わりにしたいという気持ちが強かった。

わかりました、と加賀がいった。

「しかしそれを話す前に、ひとつ確かめておきたいことがあります。大変重要なことです」そういいながら加賀は移動した。足を止めたのは小坂海斗のそばだった。彼は俯いている少年の肩に手を置いた。「あの夜、君は犯人らしき人影を見たといったね。その人影は高塚家別荘の東に消えていったということだった。その証言に変更はないだろうか？」

加賀の質問を聞き、春那は当惑した。なぜ今さらこんなことを確認するのか。狙いがまるでわからなかった。

海斗は答えない。下を向いたまま、じっとしている。

「話を聞いていたならわかると思うが、君のお母さん――小坂七海さんも疑われている」加賀は噛んで含めるような丁寧な口調で続けた。「もし七海さんが桂子夫人を殺害したのなら、その後、止めてあったクルマに戻るためには、まさに別荘の東に向かったはずだ。そのことをわかったうえで答えてほしい。君の証言に変更はないかな?」

「ちょっと加賀さん、それはないでしょう」高塚が物言いをつけた。「そんなふうにいって、その子が変更するといいだしたとして、それを信用しろというんですか?」

「黙っててください」加賀は手を高塚のほうに出した。しかし顔は少年を見下ろしたままだ。「どうなんだ? 確認するのはこれが最後だ。変更するのなら今しかない」

海斗の細い身体が動いた。彼は首を起こし、加賀をちらりと見上げたかと思うとまた俯き、何やら呟いた。声が小さくて春那には聞こえなかった。

「えっ? 聞こえない」的場が抗議した。

加賀は海斗の肩を二度叩き、皆のほうを向いた。

「彼はこういったんです。人影は東ではなく西に消えた、と。――ありがとう、海斗君。よく決心してくれたね」

「どういうことだね、加賀さん」高塚が不本意そうにいった。「案の定、母親を庇《かば》う方向に証言を変えた。そんなことをさせて、どんな意味があるんだ?」

「今から説明します」加賀はゆっくりと歩きだした。その眉間には深い皺が入っていた。何らかの苦悶を抱えているように春那には見えた。やがて彼は足を止め、改めて皆のほうに向き直った。「これまで話してきましたように、今回の事件には、桧川に共犯者がいたと考えなければ解決しない疑問がたくさんあります。ではその人物が、桧川とテレグラムを使ってやりとりしたことと以外に行ったことは何か。一つ、高塚桂子夫人と別荘の外で会う約束をした。二つ、桂子夫人を殺害した。三つ、的場さんを刺した。四つ、ナイフを処分した。これらすべてを実行可能だった人物こそが共犯者だといえます。それは誰か。高塚会長、小坂均さん、櫻木千鶴さん、理恵さん、鷲尾春那さんにはアリバイがあり、桂子夫人殺害のチャンスがありません。ナイフが見つからないことから、的場さんが自らを刺したという説も除外していいでしょう。小坂七海さんはどうか？　桂子夫人殺害の動機もチャンスもありました。しかしそのチャンスはたまたま得られたものであることを忘れてはいけません。七海さんに桂子夫人を別荘の外に呼び出すことが可能だったでしょうか。両者の力関係から、それは不可能だと断言して差し支えないと考えます。その点――」

加賀は再び歩きだし、静枝の前で止まった。

「山之内静枝さんならば、桂子夫人に別荘の外で会うよう約束することも難しくないと思われます。その日は夫人の誕生日だったそうですね。プレゼントを渡したいから、という理由はいかがでしょうか。鷲尾英輔さんを捜しに出たというのも、ちょうどいい口実ができたにすぎず、じつは外出する別の理由を用意してあったのかもしれません。また静枝さんには夫人殺害の動機がありました。グリーンゲーブルズを使った栗原正則さんとの密会を知られていたことです。事件終結後に栗原家の隠し財産を我が物にするためには、夫人の存在は邪魔だった。首尾よく夫人を殺害した後は、カムフラージュのために栗原家別荘のチャイムを鳴らしました。ところがその帰り、予想外のことが起きた。不意に斜面の下から的場さんが現れたのです。咄嗟に彼を刺し、逃げた。そして家に戻るとナイフを隠し、何食わぬ顔で、夫が被害に遭ったばかりの春那さんの手助けをした、というわけです」

加賀の話を聞き、春那は衝撃を受けた。何から何まで筋が通っている。それ以外の答えはないように思われた。

本気で、と静枝がかすれた声でいった。「本気でおっしゃってるんですか」

加賀の口元がふっと緩んだ。

「空論です。現実的にはあり得ません。静枝さんが家を出た時、すでに付近には警察が到着していました。どこに警官がいるかわからないという状況で、別荘の外で待ち合わせた相手を刺し殺そうとする者などいないでしょう。さてそうなると残された容疑者は二人だけです」加賀は回れ右をし、前に進んだ。「少年と少女です。しかし少年は桂子夫人と同じ建物にいるわけで、呼び出すのは不自然です。それ以前に様々な実行手段を持っていません。スマートフォンもその一つ。そうなると――」彼は足を止めた。「動機も経緯も全く不明だけれど、君以外には考えられない」

加賀の前に座っているのは栗原朋香だった。膝の上でバックパックを抱えている。

春那は大きく息を吸い、手で口を覆った。誰かは、ひっと声をあげた。

まさかあ、と甲高くいったのは高塚だ。「加賀さん、いくら何でもそれは……」

「そうだ、それはない」榊が立ち上がった。「加賀警部、君の洞察力は認めるが、あまりに乱暴だ。根拠として挙げたのは、すべて状況証拠じゃないか。何度もいうが、そもそも共犯者がいたという証拠はない」

「その通りです。だから――」加賀は榊から朋香に視線を戻した。「君は認めないかもしれないな。桧川が沈黙を続けているかぎり、自分の関与は明るみにならないと思っているだろうからね。でもひとつだけ誤算があった。彼の証言だ」小坂海斗を指差した。「彼は嘘をついていた。不審な人影は東に消えたといったが、実際には西だった。なぜ嘘をついたのか。理由はひとつしか考えられない。人影だけでなく、その人物の顔を見たからだ。だがそのことはいわなかった。さらに逃げた方向についても逆をいった。彼は咄嗟に、その人物を庇うことにしたんだ。理由はわからない。パーティで優しくしてもらったからかもしれない。いずれにせよ、君が何も答えないのならば、俺は彼に訊かなきゃいけない。あの夜、逃げていったのは誰か、と」

加賀の低い声を聞いているだけで、春那は臓腑《ぞうふ》が揺さぶられるようだった。生唾を口の中に溜めたまま、海斗を見つめた。少年は顔面を蒼白《そうはく》にし、身体を震わせていた。

栗原朋香の表情は殆ど変わっていなかった。何も見ておらず、何も聞いておらず、何も考えていないようだった。もしかしたら本当にそうなのかもしれない、と春那が思いかけた時、ピンク色の唇が動いた。十四歳、と彼女はいった。

えっ、と加賀が訊いた。すると少女は彼を見上げた。

「十四歳未満、でしたよね。人を殺しても罪に問われないのは」

そうだ、と加賀は答えた。

残念、といって朋香は肩をすくめた。「じゃあ、死刑になるのかな」

「十四歳から十九歳までは少年法の適用になる」加賀は続けた。「殺人罪に問われても、十八歳未満だと最高は無期懲役で死刑にはならない」

ふうん、と鼻を鳴らしてから朋香はいった。「死刑でもいいのに」

21

栗原朋香は両親を許せなかった。二人とも死んでしまえばいいと思った。

以前はあんなに仲が良さそうだったのに、どういうことなのか。

どちらが先に相手を裏切ったのかは知らない。だがたぶん正則のほうだろう。朋香がまだ小学生の頃、正則の就寝中に由美子が彼のスマートフォンを調べているのを目撃した。指紋認証でロックを解除したのだ。それ以後、由美子の正則に対する態度が明らかに変わった。あの時に何らかの証拠を摑んだのではないか。

しかし朋香の前で二人がいい争うようなことはなかった。いつの間にか、元の仲の良い夫婦に戻っていた。朋香は安心し、気のせいだったのかもしれないと思うようになった。

だから寄宿舎のある学校に進学させられると知った時も、そのことと結びつけて考えることはなかった。両親はそれぞれ仕事に忙しく、家を空けることが増えるから、という理由をあっさりと信じた。ゴールデンウィークや夏休み、冬休み、春休みなどには家に帰れる。寂しいが仕方がないと思った。

やがて始まった寄宿舎生活は、期待したほどには快適なものではなかった。楽しいこともたまにはあるが、憂鬱な思いをすることのほうがはるかに多かった。規則に縛られる窮屈さにも辟易《へきえき》したが、人間関係の煩わしさに比べればましなほうだ。面倒な確執があり、勢力争いがあり、当然のように陰湿ないじめがあった。

学校が長い休みに入るのを心待ちにした。家に帰りたくてたまらなかった。だが両親に会いたかったわけではない。目当ては愛猫のルビーだ。ルビーを膝に置き、音楽を聴いたり動画を見たりするのが最大の楽しみだった。

もちろん正則や由美子も一人娘の帰還を歓迎してくれる。初日の夜は都内の高級レストランで食事をするのが恒例だ。新しい服やアクセサリーをプレゼントされることもある。傍からだと仲の良い家族にしか見えないだろう。

しかしすべて見せかけに過ぎなかった。両親は所謂仮面夫婦だったのだ。

それを朋香がどのようにして知っていったのか、細かいことは覚えていない。それぞれが示した不自然な言動や不可解な出来事の積み重ねが、薄皮を剝ぐように少しずつ朋香に悲しい現実を悟らせていったのだ。それらの中には、双方に別の大切な相手がいることを窺わせるエピソードもあった。

しかもそれもすべて二人の計算通りだった。彼等は話し合い、朋香が中学を卒業したら別れるという結論を出していた。だがいきなりそんなことを娘に話せばショックを受けるだろうからと、彼女のほうが感づくように仕向けていたのだ。

最初の宣告は正則から聞かされた。今年の春休みだ。経営している会計事務所に呼びだされた。

「朋香も薄々気づいていると思うけど」と正則は前置きし、こう続けた。「ママとは別れることになった」

彼は離婚の理由をくどくどと述べた。「価値観の違い」や「ライフプランの食い違い」、そして「お互いの気持ちを尊重した結果」という文言が入っていた。「決してママを嫌いになったわけではない」や「大人になれば朋香にもわかると思う」といった台詞も付け足された。

こんな中身のない言葉の羅列でごまかせると本気で思っているのだろうか、と朋香は真顔で話す父親を不思議な気持ちで眺めた。するとそれをどう解釈したか正則は満足そうに頷き、「あまり驚いていないみたいなので安心したよ」と笑った。

そうではなく呆れていただけだ、と心の中でいい返した。

娘の反応が薄いことに気を強くしたらしく、正則はどこかに電話をかけた。間もなく事務所に現れたのは、髪と足が長くて由美子より十歳以上は年下の、しかし由美子よりはるかに頭の悪そうな女性だった。

「今後の人生はこの人と歩むつもりなんだ」正則は眉尻を下げていった。

よかったね、というしかなかった。

後に判明することだが、その女性こそ、詐欺容疑で告発された資産家の未亡人だった。二人が男女の関係にある、というネット上の噂は真実だったのだ。

その数日後、今度は由美子から声がかかった。連れていかれた銀座のレストランで待っていたのは、仕立てのいいスーツに身を包んだ紳士だった。朋香の前で由美子は、彼を伴侶のように扱った。離婚については何の説明もなかった。由美子としては、とにかくすべてが決定していることを娘に知らせたかったのだろう。

ただレストランからの帰り、「パパとのことだけど」と由美子が切りだした。「一度しかない人生だから妥協したくないの。ごめんね」

わかった、と朋香は答えた。

それ以後、二人から離婚に関する話が出たことはない。朋香が帰ると、それまで通りの両親であり夫婦のように振る舞っていた。あまりにも自然なので、もしや離婚話は消えたのかと淡い期待を抱くこともあったが、それぞれが恋人に連絡を取っているのを目撃したりして、改めて心を砕かれるのだった。

気になるのは、自分はどうなるのかということだった。離婚後、どちらが朋香を引き取るのか、それを聞かされていなかった。何となく怖くて尋ねられなかったのだ。

やがて、どうやらどちらも乗り気でないらしいと気づいた。正則のほうは恋人が拒んでいるようだ。そして由美子のほうは、彼女自身が子育てから解放されたがっている様子だった。

高校を卒業するまでは寄宿舎にいるので、それまで結論を先延ばしにする、ということで意見が合致しているのかもしれない。しかしその後はどうするつもりなのか、まるでわからなかった。

そんなふうに不安を抱えながら毎日を送っている頃、突然学級閉鎖になった。複数の生徒が感染症にかかったからだ。寄宿生は寮から出ないようにいわれたが、親元に帰ることは認められた。そこで朋香も帰ることにした。ルビーに会いたかったからだ。

ところが家に帰って見つけたのは、そのルビーの変わり果てた姿だった。朋香の部屋のクローゼットで、目を開いたまま冷たくなっていた。四肢は硬直していた。

正則も由美子もいなかった。帰ることを二人に伝えたのは飛行機に乗る直前だ。どちらも仕事があるから、夜までは帰ってこないだろう。そもそもどちらも、ふだんこの家に住んでいるかどうか怪しい。

泣きながらルビーの身体を撫《な》でていて気づいたことがある。脱毛がひどいのだ。おまけに痩せていた。

家の中を調べ、ルビーがどんなふうに飼われていたかを確かめた。餌皿は空っぽで、水を満たしてあるはずのボウルも乾いていた。そしてトイレには掃除をした形跡がなかった。さらに、朋香の部屋のいたるところに汚物がこびりついていた。嘔吐《おうと》した跡だと思われた。

間もなく帰ってきた由美子はルビーの死を知って驚き、こんな話をした。彼女によれば、ルビーは少し前に窓の隙間から外に出たことがあり、しばらく帰ってこなかった。やがて戻ってきたが、それ以来様子がおかしかった。あの時、外で何かおかしなものでも食べたのではないか、というのだった。

そんなはずがない、と朋香は思った。ルビーのことなら誰よりもよく知っている。とても臆病だったのだ。仮に外に出たとしても敷地からは離れない。クルマの下で丸くなっているのが関の山だ。

しかし何もいわなかった。朋香は確信していた。由美子も正則も猫のことなどどうでもよく、相手任せにしていたのだ。離婚するとなれば、邪魔なだけだ。

冷たくなったルビーを抱き、これは将来の自分の姿だと朋香は思った。

両親に対して殺意を抱くようになったのは、その頃からだ。関連するサイトをいくつも閲覧した。その時に目にし、印象に残ったキーワードが「死刑願望」だった。

そこには次のようなコメントが並んでいた。

憎い相手を殺し、それで死刑になるのなら本望だ――。

自殺だと失敗するおそれがある。その点、死刑なら確実に死ねる――。

殺した相手によっては世間から英雄視される可能性もある――。

これらのコメントを読み、朋香は奇妙な共感を覚えた。両親を殺した後は自分も死ぬしかないと思っていたから、探していた答えに近いものを見つけたような気がした。

ある時、死刑になりたい方、連絡お待ちしています、という書き込みがあった。『マリス』という人物によるものだ。意表をつかれた思いがした。この問題で誰かと語り合うという発想はなかった。

あまり迷うことなくコンタクトを取った。こうして『マリス』との繋がりが生まれた。

おそらく男性だろうと察せられたものの、『マリス』が何者かはわからなかった。本人によれば生きる意味を失っているらしい。結婚したり子供を持ったりする意思がない以上、生物としての存在価値がないのではないかというのだった。

子孫を残さない以上、自分に存在価値を見いだすとすれば、他者の死に関与するしかないと『マリス』は書く。端的に表現すれば、誰かを殺す、ということになる。それは果たして罪なのだろうか、と疑問を投げかけてくる。

天災によって誰かが命を落とした場合、遺族は悲しみつつも、仕方がないと諦める。それならば、自分によって殺されたとしても諦めるべきだ、と『マリス』は書く。なぜなら自分が人を殺すのは、それが神によって与えられた運命だと思うからだ。運命は天災と同じで、人の力ではどうすることもできない。そういう人間が出現することも、ひとつの自然現象といえるのではないか。そして死刑によって自分はこの世から退場する。嵐が来て災害を引き起こし、去っていくようなものだ、と『マリス』は書く。

どうやら『マリス』は本気で死刑になりたいようだった。だが単に大勢の人間を殺すのではなく、意味のある犯行でなければならないと考えているふしがあった。犯罪史に名が残るような事件、という表現を『マリス』は使った。

殺されても仕方のない人間がいればいいのだが、と『マリス』は書いた。悪事に手を染め、私腹を肥やしながらも罪に問われず、のうのうと生きている奴がいれば理想的だ。死刑になる必要があるから一人ではなく二人、できればそれ以上。

別荘地でのバーベキュー・パーティのことを『マリス』に教えた時、朋香のほうにはまだ確固たる意思があったわけではなかった。一例として挙げてみた、という程度の気持ちだった。たぶん大して興味を持たれないだろうと思った。ところが予想に反して『マリス』は食いついてきた。詳しいことを教えてくれといった。

その時から二人で話し合う内容が大きく前に進んだ。別荘地を襲った謎の連続殺人鬼を作り上げる、という方向で話が決まっていった。

しかし現実感があったかと問われれば自信がない。両親を殺す計画なのだと頭ではわかりつつ、架空のゲームについて話し合っているような感覚があった。

その反面、細部には妙にこだわった。特に犯行の手順だ。ともすれば行き当たりばったりで勝負しようとする『マリス』を落ち着かせ、綿密に計画を練った。テレグラムを使うことにしたのも朋香の案だ。

朋香が高塚桂子を殺すことになったのは、なるべく多くの被害者を出したいと『マリス』がいったからだ。実際には二人の人間による犯行だが、それを明かさなければ、大きな謎がいくつも残るはずだ。そのまま死刑になれば、まさに犯罪史に名を刻めるのではないかと『マリス』は期待していた。だから警察に逮捕された後、自分が犯人であることは認めるが、犯行内容は一切語る気はないというのだった。

今更、自分に人殺しをする気はない、とは返せなかった。また『マリス』とやりとりするうちに、殺人に対するハードルが下がっていったのも事実だ。

高塚という家の別荘にいるおばあさんは自分が殺す、と朋香は答えた。桂子を選んだのは、あの老女なら自分でも殺せると思ったからだ。

そして八月八日を迎えた。正則の運転するクルマに揺られ、別荘に向かった。運転する父親と隣にいる母親を見て、今夜この二人は殺されるのだなと思っても、少しも実感がわかなかった。

夕方、由美子が買い物に出かけると、朋香は最初の行動を起こした。難しいことではない。防犯カメラの記録装置からＳＤカードを抜き取るだけだ。

記録装置は玄関の電源ボックスの中にある。正則がテラスにいるのを確認してから玄関に行き、電源ボックスを開けた。指紋を残さないよう気をつけ、ＳＤカードを抜いた。

さらにもう一つ用意しておくことがあった。別荘の合鍵の確保だ。それはリビングボードの抽斗に入っていた。取り出す時にテラスを見ると、正則は居眠りをしていた。読んでいた本が手から落ちていた。

由美子が買い物から戻ってくると、三人でパーティに出かけることにした。正則が玄関に鍵をかけた。由美子は先に歩きだしている。朋香はスニーカーの靴紐《くつひも》を結び直すふりをし、玄関前に留まった。

正則が背を向けて歩きだすのを見て、朋香は隠し持っていた合鍵で玄関の鍵を外した。それから少し急ぎ足で両親を追った。

バーベキュー・パーティは予想通り、退屈だった。料理はさほど美味しくないし、大人たちの話を聞いていてもつまらない。その会話にしても、本心を隠した嘘ばかりだ。なぜこんなパーティを開きたいのか理解に苦しんだ。

救いだったのは小坂海斗がいたことだ。彼は両親を含め、その場にいる大人全員を憎んでいた。彼が遠慮容赦なく大人たちの悪口をいうのを聞き、ほんの少しだがストレス発散になった。

その海斗を朋香のところへ連れてきたのは高塚桂子だ。ルビーが死んだことを聞くと、彼女は訳知り顔でこういった。

「それはきっと神様が朋香ちゃんに与えた試練ね。知ってる？　神様は、その人が乗り越えられないような試練は与えないのよ。きっと朋香ちゃんのこれからの人生にプラスになるよう与えてくださったの。そう思って乗り越えないとね」

あまりにありきたりで陳腐な台詞に、朋香はすぐには返事ができなかった。この人のように長く生きてきても、精神の成熟度はこの程度なのだなあ、と人間の愚かさを思い知らされた気分だった。ちっとも心のこもっていない言葉が人をどれほど傷つけるかもわかっていないのだ。

この人なら殺しても構わないな、と思った。もう散々長生きしたわけだし。

酒を飲みながら相変わらず中身のない会話を続けている大人たちを眺め、この中の誰が殺されるのだろうと考えた。計画は立ててあるが、その通りに事が進むとはかぎらない。確実に狙われると決まっているのは、朋香の両親ぐらいだ。ほかの人間たちの行動は予想がつかない。そもそも『マリス』にどれほどの技量があるのかも不明だ。

だが『マリス』が別荘地に来ているのは確かだった。高塚家別荘の防犯カメラを壊したというメッセージが届いていた。朋香も栗原家別荘の防犯カメラを無効化したことを伝えた。歯車は動きだしている。

パーティが終わる頃、朋香は高塚桂子に近寄り、一枚の紙を渡した。それは『プレゼント引換券』で、そこには次のように書いてあった。

『お誕生日おめでとうございます。プレゼントを渡したいので、今夜十二時におたくの別荘の外で待っています。この紙は引換券なので必ず持ってきてください。誰にも内緒でお願いします。朋香』

高塚桂子は嬉しそうな顔で片目をつむった。

その後、両親と三人で別荘に戻った。玄関の鍵がかかっていないことに気づいた正則と由美子は、すぐに異変がないかどうかを確かめ始めたが、最も気になっているのは車庫に違いなかった。そこに秘密の金庫があり、表沙汰にできない財産が隠されていることを朋香は知っていた。

それらは離婚後に折半されることが二人の間で決まっており、どちらかが勝手に持ち出さないよう、二つの鍵の一方をそれぞれが管理していた。

二人が車庫に向かうのを見て、朋香は『マリス』にメッセージを送った。計画通りならば、すでに『マリス』は車庫で待ち伏せしているはずだった。

ベッドに横たわり、毛布をかぶって目を閉じた。

今後のことを考えた。明日からはひとりぼっちだ。だが、どうせそうなるはずだったのだ。両親に裏切られる前に、自分からすべてを断ち切ったにすぎない。

しばらくして『マリス』からメッセージが届いた。『神になった』とあった。

終わったのだなと思った。

しかし、実感はなかった。本当だろうか。じつは両親はとっくの昔に車庫から戻っていて、寝室で休んでいるのではないか。

十一時五十分になり、朋香は東京から持ってきた黒いナイロンパーカーを羽織って部屋を出た。どこからも話し声は聞こえてこない。両親の部屋を覗こうかと思ったが、やめた。今は自分のすべきことに集中するだけだ。

懐中電灯を手に建物から出て、門に向かった。車庫のほうは見ないようにした。

門の陰に灰色の布袋が置いてあった。中にはナイフが入っていた。予定通りに『マリス』が置いたのだ。

それを携え、歩きだした。夜の道は真っ暗だ。風が木々を揺らす音が不気味だった。

高塚家別荘のそばに着いた時、ちょうど午前零時だった。だが高塚桂子の姿はない。おかしいなと思って建物のほうを見ると、玄関が開き、桂子が現れた。そして朋香を手招きするのだった。

計算外だった。しかし無視するわけにはいかない。仕方なく、近づいていった。

朋香が行くと、「どうぞ入って」と高塚桂子はいった。「大丈夫よ、誰もいないから。みんな、出かけちゃったの」

それならば好都合だ。促されるまま邸内に入った。

高塚桂子が朋香の手元に目をやった。「何を持ってきてくれたのかしら？」怪訝そうな顔をしたのは、布袋が汚かったからだろう。

朋香は袋に手を入れ、ナイフの柄を摑んだ。「さっき私が渡した紙、ありますか？」

「あるわよ。これでしょ」高塚桂子はそばのテーブルから紙を取った。改めて文面を見て、うふふ、と笑った。「あなたも洒落《しゃれ》たことを考えたものね。さすがはあの人の娘ね。女豹の子は、やっぱり女豹だわ」

「女豹って、うちの母のことですか」

「そうよ。したたかで賢い。旦那を放任して、自分も好き勝手して、男たちの稼ぎを毟《むし》り取《と》る。知ってるわよ、おたくの両親、仮面夫婦でしょ？」

にやりと笑った老女の皺がぐにゃりと歪むのを見て、朋香の胸で何かが弾《はじ》けた。

袋から手を離した。袋は床に落ち、握っていたナイフが剝《む》き出《だ》しになった。

高塚桂子は、きょとんとしていた。なぜプレゼントが刃物なのだろう、と思ったのかもしれない。

次の瞬間、朋香は体当たりをするように高塚桂子の身体にナイフを突き立てた。鋭い刃は思った以上に抵抗なく老女の皮膚や肉を貫いた。気づけば根元まで、ぐっさりと突き刺さっていた。

高塚桂子は何か声を発した。驚いたように目を丸くし、口を開けていた。朋香がナイフを抜くと、傷口を見て、また何かをいおうとした。

朋香は再び刺した。今度は心臓を狙った。ところが今度はあまりうまく刺さらなかった。骨に当たったのかもしれない。

高塚桂子が膝から崩れ、仰向けになった。その顔は苦痛に歪められていた。それを見て、早く死なせてやったほうがいいと思い、朋香は何度もナイフを振り下ろした。

彼女が全く動かなくなると、その手から紙を奪った。破れた紙片が手の中に残ったことには、その時には気がつかなかった。

別荘を出て、来た道を戻った。自分たちの別荘の近くまで来ると懐中電灯を消した。ところが家に入ろうとした時、予想外のことが起きた。突然、目の前に男性の背中が現れたのだ。どこからやってきたのか、全くわからなかった。

相手も懐中電灯を持っている。気づかれたら終わりだと思い、振り返る前に後ろから刺した。うっという呻《うめ》き声と共に相手はうずくまった。

その隙に離れた。植え込みの間から敷地に入り、別荘に戻った。

自分の部屋に入ってから、『マリス』にメッセージを送った。『こちら終了。ふたり刺した。』というものだった。

それから少ししてサイレンの音が聞こえてきた。

両親の死を知った時には、計画通りだったにもかかわらず、激しく動揺した。深い悲しみが襲ってきて、涙が溢れ、止まらなくなった。

ただし二人の死が悲しかったのではない。こんな運命になってしまったことが悲しかったのだ。もっとふつうの親の元で、ふつうに愛されたかったと思った。

『マリス』からの最後のメッセージは、時間的にみて、彼がレストランで最後の晩餐を摂る直前に出されたようだ。その文面は、『五人殺害、一人未遂。上出来。協力に感謝』というものだった。

事件後、両親について思い出すことはあまりない。どちらも外食が多く、由美子は料理が嫌いだったから、家族揃っての晩餐の思い出など殆どない。家で食べて美味しかったものといえば、蟹クリームコロッケや春巻き、酢豚などだが、いずれも冷凍食品だ。それらをレンジで温め、ひとりで食べるのが栗原家の晩餐だった。

久納真穂の接近は興味深かった。検証会に出るべきかどうか迷っていたが、彼女のおかげで心が決まった。

大人たちの馬鹿さ加減を楽しんでやろうと思ったのだ。

22

山之内家の一室を使って加賀と榊が栗原朋香の聴取を行っている間、ほかの者たちは山之内静枝が淹れてくれたコーヒーや紅茶を飲みながらリビングルームで待機することになった。活発に会話が交わされる雰囲気ではなかったが、さりとて沈黙だけに支配されているわけではなく、特に高塚俊策などは部下の小坂を相手に何やらぼそぼそと話し続けていた。詳しい内容はわからないが、時折漏れ聞こえてくる単語などから、事件や真相に関することらしいと窺えた。あんな若い子が、と高塚が嘆き声をあげるのに対し、いやいや近頃の女の子は、と小坂がしたり顔で応じたりしていた。

彼等以外は口数が少ない。小坂七海は息子と二人で隅の席で小さくなっている。その小坂七海によって私生活を暴露された山之内静枝は、各自の飲み物の残りに気を配りながらも、目立たぬように少し離れたところにいた。鷲尾春那は窓際の席で外を眺め続けているし、久納真穂は今度のことを記録しているのか、手帳に向かってボールペンを動かし続けていた。

櫻木千鶴は、せわしない手つきでスマートフォンを操作していたかと思うと、着信があったらしく突然電話に出てしゃべりながら部屋を出ていき、戻ってきてはまたメッセージを打つ、ということを何度か繰り返していた。まさか事件の真相について早くも吹聴しているとは思えないから、何らかの手配に追われているのかもしれない。たとえば新しい内科医を探す、とかだ。

自分も次の職場を見つけなければな、と的場雅也はコーヒーを啜りながら考えた。コネクションをいくつか思い浮かべる。櫻木病院と繋がりのあるところはノーチャンスだ。

横目でこっそりと視線を移動させた。

櫻木理恵は室内には入らず、まだ裏庭にいた。椅子に座っているが、たまに歩き回ったりもしている。だが決してこちらを向こうとはしない。自分と目を合わせたくないからだろう、と的場は了解していた。

理恵と初めて会った時のことを思い出した。櫻木家の娘だと知った時は、敵側の人間だとしか思わなかった。不正行為を隠蔽するような家庭で、どうせ贅沢三昧《ぜいたくざんまい》に育てられた娘だろう、と憎しみと軽蔑の籠もった目で見ていた。

ところが運命の歯車はおかしな回り方をした。特に的場からアプローチをしたわけではないのに、理恵から好意を抱かれていると感じるようになった。もしやと思って誘ってみたら、はっきりとした手応えがあった。

病院内で少しずつ存在感を増していき、いずれは実権を握る——そういう遠大な計画を立てていたが、突然全く次元の違う青写真が見えてきた。理恵と結婚し、櫻木家そのものを支配するというものだ。

理恵との交際が本格的に始まると、その野望にブレーキがかかることはなかった。ただひたすらに理恵との結婚だけを目指した。そのためにはすべてを犠牲にした。自分の気持ちすら無視した。それでもよかった。真に愛した相手と結婚するのが理想的だが、それを叶えられる人間などこの世にどれほどいるだろう。どうせ妥協するのならば、意味のある妥協をしたい。理恵との結婚はまさにそれだと思った。

だが、あれはよくなかった、と悔いていることがある。

刺されている櫻木洋一を見て、応急手当をしなかった。

じつは身体は反応していた。止血、心臓マッサージ、AED——いくつものキーワードが頭に浮かび、口から出そうになった。その時に頭の中に囁く声があった。こんな奴を助けるのか。このまま死ねば櫻木家はおまえのものだぞ。

その声に抗《あらが》えず、別荘を出てしまった。

だがあれは失敗だった。あの場に留まり、櫻木洋一の命を救うべく、最大限の努力を払うべきだった。それこそが亡き父が望んだことだと思うからだ。たとえ憎むべき人間であろうとも、医師であるかぎりはそうすべきだった。そうしなかった自分に、父を死なせた櫻木病院を非難する資格はない。

天罰が下ることはあの時に決まったのかもしれないな、と的場は思った。

階段を下りてくる足音が聞こえてきた。加賀たちによる栗原朋香の聴取が終わったようだ。的場はカップに残ったコーヒーを飲み干した。

榊と栗原朋香は、そのまま玄関に向かうようだ。少し前にパトカーが到着している。朋香を署に連行するのだろう。

加賀だけがリビングルームに現れた。彼を見て、全員が姿勢を直した。いつの間にか理恵も中に入ってきていた。

「皆さん気にしておられるでしょうから、結論を先に申し上げます」加賀がいった。「栗原朋香さんがすべてを自供しました。これから警察で裏付け捜査が行われるでしょうが、自分の手応えをいえば、嘘はついてないと思います。非常に――」そこで一旦言葉を切り、彼は続けた。「非常に驚くべき内容でした」

「なぜ彼女はあんなことを?」訊いたのは久納真穂だ。

「これから話します。少し長くなりますが」そう前置きし、加賀は語り始めた。

それは本当に驚くべき内容だった。

すべてを話し終えると加賀は静枝から差し出されたコップの水を飲み、「何か質問はありますか」と一同を見回した。

即座に手を挙げたのは高塚俊策だ。

「すると何ですか。あの子は桂子に対して特に恨みがあったわけでもないのに殺したというんですか」

「そういうことのようです」

「そんな馬鹿な」高塚は身体をよじった。「それではまさに犬死にじゃないか」

的場はげんなりした。この老人は加賀の話を聞いていなかったのか。『マリス』こと桧川は栗原朋香とのやりとりの中で、自分に殺されるのは天災だ、と主張していたらしい。天災に遭って死ぬことに理由はない。ただ運が悪かっただけだ。

その後も何人かから質問が出た。栗原朋香の行動が理解できず、何とかして自分の価値観と合致させようと試みているようだった。しかし加賀の口から彼等を満足させる回答は出なかった。加賀自身も理解していない様子なので当然といえた。

やがて全員が押し黙った。もう手を挙げる者はいない。

「質問がないようでしたら、これで解散としますが、それでよろしいですか」

加賀の問いかけに、はっきりと答える者はいない。このまま終わってしまっていいのかどうか、決めきれないのだろう。的場自身がそうだった。

立ち上がった者がいた。久納真穂だった。彼女は加賀に歩み寄った。

「あなたのおかげで兄のことが少しわかりました。彼が何を考えて、何をしたのか。おかげで、もうこの問題に煩わされることはないと思います」

「刑事の俺にできるのは、ここまでです。これから大変だと思いますが、がんばってください。この検証会に参加した勇気があれば、きっと乗り越えられると信じています」

「ありがとうございます。心より感謝します」久納真穂は右手を差し出した。

加賀が応えて握手するのを見て、一番救われたのはこの女性かもしれないな、と的場は思った。

山之内家を出て、クルマに乗り込んだ。運転席に座り、シートベルトを付けようとしていたら、助手席側のドアが開いた。理恵が乗り込むところだった。

「私たちの話はまだ終わってないよね」シートに腰を落ち着かせてから理恵は前を向いたままいった。「ていうか、始まってもいない」

「何か話す必要があるのかな」

理恵の顔が的場のほうを向いた。「ひとりで東京に帰って、その後、どうする気？」

「さあね。まずは就職活動かな」

「病院を辞めるつもり？」

「僕が辞めなくても――」

「あなたを辞めさせる気はないよ」理恵は早口でいった。「優秀な内科医は櫻木病院に必要だもの。ママが辞めさせるといっても私が反対する。私が次期理事長だということを忘れないで」

「そういうことなら」的場はハンドルを軽く叩いた。「失職の心配はしなくていいわけだ」

「あとは私たちの問題ね。今後、どうするか」

「今後？　そんなものがあるのかな」

「何もかもチャラになったとでも？」

「そうじゃないのか？」

「さっきはみっともないところを見せたけど、今の私は違うからよく聞いて。ねえ、あなたが私との結婚を望むのは、純粋に私を愛してくれているから、と信じていたとでも思う？　もしそうなら私、とんでもなく能天気な女だよね。たしかに頭はよくないけど、そこまで馬鹿ではないよ。私が櫻木病院の跡継ぎじゃなかったら、あなたは見向きもしなかった。それぐらいのことは前からわかってた。だからあなたがうちの病院に来た理由を聞いた時はショックだったけれど、よく考えてみたら何も変わらないんだと気づいた。お金目当て、病院目当てで大いに結構。それとも今のあなたは、もう櫻木病院を手に入れようとは思わなくなったのかな」

理恵の真意がわからず的場は戸惑った。

「もしかして、こんな気持ちのままで二人の関係を続けようとでも？」

「今のままじゃ無理だよね。私だって願い下げ。そこで、あなたに気持ちを変えてもらうことにした」

的場は首を捻った。「どういうこと？」

「簡単なこと。病院じゃなくて、私を手に入れたいと思わせる。そういう女になる。明日から。ううん、今日から。今、この瞬間から。覚悟しておいて」

決意の籠もった目で見つめられ、的場は落ち着かなくなった。この女性に振り回されることは何度もあったが、心をこんなふうに揺さぶられたことはなかった。

悪い話ではないかもな、と思った。櫻木千鶴とは改めて話し合う必要があるだろうが。

わかった、といって的場はエンジンを始動させた。さらにシフトレバーを摑もうとすると、理恵が阻むように手首を摑んできた。

「誤解しないで。あなたが変わらなければ、私だって受け入れる気はないから」そう断言する顔には、昨日まではなかった覚悟の色があった。すでにこの女性は変わり始めているのだと的場は悟った。

わかった、ともう一度いった。

理恵は、うふふと微笑し、ドアを開けた。するりと外に出ると、ドアを閉めることなく颯爽《さっそう》と歩きだした。

その後ろ姿を見送りながら、たった今、俺は君に殺されたのかもしれないな、と的場は思った。

23

静枝がクルマで春那と加賀を新幹線の駅まで送ってくれた。

「いろいろとありがとうございました」加賀が静枝に礼をいった。

「こちらこそ」静枝が恐縮し、手を横に振った。「私なんて、何もしていません」

「そう思っているのはあなただけです。参加者全員に存在意義がありました」

加賀の言葉には含蓄がある。静枝は頷き、視線を春那に移してきた。

「ゆっくりと話す時間がなくて残念だった。また来てねといいたいところだけど、そんな気にはなれないかな」

返答に困る質問だった。少し考えた後、「それなりに時間が必要かも」といった。そうよね、と静枝は寂しげに笑った。

この場で訊きたいことがないわけではなかった。あなたは女狐なの、と問えば、どんな答えが返ってくるだろう。しかしそれを聞いたところでどうだというのだ。

「そろそろ行きましょうか」加賀がいった。

「そうですね。じゃあ静枝さん、またいつかどこかで」

「元気でね」静枝は真摯な目をしていった。

彼女と別れ、切符を買って新幹線乗り場に向かった。列車が間もなく到着すると知り、少し駆け足になった。

新幹線は意外にもすいていた。自由席なので加賀とは離れて座らねばならないと覚悟していたが、思いがけず二人掛けのシートを確保できた。

「疲れたでしょう？」マウンテンパーカーを脱ぎながら加賀がいった。

少し、と春那は答えた。「でも私はお話を聞いているだけでした。加賀さんこそ、大変だったんじゃないですか」

「大変じゃなかった、とはとてもいえないですね」加賀は目を細めた。

「加賀さんのおかげで真相がはっきりしてよかったです。あまり知りたくない真相でしたけれど。まさかあの子が犯人だったなんて」春那はかぶりを振った。「未だに信じられません。十四歳ですよね、彼女」

「彼等を侮ってはいけません。久納真穂さんがいっていたように中学生の理性や感受性には恐るべきものがあります。特に彼等の狂気には」

同感だった。供述内容を聞いた時、春那は背筋に冷たいものが走るのを感じた。

「でも自供しただけですよね。証拠は見つかるんでしょうか。状況証拠じゃなくて、ええと……」

「物的証拠ですね。はい、見つかると思います。高塚桂子さんの遺体からは、かなりの出血がありました。凶器だけでなく、朋香さんが着ていた服にも相当量が付着したでしょう。それらを彼女は東京まで持ち帰ったわけですから、どこかに痕跡が残っていると思われます。まずは警察は栗原家別荘を徹底的に捜索するでしょう。犯行後、朋香さんは洗面台、浴室などで手などを洗ったはずで、血液反応が確認されると思います」

そういうことか、と春那は納得した。この人に一旦疑われたら、もう逃げられないんだなと思った。

「どんな刑が下されるんでしょうか」

「わかりません。十四歳とはいえ殺人ですから、家裁から検察に逆送されると思います。でも精神鑑定の結果次第では検察は不起訴にするかもしれません」

「そうなんですか」

その処置が妥当なのかどうかも春那には判断がつかなかった。

「加賀さんは教師の経験がおありだから、彼女の本心を見抜くことができたんですね。ふつうの人だと先入観にとらわれすぎて、到底あの結論には行き着けなかったと思います。でもいわれてみれば、すべての謎を解く唯一無二の答えで、本当に素晴らしかったです」

ありがとうございます、と加賀は頭を下げた。「しかしすべての謎を解いた、とはまだいえません」

「えっ、そうなんですか？」

はい、といって加賀は顔を上げ、指を二本立てた。「まだ二つ、謎が残っています」

「ふたつも？」

「ひとつはナイフの数です。桧川が購入したのは十本で、部屋に残されていたのは五本だから、犯行時に持っていたのは五本だと考えられます。警察が確認したのは、桧川がレストランで披露した栗原夫妻殺害に使ったナイフと、櫻木洋一氏と鷲尾英輔さんの身体に刺さっていた二本のナイフだけでした。それと栗原朋香さんが犯行に使ったナイフを加えても、まだ四本。残る一本はどこに消えたのか」

「もう一つの謎は？」

「こちらも数の話です。被害者の数です。桧川から朋香さんに送られた最後のメッセージには、こうありました。『五人殺害、一人未遂。上出来。協力に感謝』です。その話を聞き、おかしいなと思いました」

「どこがでしょうか」

「その時点では正確な被害状況は報道されていませんでした。だから桧川は自分のやったことと、共犯者の報告を合算して、そのように書いたのだと思われます。しかし朋香さんは、『ふたり刺した』としかメッセージには書いていないのです。ふつうそれだけを読めば、ふたりを殺したと解釈するのではないでしょうか。なぜ桧川には、一人は未遂だとわかったのか。わかるはずがないんです。考えられるのは、桧川自身が未遂だと思っている件があったということです。彼は三人を殺し、一人を殺し損ねたんだと思います。しかし、だとすればおかしいですよね。未遂に終わったその被害者とは誰だったのか。そこで桧川の殺害順序を整理してみます。最初に襲ったのは栗原夫妻です。その次に櫻木洋一氏を殺害し、最後に鷲尾英輔さんを刺した。その時点でナイフはまだ一本残っていたはずです。そのナイフはどこに消えたのか。警察が発見できないのは、何者かの手に渡ったからだと考えられます。それは誰か。桧川が殺し損ねた相手ではないのか。そのように推理を進めていくと、辿り着く先にある答えはひとつしかありません。まことに……誠に申し上げにくいことなんですが」流暢だった加賀の口調が途中から重たくなり、最後には歯切れが悪くなっていた。

春那は何度か呼吸し、気持ちを鎮めた。心臓の鼓動が速くなるのを抑えるのは難しそうだった。唇を舐めてから口を開いた。「どうぞ、おっしゃってください」

加賀は両手を膝に置き、春那のほうに身体を捻った。

「では率直にお尋ねさせていただきます。鷲尾春那さん、そのナイフを使ったのはあなたではありませんか。あなたが誰かを殺した――違うでしょうか？」

ほかの乗客に聞こえないようにとの配慮からだろうが、加賀の声は低く抑えられていた。それでも春那の耳にはしっかりと届いた。予想していた言葉だったからかもしれない。

自分でも意外だったが、春那は表情を和らげていた。加賀を見て、首を傾げた。

「誰かをって？　そこまでいったのなら、言葉を濁すのはやめてください」

春那の反応が予期しないものだったのか、珍しく加賀が気圧《けお》されたような顔になった。

「わかりました。申し上げるまでもありませんね。誰かとは鷲尾英輔さん。あなたの御主人です。桧川が殺し損ねた被害者です。あなたが見つけた時、鷲尾英輔さんは死んではいなかった。それどころか、軽傷であったと想像します。十分に動き回れるほどに。刺されたのはもっと別の場所だったんでしょうが、山之内家の裏庭に戻れるだけの体力は残っていました。いや、もっと別の場所に行っていた可能性すらあります」

「その彼を私が殺したと？」

はい、と加賀は答えた。

「そう考えなければ辻褄が合わないのです。最後のナイフは誰の手に渡ったか。桧川が殺し損ねた被害者に奪われた、と推察するのが最も妥当です。あなたが英輔さんを見つけた時、彼はそのナイフを持っていた。そして刺されたのは軽傷の一ヵ所だけだった。しかしナイフを手にしたあなたは、彼の胸にそれを突き立てた」加賀は辛そうに目を伏せ、首を左右に揺らした。「すみません。こんな話をしたくはなかったんですが……」

「今更そんな」春那は笑みを漏らしていた。不思議なほど落ち着いていることに自分で驚いた。心臓の鼓動も正常に戻っている。「私がそういうことをしたとして、動機は何だとお思いになっているんですか」

「これまた想像に過ぎませんが」加賀は下唇を噛んでからいった。「山之内静枝さんが関係しているのではありませんか」

この回答にはどきりとした。「どうして？」

「小坂七海さんによれば、高塚桂子さんは静枝さんと栗原正則氏の関係に気づいていて、事件当日も二人がグリーンゲーブルズで逢《あ》い引《び》きするのを見たということでした。しかし栗原朋香さんの供述では、正則さんはパーティに出かけるまで自分の別荘にいました。静枝さんと正則氏の間には男女関係があったのかもしれませんが、少なくとも八月八日にグリーンゲーブルズで静枝さんと密会したのは正則氏ではなかったようです。つまり見間違いだった。では誰だったのか。高塚桂子さんが夫や部下の小坂さんと見間違えたとは思えない。そして当日、的場さんはずっと理恵さんと一緒でした」

「残るのは一人だけ……ですね」

「さっき静枝さんにクルマで送ってもらう前、じつは少し散歩したんです。グリーンゲーブルズに行ってきました。裏口に回り、ドアなどを観察しました。するとドアノブの付近に、ごくわずかですが血のようなものがこびりついていました。あれは英輔さんの血ではないかと考えています。刺された後、痛みを堪え、彼はあの別荘に行ったのです。おそらく余程の目的があったのだろうと思われます」

春那は、ほっと息を吐いた。

「すべてお見通しなんですね。登紀子さんのいう通り。やっぱりあなたに嘘は通用しない」

「話していただけますか」

「ええ。でも少し時間をいただけませんか。気持ちを整理したいので」
「もちろんそうしてください。東京に着くまでには、まだかなり時間はありますす」加賀は立ち上がり、ほかの席に移動していった。

24

英輔の態度に疑念を抱くようになったのは、いつからだろうか。過去を振り返り、あれこれ考えてみるが、あの瞬間だったと明言できるような出来事はなかったように思う。少し引っ掛かったけれど特に気にする必要もないだろうと思える小事——話した覚えがない静枝に関するエピソードを英輔が知っていたり、春那が家を空ける時には必ずといっていいほど英輔にも外泊の予定が入るといったことがいくつも繰り返されるうち、春那の中で次第に違和感が形成されていったのだ。透明に近い薄い紙を何枚も重ねてみたら、疑惑という絵がはっきりと浮かんできてしまった、といい換えてもいい。

だから突き詰めれば、やはり英輔を静枝に引き合わせたのがすべての始まり、ということになる。あれがなければ、その後の間違った展開も起こらなかったはずなのだ。

初めて二人が顔を合わせた後、静枝は英輔のことを、「素敵な人ね」と春那にいった。また英輔は静枝について、「魅力的な女性」と印象を述べた。どちらの言葉も半分は本音で半分は社交辞令だろう、と春那は受け止めていた。姪の夫や妻の叔母を紹介され、仮にあまりよくない印象を抱いたとしても、それを口に出すわけがないからだ。

だがそれは春那のとんでもない見立て違いだった。二人とも、掛け値なしの感想を述べていたのだ。本心から相手のことを「素敵な人」や「魅力的な女性」だと思っていた。そうであれば当然惹《ひ》かれるだろう。さらに相手も同じ気持ちだと知ったなら、心が浮き立ち、密かに連絡を取ろうとしても不思議ではない。そして連絡が取れたなら、二人で会おうという流れになるのは不可避だ。どちらかが心に制動をかけないかぎり、その流れは勢いを増すばかりだ。

どのようにして二人の心が接近し、燃え上がっていったのかを、春那はある程度わかっている。無防備にも英輔が消去しなかったメッセージの羅列が教えてくれたのだ。彼は自分の妻がスマートフォンの盗み見などしないと根拠もなく思い込んでいた。

ただし決定的なことが記されていたわけではない。妻を通じて彼女の叔母と知り合った夫が、親戚付き合いは大切だとばかりにメッセージをやりとりしているだけ、と解釈することも不可能ではない。内容はあくまでもジョークに過ぎず、笑い飛ばすのが妥当な代物というわけだ。優秀な弁護士ならば、不貞の証拠には全くならないと自信たっぷりに断言するだろう。

だから今回の山之内家訪問には、春那にとって重大な意味があった。自分が夫と叔母に対して抱いている疑念が単なる妄想なのか、それとも動かしがたい事実なのかを確認するつもりだった。具体的にどうするかは決めていなかったが、二人の態度を見れば、きっとわかるはずだという確信があった。

ところが再会した時の二人の反応に、不自然さはなかった。お久しぶりです、昨年はお世話になりました、お元気でしたか、春那ちゃんとの生活はいかが、尻に敷かれながら何とかやっています、それにしてもこちらはいつも空気がおいしくていいですね、それだけが取り柄の土地ですから――一年ぶりに再会した親戚の会話としては満点だった。適度に親しげで、適度に他人行儀だった。

その後も春那の見るかぎり、二人の様子に不可解な点はなかった。こっそりと目配せしている気配はないし、必要以上に相手を意識しているようにも見えなかった。

もしかすると自分の思い違いなのだろうか、という気がしてきた。英輔には八方美人なところがある。誰にでもいい顔をしたがるのだ。その調子で、成熟した女性に対し、艶っぽいメッセージを送っていただけなのかもしれない。それに対して静枝も、退屈しのぎに乗っていただけという可能性もある。

そんなふうに春那の気持ちが揺れている中、近くの別荘族とバーベキュー・パーティをすることになった。会場は山之内家の裏庭だ。当然、ある程度の準備は静枝や春那たちがしなければならない。

春那は静枝から用を頼まれた。町で一番大きなショッピングモールに行き、いくつかの食材を買った後、予約してある特製ケーキを受け取ってきてほしいというのだ。ケーキは高塚桂子の誕生日を祝うものらしい。

時刻は午後三時過ぎだった。春那はクルマで出発した。ハンドルを操作しながら、効率よく用事を済ませるにはどのように行動すべきかを頭で考えた。

ポイントはケーキを受け取るタイミングだと思い、時刻を確認することにした。クルマを路肩に止め、店に電話をかけた。

電話が繋がったので、何時頃にケーキを受け取りに行けばいいかを尋ねた。女性店員の回答は明確だった。予約ケーキの受け取りは午後五時以降となっております――。

午後五時？　今から二時間近くもある。食材の買い出しをしたって、時間が余ってしまうだろう。その間、どこで何をしていろというのか。

そこまで考えた時、ひとつの想像が頭をよぎった。

もしかすると自分は体よく追い払われたのではないか。ケーキを受け取れるのが午後五時なら、それまで春那は戻れない。静枝は、わざとそんな状況を作ったのではないか。だとすれば、その目的はひとつしかない。

いても立ってもいられず、春那はクルマを方向転換させ、来た道を引き返した。早々に戻った理由を訊かれれば、ケーキ店に問い合わせたことをいえばいい。それを聞き、静枝や英輔が落胆しないことを祈るばかりだ。

山之内家の近くまで戻ってきた時、裏庭から誰かが出てくるのが見えた。遠目だが、英輔だと春那にはわかった。彼は背中を丸め、歩きだした。その後ろ姿を見た瞬間、祈りは天に届かなかったと春那は悟った。

それでも真実を見極めておく必要はあった。クルマから降り、英輔の後を追った。行き先には見当がついていた。予想が外れてくれることを祈る気持ちはなかった。淡い期待を裏切られるのは、もう懲り懲りだった。

その判断は正しかった。英輔が辿り着いた先は、緑色の屋根が印象的な小さな建物だった。通称はグリーンゲーブルズ——所有者が高齢者施設に入り、静枝が管理を任されている別荘だ。慣れた様子で別荘の裏に回った英輔は、裏口のドアに近づいた。間もなくドアが開き、静枝が彼を招き入れた。二人とも、身を潜めて様子を窺っている春那の存在には全く気づいていなかった。

空は晴れていたが、雨の中をずぶ濡《ぬ》れになりながら歩く子犬のように、重たい足取りでとぼとぼとクルマに戻った。運転席に座るとハンドルに突っ伏し、少し前に見たばかりの光景を瞼に蘇らせた。反芻したいわけではないのに、何度も何度もリピートされてしまうのだ。

やがて春那は身体を揺すり始めた。悲しみのあまり震えたのではない。不意に笑いがこみ上げてきて、堪えようとすると身体が痙攣《けいれん》するのだった。

何という滑稽な話。心底愛した男性を、よりによって仲良しだった叔母に奪われるとは。あの二人は春那にとって、この世で最も信用できる男性と女性だった。その二人に裏切られた。彼等を出会わせたのは私、そして今回、わざわざ逢瀬《おうせ》の機会を作ってあげた。春那をまんまと追い払ったと信じている彼等は、今頃グリーンゲーブルズのベッドで至福の時を過ごしていることだろう。

自らのあまりの滑稽さに、笑うしかなかった。あはははは、あははは。本当におかしいのか、無理矢理笑っているのか、自分でもわからない。だがやはりそれはすぐに嗚咽《おえつ》に変わった。ハンドルに頭を押しつけたまま、春那は泣いた。涙が膝に落ちた。

泣いているうちに気持ちが落ち着いてきた。これからどうすればいいだろう。たとえばグリーンゲーブルズに乗り込み、二人をとっちめるという選択肢がある。彼等の過ちを指摘し、自分がどれほどの精神的苦痛を味わったかを力説し、それに釣り合う見返りを要求するのだ。離婚を切りだし、損害賠償を請求する。夫婦関係の修復など夢物語だから、現実的な落とし所を探るしかない。プライドがあって自立している女性なら、おそらくそうすべきなのだ。

しかし春那は、どうしても自分がそうした行動を取ることがイメージできなかった。英輔に裏切られたことに深く傷つきつつ、これ以上事態は悪くならず、穏やかに元の正常な状態に戻ってくれるのを望む気持ちが強かった。

気がつくとクルマを運転していた。ショッピングモールに着くと、静枝から指示された食材を調達し、予約したケーキを受け取れる時刻になるまでフードコートでカフェラテを飲みながら時間を潰した。頭の中にあるのは、平静でいよう、ということだった。英輔にしろ静枝にしろ本気のはずがない。ちょっとした火遊びを楽しんでいるだけなのだ。どうせすぐに飽きる。そうなれば英輔は春那のところに戻ってくるだろう。静枝のことは許せないが、付き合いを完全に断ってしまえばいずれ忘れられるはずだ。

フードコートでは栗原由美子や櫻木理恵たちと会った。由美子の夫は明らかに遊び人だ。愛人の一人や二人がいたって不思議ではない。櫻木理恵の婚約者も、ひと癖ありそうな男性だった。たぶん櫻木家の資産目当てだろう。みんなそうなのだ。完璧に理想の相手と巡り会うことなんてない。

買い物を済ませ、ケーキを受け取って山之内家に戻った。キッチンでは静枝がバーベキューの下ごしらえをしていて、裏庭では英輔がグリルセットを組み立てていた。その様子は叔母と姪の夫以外の何物にも見えなかった。絶妙な距離を保った演技は、見事としかいえなかった。

だがそれで春那が安堵したのも事実だ。あまりに不自然な態度を取られたなら、それに気づかないふりをするのも大変だっただろう。鈍感な妻を演じるのはやぶさかではないが、物事には限度がある。

しばらくして別荘族が次々にやってきた。当たり前のことだが、彼等は夜中にどんな惨劇が起きるかを知らず、能天気に料理や酒を楽しみ、おしゃべりに興じていた。じつは栗原朋香だけは恐るべき企みを胸に抱いていたわけだが、あの時点では気づけるはずがない。あまり楽しそうでなかったのはたしかだが、もう一人の未成年者である小坂海斗と同様、大人たちの交流に付き合わされてげんなりしているだけだろうと思っていた。

自分に関しては、我ながらうまくやれている、という手応えを春那は感じていた。元気がないねとか、何か悩みでもあるのとか訊いてくる者はいなかった。英輔の妻という役割を見事に果たせていたはずだ。それを証明してくれたのが、ほかならぬ英輔だった。皆との会話が一段落した時、そばに寄ってきてこういった。

「春那のそういう顔を見るのは、何だか久しぶりだな」

「えっ、どんな顔？」

「明るくて楽しそうってことだ。このところずっと難しい顔をしてたからな。仕事で行き詰まってるとかいってたけど」

春那は頰に手を当てた。「気がつかなかった……」

「いい気分転換になったのならよかったよ」英輔は目を細め、缶ビールを口元に運んだ。

皮肉な話だ、と思った。最近、英輔の前で明るい表情を見せなかったのは事実だ。いうまでもなく静枝との関係を疑っていたからだ。その疑念が確信に変わった今、動揺を隠すために懸命に陽気な妻を演じている。夫はそれを真に受け、安心したというわけだ。不倫がばれていないことを確認し、胸を撫で下ろしたかもしれない。

ただし英輔には、もっと気になっていることがあったはずだ。腕時計だ。春那が買い物に出かける前にはたしかに付けていたが、パーティの時にはなかった。どこで外し、置き忘れたのか。考えられる場所はひとつしかない。グリーンゲーブルズだ。ベッドインする際に外し、そのままにしてしまったに違いない。ふだんは付けないから、うっかりしたのだろう。

腕時計をいつ回収しに行くか——英輔の頭はそのことで占められていたのではないか。だからパーティが終わってしばらくしてから周囲でサイレンの音が鳴り響き、物々しい雰囲気が広がり始めると、絶好のチャンスだと考えた。

様子を見に行ってくる、といって英輔は出かけていった。春那は引き留めたが、静枝は懐中電灯を差し出した。たぶん彼の目的を知っていたからだろう。

そして英輔は事件に巻き込まれた。

裏庭で倒れている英輔を見て、春那は気が動転した。左の脇腹にはナイフが刺さっていた。あわてて駆け寄り、抱き起こした。英輔の名を呼ぶと彼は目を開け、頷いた。

「大丈夫だ。急所は外れている。これなら命に別状はない。出血を防ぐためにナイフは抜かなかった」

しっかりとした声で話す英輔の左手首には腕時計が巻かれていた。それを見て、やはりグリーンゲーブルズに行ってきたのだなとわかった。その帰りに刺されたのだろうと思った。まさか家を出た直後に刺され、その状態でグリーンゲーブルズまで歩いたとは思わなかった。しかし考えてみれば、その可能性はあった。

「血を止めなきゃ。ハンカチ持ってる?」

「あるんだけど、使っている」英輔は、もう一方の手にハンカチでくるんだ何かを持っていた。

「犯人はもう一本ナイフを持っていて、それで襲いかかってきた。ところが振り払ったらナイフを落としたんだ。犯人は逃げたけど、そのナイフは拾っておいた。指紋が付いているはずだからハンカチで包んだ」

「そうなんだ」

まるでサスペンスドラマのような話だ。実感はなかったが、夫が刺されているのは事実だった。

とにかく救急車を呼ばねばと思い、屋内に飛び込み、スマートフォンを取りに二階に上がった。

た。電話をかけようとしながら窓から裏庭を見下ろすと、静枝が英輔に近づくところだった。彼のそばに腰を下ろし顔を覗き込んでいる。

英輔が何かを静枝に手渡すのがわかった。グリーンゲーブルズの鍵だろう。

その直後だ。英輔の右腕が静枝の首に回された。そして彼女の顔を引き寄せた。二人の唇が重ねられたのだということは二階からでもわかった。

春那は自分の中で何かが壊れていくのを感じた。崩れ落ちたそれらは次には風に舞い、すっかり消え去ってしまった。つまり虚無になった。

電話をかけず、階段を下りた。裏庭に出ると静枝の姿はなかった。

春那は英輔のところに行った。「誰か来た？」

いいや、と彼は首を振った。「誰も来ないよ」

たぶん口づけをした罪悪感から発した嘘だろう。静枝とのことは、とことん秘密にしておきたいのだ。

ナイフが目に留まった。犯人が落としたナイフだ。柄の部分にはハンカチが巻かれている。それをそのまま手にした。

あぶないよ、と英輔がいった。間の抜けた口調だった。

躊躇いはなかった。そのまま胸をめがけ、力いっぱいナイフを振り下ろした。

英輔は驚愕《きょうがく》の表情を示し、やがて動かなくなった。

現実感のないまま、春那は夫を眺めた。ナイフが二本刺さっているのを見て、これではまずいかなと思い、脇腹に刺さっているほうを抜いた。さらに胸に刺したナイフからハンカチを取り除いた。

どこかで静枝が見ているかもしれないとは思った。それでも構わなかった。これは彼女に対する罰でもあるのだ。

その後に現れた静枝は、それについては何もいわない。検証会でもそうだった。見ていなかったのかもしれないし、春那に対するせめてもの詫びのつもりかもしれない。

問題は加賀だ。彼はきっと静枝からも話を聞こうとするだろう。そしてあの人物に嘘は通用しない。

東野圭吾（ひがしの・けいご）

一九五八年大阪府生まれ。一九八五年『放課後』で第三一回江戸川乱歩賞を受賞しデビュー。一九九九年『秘密』で第五二回日本推理作家協会賞、二〇〇六年『容疑者Xの献身』で第一三四回直木賞、第六回本格ミステリ大賞、二〇一二年『ナミヤ雑貨店の奇蹟』で第七回中央公論文芸賞、二〇一三年『夢幻花』で第二六回柴田錬三郎賞、二〇一四年『祈りの幕が下りる時』で第四八回吉川英治文学賞、二〇一九年、第一回野間出版文化賞を受賞。
他の著書に『白鳥とコウモリ』『透明な螺旋』『マスカレード・ゲーム』『魔女と過ごした七日間』や、シリーズ第一作にあたる『卒業』から『新参者』『麒麟の翼』『祈りの幕が下りる時』『希望の糸』など、現在一一作が刊行されている「加賀シリーズ」ほか多数。

あなたが誰《だれ》かを殺《ころ》した

二〇二三年九月二十一日　第一刷発行
二〇二三年十月　十八日　第三刷発行

定価はカバーに表示してあります。

著者　東野《ひがしの》圭吾《けいご》
発行者　髙橋明男
発行所　株式会社 講談社
〒一一二-八〇〇一
東京都文京区音羽二-一二-二一
電話　出版　〇三-五三九五-三五〇五
販売　〇三-五三九五-五八一七
業務　〇三-五三九五-三六一五

本文データ制作　講談社デジタル製作
印刷所　株式会社KPSプロダクツ
製本所　株式会社国宝社

ISBN 978-4-06-531179-0
N.D.C. 913 310p 20cm